Julia Arden

Partnerin wider Willen

Julia Arden

Partnerin wider Willen

Liebesroman

édition el!es

Internet: www.elles.de

E-Mail: info@elles.de

Umschlaggestaltung und Satz: graphik.text Antje Küchler

Umschlagfoto: © Martin Kemp – Fotolia.com

ISBN 978-3-941598-30-0

1.

Hast du ein Glück, Kollegin. Gleich in der zweiten Woche 'ne Wasserleiche.«

Ellen hob missbilligend die Augenbrauen und streifte Marco Fabian mit einem düsteren Seitenblick. »Du hast aber eine merkwürdige Vorstellung von Glück.« Sie ging neben ihrem jüngeren Kollegen in die Hocke, um den leblosen Körper vor ihnen näher zu beäugen. Von Marcos verunglückter Begrüßung mal abgesehen – für das verschlafene Perleberg mochte ein aus dem Wasser gefischter Toter ja etwas Ausgefallenes sein. Für sie, Ellen Reuter, bis vor kurzem noch Ermittlerin in der Hauptstadt, stellte ein Leichenfund nichts Außergewöhnliches dar.

Ellen seufzte in sich hinein.

Perleberg. Sie hatte es gegoogelt, als sie ihren Versetzungsbescheid bekam. Kreisstadt in der Prignitz, 12.500 Seelen. Trotz stetig schwach fallender Einwohnerzahl regionaler Wachstumskern. Arbeitsmarkt erstaunlich gut entwickelt, historische Altstadt, attraktive Natur, medizinische Versorgung gut. Es hätte wohl schlimmer kommen können.

Neben ihr hob Marco das Jackenrevers des Toten an, tastete die Innentasche ab und zog triumphierend eine Brieftasche hervor. Er schraubte sich aus der Hocke hoch. »Nicht, dass da Irrtümer aufkommen. Wir haben es sonst durchaus auch mit anderem zu tun als Falschparkern und betrunkenen Discogängern«, stellte er klar, während er einen Führerschein zutage förderte. »Karl Kessler, geboren 30.4.1953«, las er laut vor und kratzte sich seinen permanenten Dreitagebart, durch den sein Gesicht einen gewissen verwegenen Touch bekam. »Den Namen kenne ich. Ist 'n ziemlich reicher Sack, hat Einfluss in der Stadt.«

»Na, dann kannst du ja in Windeseile die Adresse ermitteln.« Ellen fühlte die restlichen Taschen an Jacke und Hose des Toten ab und fand sein Handy. Sie stand auf. Mit einem Wink bedeutete sie einem der Techniker, das Gerät einzutüten. »Ich geh mal rüber zu den Kollegen und frag nach, wer den Fund gemeldet hat«, gab sie Marco Bescheid. »Wenn die Person greifbar ist, befrag ich sie.« Sie ging zu den beiden Beamten an der Absperrung. Die hatten alle Hände voll zu tun, neugierige Zuschauer fernzuhalten.

»Bitte gehen Sie weiter«, forderten die Beamten immer wieder die Leute auf, die an diesem Ostermontag an der Uferpromenade die Stepenitz entlangspazierten und von dem ungewöhnlichen Szenario angelockt wurden. Neugier war überall gleich, stellte Ellen bitter fest. Ob Hauptstadt oder irgendwo im Nirgendwo. Allerdings wäre ihr die Hauptstadt lieber. Leider hatten die Umstände es anders gewollt und sie hierher verschlagen.

Das volle, warme Dröhnen eines Motors lenkte Ellen von ihren Betrachtungen ab. Sie wandte den Blick in Richtung des Brummens und ordnete es einer Yamaha Cruiser zu. Der Fahrer stoppte seine Maschine wenige Meter neben der Menschentraube mitten auf der Promenade. Lässig klickte er den Abstellbügel hinunter. Irgendetwas irritierte Ellen beim Anblick des Fahrers, und einen Moment später wusste sie auch, was es war: Die schlanke Gestalt. Sie passte nicht zum Kraftimage eines Bikers. Das lange, wellige Haar, das unter dem Helm hervorquoll, hingegen schon – und auch wieder nicht. Es fiel jetzt, da er den Helm abhob, in dunklen Locken weich und natürlich über die schmalen Schultern, die in einer tailliert geschnittenen Lederjacke steckten. Spätestens jetzt, da die rechte Hand zum Nacken griff, unter die Haare glitt und sie aufschüttelte, wobei der Kopf in einer halbkreisähnlichen Bewegung schwang, stand für Ellen außer Frage: Der Biker war eine Bikerin. Ihr Blick glitt weiter an der Gestalt hinab, zu den eindeutig weiblich geformten Hüften und Beinen, die in einer eng anliegenden Jeans steckten. Na, immerhin gab es im Nirgendwo auch was fürs Auge, schoss es Ellen durch den Kopf.

Jetzt drehte sich die Bikerin um. Ihre Gesichtszüge waren ebenso schmal wie der Rest der Person, und für einen Moment kreuzte der Blick der Frau den Ellens. Ellen kam es so vor, als verharre die Fremde für eine halbe Sekunde. Oder war es Einbildung? Die Frau kam nun schnurstracks auf die Absperrung zu und unterquerte sie, ohne sich um die Beamten zu kümmern, die ihr hinterherriefen und sie aufforderten, zurückzukommen. So zielsicher ging die fremde Frau auf Marco Fabian und die Leiche zu, dass Ellen für einen Moment glaubte, sie sei eine Kollegin, die es nur zu eilig hatte, um sich den Beamten auszuweisen. Doch plötzlich hielt die Frau eine kleine Digitalkamera in der Hand und begann zu fotografieren.

»He, lassen Sie das!«, rief Ellen und lief zu der Frau, um ihrer Forderung Nachdruck zu verleihen und die Kamera zu beschlagnahmen.

Marco, der wieder vor der Leiche hockte, erhob sich beim Surren der Bilder schießenden Kamera und Ellens Ruf. Sein Gesicht verzog sich säuerlich, als er die Frau mit der Kamera sah, aber er machte Ellen ein Zeichen, dass alles in Ordnung sei. Dann stapfte er die wenigen Schritte zu der Frau und führte ein kurzes Gespräch mit ihr, wobei er fast unentwegt mit dem Kopf schüttelte. Am Ende jedoch nickte er zweimal. Daraufhin kam die Frau zurück, ging an Ellen vorbei, unter der Absperrung hindurch, stieg auf ihr Motorrad und fuhr davon.

Statt ihren Weg zu den Kollegen an der Absperrung wieder aufzunehmen, winkte Ellen Marco zu sich: »Wer war das?«

Marco grunzte merkwürdig. »Dana Wegener«, sagte er mit missmutiger Miene. »Journalistin für den Perleberger Tageskurier. Du wirst dich an sie gewöhnen.« Er feixte. »Wie an einen Schnupfen.«

»An Schnupfen gewöhnt man sich nicht«, erwiderte Ellen lakonisch. »Man kann nur leider sein Kommen nicht verhindern. Umso schöner, wenn er wieder weg ist.«

Marco zwinkerte schelmisch. »Du sagst es.«

Ellen verstand. »So etwas macht sie öfter?«

»Oh ja. Die Frau hat scheinbar eine Art Radar für Ereignisse wie dieses hier. Oder sie hört den Polizeinotruf ab. Lästig wie eine Schmeißfliege kann die sein, das sage ich dir. Und es macht ihr Spaß, in ihren Artikeln an allem herumzukritteln. Mein Rat: Sei immer vorsichtig mit dem, was du der Wegener gegenüber sagst.« Marco brach ab. Seine Aufmerksamkeit wurde von dem ankommenden Gerichtsmediziner in Anspruch genommen, den er mit den ungeduldigen Worten begrüßte: »Was hat denn so lange gedauert, Doc? Komm schon. Wir brauchen den ungefähren Todeszeitpunkt.« Er zog den Mann mit sich mit.

Ellen stapfte zur Absperrung, wo sie mit den Kollegen sprach. Die machten sie mit einem Rentnerehepaar bekannt, dem dieser Ostermontagspaziergang mit seinem schaurigen Fund wohl noch lange in Erinnerung bleiben würde.

Das Grundstück *Am Beerteich 15*, die Adresse, die der Computer zu Karl Kessler ausgespuckt hatte, wurde durch eine zwei Meter hohe, eiserne Gartenpforte von der Außenwelt abgesperrt. Hinter ihr hatte Karl Kessler gewohnt bis zu dem Tag, da er in der Stepenitz ertrank. Er wohnte stilvoll, in einer zweistöckigen, modernisierten Stadtvilla, die schneeweiß im Sonnenlicht strahlte. Ellen drückte den Klingelknopf neben dem Tor.

»Sagst du es ihr?«, fragte Marco genau in dem Moment, als der Türöffnungsmechanismus summte. Er schob den Torflügel auf, und sie schritten den Fliesenweg zum Haus hoch.

Ellen nickte wortlos. Dies war der unangenehmste Teil ihres Jobs: die Nachricht vom Tod eines Angehörigen an die Hinterbliebenen zu überbringen. Die meisten Leute versuchten ihren Schock, der auf diese Mitteilung folgte, zu überspielen. Einige brachen einfach zusammen. Ellen fühlte sich so oder so unwohl in dieser Situation, in der sie trotz allem darauf bedacht sein musste, Fragen zu stellen. Was sie routinemäßig tat – genauso wie sie jede Reaktion genau beobachtete.

Die Tür der Villa wurde geöffnet. Eine Frau, die die fünfzig längst überschritten hatte, erschien im Türrahmen. Sie war hochgewachsen, etwa einen Meter fünfundsiebzig; schulterlanges, kupferrot gefärbtes Haar fiel auf ihre Schultern. Das beige Kostüm unterstrich die blasse Färbung des Gesichtes der Frau, aus dem nur die Schatten um die Augen dunkel hervorstachen. Frau Kessler sah müde aus.

»Kriminalpolizei. Mein Name ist Reuter«, stellte Ellen sich vor, bevor sie auf Marco deutete: »Mein Kollege Fabian. Sind Sie Frau Kessler?«

In die eben noch müden Augen kam Leben. »Polizei! Sie haben meinen Mann gefunden? Wo ist er? Geht es ihm gut?«

»Bitte?«, fragte Ellen, aus dem Konzept gebracht.

»Kommen Sie etwa nicht wegen meinem Mann?«

»Doch, schon.« Ellen warf einen unauffälligen Seitenblick zu Marco. Dessen Gesicht drückte ebenso Erstaunen aus. »Seit wann ist Ihr Mann denn verschwunden, Frau Kessler?«, fragte sie vorsichtig, unsicher, ob sie die Worte der Frau richtig deutete.

»Seit Donnerstagabend. Ich habe doch die Vermisstenanzeige bei Ihnen aufgegeben. Vorgestern war das.«

Natürlich meinte Frau Kessler die Polizeiwache. Ellen seufzte leise. »Können wir reinkommen, Frau Kessler?«

»Ja, bitte.« Die Dame des Hauses trat beiseite und führte beide Beamten durch einen großzügigen Eingangsbereich ins Wohnzimmer. »Aber nun erzählen Sie endlich. Was ist mit meinem Mann?«

»Vielleicht setzen Sie sich lieber, Frau Kessler«, schlug Marco vor.

»Oh Gott.« Die Frau wurde noch eine Spur blasser. »Das bedeutet nichts Gutes, nicht wahr?« Sie setzte sich in den nahe stehenden Sessel, versank förmlich in dem großen, schweren Möbel, das, wie der Rest der Einrichtung, für Ellens Geschmack etwas zu bieder war. Doch das war jetzt natürlich nebensächlich.

»Frau Kessler, wir müssen Ihnen leider mitteilen, dass wir Ihren Mann tot aufgefunden haben.« Ellen sprach langsam, mit gedämpfter Stimme. »Tut mir leid.« Sie wartete, gab der Frau Zeit, die Nachricht zu verarbeiten – so gut das möglich war.

Elvira Kessler schloss die Augen. »Ich habe es geahnt«, hauchte sie.

»Warum das?«, fragte Marco wie aus der Pistole geschossen. »War Ihr Mann in Schwierigkeiten? Hatte er Streit mit jemandem?«

Ellen sandte ihm einen schnellen, unmutigen Blick zu. Beinah hätte sie ihm gegen den Fuß getreten.

Was denn?, fragten Marcos Augen.

Das kann man auch etwas pietätvoller machen!, lautete Ellens stumme Antwort. Offenbar war ihr junger Kollege doch sehr unerfahren in solchen Fällen. Ellen vermutete, er wollte die Phase unmittelbar nach der Todesnachricht nutzen, in der die Verwirrung der Frau und damit die Wahrscheinlichkeit einer unverfälschten Aussage am größten waren. Später dachten die Leute zu viel, ließen Details weg, bogen die Dinge zurecht, von denen sie annahmen, dass sie zu ihren Ungunsten ausgelegt würden. Dennoch gab es keinen Grund, die Frau derart zu überfahren.

Frau Kessler sah Marco mit verschleierten Augen an. »Mein Mann ist ...« Sie hielt inne, schluckte. »Mein Mann war Geschäftsmann. Er hatte immer mit Problemen zu kämpfen. Aber was Sie meinen ...« Sie schüttelte den Kopf. »Nein, nicht, dass ich wüsste.«

»Aber Sie sagten doch eben, Sie hatten eine Ahnung. Worauf begründete sich die?«, forschte Marco, diesmal weniger ungestüm.

»Mein Mann rief immer an, wenn er sich verspätete«, erläuterte Elvira Kessler. »Und Karl blieb nie unangekündigt über Nacht weg. Ich rief ihn an, als er nicht kam und ich nichts von ihm hörte. Sein Handy war an, aber er ging den ganzen Abend nicht ran. Ich habe es immer wieder probiert, bis drei Uhr morgens. Am Freitag dasselbe.« Sie begann zu schluchzen. »Was ist passiert?«

»Das wissen wir noch nicht. Ihr Mann wurde am Ufer der Stepenitz tot aufgefunden«, erzählte Ellen behutsam. Sie umging es, auf die näheren Umstände einzugehen, nämlich: in der Böschung, an einer Baumwurzel hängend. Das Rentnerehepaar, mit dem Ellen nach der Unterbrechung durch die Motorradfahrerin gesprochen hatte, hatte den Fund erstaunlich ruhig geschildert. Die alten Leute schienen etwas unwirsch, dass sie von den nach ihrem Anruf eintreffenden Beamten sofort vom Fundort entfernt worden waren. Die Bergung des Körpers aus dem Wasser bekamen sie, wie alle anderen Zaungäste, nur aus der Ferne mit.

»Karl ist ertrunken?«, fragte Elvira Kessler mit gepresster Stimme.

»Genaueres werden erst die Untersuchungen ergeben«, sagte Ellen.

Elvira Kessler rann eine Träne über die Wange.

»Welcher Art Geschäfte genau ging Ihr Mann nach, Frau Kessler?«, erkundigte sich Marco.

»Meinem Mann gehört eine Maklerfirma. Kessler Immobilien.«

»Wo ist sein Büro? Wir würden uns da gern mal umhören.«

»In der Lenzer Straße.«

»Danke, Frau Kessler.« Ellen erhob sich. Sie gab Marco ein Zeichen. »Das wäre vorerst alles.«

Ellens junger Kollege stand nur widerwillig auf.

»Ich wollte sie noch zu ihrer Ehe befragen«, murrte Marco draußen.

»Um damit was zu erreichen?«, fragte Ellen spöttisch. »Warten wir doch erst mal den Bericht vom Doc ab, bevor du der Frau irgendwas unterstellst.«

»Tu ich doch gar nicht. Sind doch reine Routinefragen«, verteidigte Marco sich.

»Eben. Die laufen dir nicht weg. Vielleicht brauchen wir die Mitarbeit der Frau. Da ist es besser, wir vergraulen sie nicht gleich von Anfang an.«

»Schon gut.« Marco schniefte. »Fahren wir in die Lenzer Straße. Mal sehen, was man dort so über Kessler sagt. Was war er für ein Mensch ... wer waren seine Freunde, Feinde ...« Ein demonstrativer Blick zu Ellen. »Hatte er eine Geliebte«, beendete er seine Aufzählung.

»Ja, ja. Schon gut. Kannst du alles machen. Allerdings hast du eines vergessen. Es ist immer noch Ostermontag, deshalb dürfte die Firma heute geschlossen haben. Wir müssen bis morgen warten.«

2.

Dieses Biest!« Marco klatschte mit dem Handrücken auf die Zeitung und gab so seinem Missmut Ausdruck. »Das versteht die Dame also unter Abwarten.« Er trank einen kräftigen Schluck Kaffee, um seinen Ärger hinunterzuspülen.

»Zeig mal her.« Ellen, die auf dem Weg vom Aktenschrank zurück zu ihrem Schreibtisch an ihrem Kollegen vorbeikam, nahm ihm das Blatt aus der Hand.

»Toter in der Stepenitz. Polizei ohne Spur«, las sie laut vor. Die Assoziation zu »ohne Durchblick« zwang sich auf. »Ein Bericht von Dana Wegener«, las sie weiter, leiser werdend. Beim Überfliegen des Artikels stellte sie fest, dass die Bezeichnung *Bericht* eine glatte Übertreibung war. Die Verfasserin hatte aus ein paar schnell geschossenen Bildern und banalen Fakten eine Titelgeschichte gezimmert, die reißerisch daher kam, im Grunde aber bar jeden Informationsgehaltes war. Lediglich gespickt mit Spekulationen. Nannte diese Frau, diese Dana Wegener, das etwa objektiven Journalismus? Abgesehen davon, dass noch nicht mal vierundzwanzig Stunden in dem Fall vergangen waren und eine so schnelle Aufklärung an ein Wunder gegrenzt hätte.

»Hat der Doc schon was rausgefunden?«, fragte Ellen, während sie Marco die Zeitung zurückgab.

»Kesslers Lungen waren mit Wasser gefüllt.«

»Und weiter?« Ellen wusste natürlich, dass das noch nichts hieß. Lungen füllten sich passiv mit Wasser, wenn man eine Leiche im Wasser ablegte und sie dort eine Zeitlang untergetaucht blieb. Was bei Kessler vermutlich der Fall gewesen war. Das Wasser konnte demnach postmortal in die Lungen gelangt sein. »Mach's nicht so spannend.«

»Ein paar Hämatome am Körper, wahrscheinlich Spuren eines Kampfes, ein kleineres Schädeltrauma, aber nicht todesursächlich«, fuhr Marco fort. »Keine Schuss- oder Stichverletzungen. Laut dem Doc ist es theoretisch denkbar, dass Kessler einen Herzinfarkt hatte, vielleicht als Folge eines Kampfes, und ins Wasser fiel.«

»Oder er wurde gestoßen und traf so unglücklich auf die

Wasseroberfläche, dass er bewusstlos wurde«, bot Ellen als Alternative an, während sie weiter zu ihrem Schreibtisch ging.

»Oder er war vorher schon bewusstlos. Wir müssen die Ergebnisse der toxikologischen Untersuchung abwarten, sagt der Doc.« Marco grinste breit. »Gift ist ein beliebtes Mittel, wenn Frauen ihre Ehemänner loswerden wollen. Du hättest mich nicht abhalten sollen, Frau Kessler zu ihrer Ehe zu befragen.«

Ellen setzte sich und schüttelte den Kopf. »Wenn sie geschauspielert hat, hätte sie diese Fragerei nicht aus dem Konzept gebracht. Bleiben wir erst mal bei dem, was wir haben. Eine Prügelei.« Sie drehte sich nachdenklich mit ihrem Bürostuhl hin und her. »Männer wie Kessler kommen zu dem, was sie haben, nicht, ohne sich Feinde zu machen. Konkurrenten, die aus dem Feld geschlagen wurden. Und natürlich Neider. Danach sollten wir zuerst fragen, wenn wir in Kesslers Firma fahren.«

»Hm«, machte Marco nur.

»Gibt es wenigstens schon Hinweise auf den Todeszeitpunkt?«, erkundigte sich Ellen.

»Anhand der geschwollenen Hände und des geschwollenen Gesichtes geht der Doc davon aus, dass der Tote mindestens drei Tage im Wasser lag. Mehr kann er noch nicht sagen.«

»Also ist Kessler noch Donnerstagabend oder Freitag gestorben«, schlussfolgerte Ellen. »Immerhin ein Anhaltspunkt.«

»Das reicht aber nicht«, stellte Marco fest. »Kein Todeszeitpunkt, keine Tatzeit. Und der Doc sagt, es kann noch dauern, bis er die eingrenzen kann. Er muss einige Proben ins Zentrallabor schicken. Unser Labor ist nur begrenzt gut ausgestattet.«

»Na prima.« Ellen seufzte. Falls sie es vergessen hatte – sie war in Perleberg, nicht in Berlin.

»Wir sollten Kesslers Wagen suchen«, meinte Marco. »Der Standort gibt uns einen Hinweis auf seinen letzten Aufenthaltsort.«

»Zumindest einen der letzten. Gute Idee. Gib gleich mal die Suchmeldung raus.« Ellen beugte sich vor, wobei sie ihre Unterarme auf den Schreibtisch lehnte. »Apropos letzte Aktivitäten: Fordern wir vom Netzbetreiber eine Gesprächsübersicht von Kesslers Handy an. So erfahren wir zumindest, wann und mit wem unser Opfer zuletzt telefoniert hat.«

Vor dem Gebäude von Kessler Immobilien fiel Ellen sofort die Yamaha ins Auge. Dana Wegener schien bevorzugt auf Gehwegen zu parken. Auch Marco hatte das Motorrad erkannt. Er fluchte leise vor sich hin.

»Sie weiß offenbar, wer der Tote ist«, stellte Ellen fest. »Hast du dich verplappert?«

»Quatsch«, brummte Marco und fluchte erneut. »Sie muss es rausgefunden haben. Du weißt doch, diese Digitalkameras heutzutage ...« Er machte eine vielsagende Handbewegung. »So winzig sie auch sind, die Dinger zoomen sogar die Mitesser im Gesicht heran. Sie muss den Toten anhand ihrer Aufnahmen erkannt haben.«

»Du hast das Zeug nicht gelöscht?«

»Wie hätte ich das anstellen sollen? Du kennst Dana nicht. Sie ist ... wirklich schwierig.«

Ellen schaute Marco missbilligend an. Der zog angepiekst die Glastür auf. Sie führte in ein helles Treppenhaus, in dem ein Schild neben dem Treppenaufgang die Firma Kessler Immobilien im zweiten Stock auswies.

»Na, wie auch immer«, winkte Ellen ab. »Du meinst, sie kannte den Toten?«

»In ihrem Job kennt sie die halbe Stadt«, brummte Marco.

Was nicht schwer sein dürfte, bei der überschaubaren Anzahl Menschen in Perleberg, dachte Ellen ironisch. Und es nervte sie langsam, dass diese stichelnden Gedanken ständig ihr Hirn streiften. *Finde dich damit ab! Diese Stadt ist jetzt dein Zuhause. Es macht es nicht leichter, wenn du dir ständig vor Augen hältst, was du verloren hast.*

Sie stiegen die Treppe hoch in die zweite Etage. Dort angekommen, standen sie vor einer weiteren Glastür. Unübersehbar der Schriftzug in fetten, goldfarbenen Buchstaben: *Kessler Immobilien.* Dahinter, gut sichtbar, eine junge Frau um die fünfundzwanzig hinter einem Empfangstresen sitzend.

Marco öffnete die Tür, und Ellen trat an ihm vorbei in den großzügig geschnittenen Flur, der der Einrichtung zufolge als Empfangs- und Wartebereich diente.

Die junge Frau erhob sich. Ellen registrierte aus dem Augenwinkel, wie Marco einen interessierten Blick auf den Ausschnitt ihrer Bluse warf, der mehr erahnen ließ als er versteckte. Ellen verkniff sich ein Grinsen. Marco hingegen setzte ein Verführerlächeln auf. »Kriminalpolizei. Fabian, meine Kollegin Reuter«, stellte er sie vor. »Wir kommen wegen Karl Kessler.«

»Oh ja, Gott, ich hab's in der Zeitung gelesen«, brach es sofort aus dem Mädchen heraus. »Ein schöner Schock war das, kann ich Ihnen sagen. Da fährt man im Bus zur Arbeit, ahnt nichts Böses, und dann liest man das.« Ihre Stimme zitterte ein wenig.

War es wirklich der Schock, oder war das Blusenmädchen nervös? Die meisten Leute überfiel eine natürliche Nervosität beim Anblick von Polizisten. Ohne bestimmten Grund. Das beobachtete Ellen immer wieder.

»Herr Gerstäcker ist ziemlich mitgenommen«, klagte das Blusenmädchen jetzt und informierte die beiden Kripobeamten so gewollt oder ungewollt über den Zustand von ... ja, von wem eigentlich, fragte Ellen sich.

»Verständlich«, plapperte es weiter. »Ich meine, die beiden waren ja nicht nur beruflich eng miteinander verwebt, sondern auch Freunde.«

»Herr Gerstäcker ist jetzt der neue Chef?«, fragte Marco.

»Ja. Die beiden sind ... waren Partner.«

»Wir würden gern mit ihm sprechen«, sagte Ellen.

»Er hat gerade Besuch. Wenn Sie warten wollen?«

Ellen verzog spöttisch die Mundwinkel. »Ist dieser Besuch zufällig eine Frau, dunkle, lange Haare, schlank?«, fragte sie. Auf das wortlose Nicken des Mädchens sagte sie: »Die Dame müssen wir auch sprechen. Welches Zimmer?«

Eine unsichere Geste nach links. »Diese Tür.«

»Danke.« Ellen ging zielstrebig auf die bezeichnete Tür zu, klopfte kurz, aber energisch an und öffnete. »Guten Tag.« Sie stand in einem kleinen, überladen wirkenden Büro. Drei Aktenschränke aus Kirschholz nahmen die Wand zur Linken ein, kleinere Beistellschränke waren zwischen den Fenstern eingepasst und davor, passend zu den Schränken ebenfalls aus Kirschholz, ein monströser Schreibtisch. Hinter diesem saß ein Mann. Ellen schätzte ihn auf Anfang vierzig. Groß, kräftig gebaut – das sah man, obwohl er saß. Das schwarze Haar war kurzgeschnitten, sein Gesicht glattrasiert. Ein korrekt sitzender Schlips und ein Anzug der gehobenen Preisklasse vervollständigten sein Äußeres. Dieser Mann unterbrach jetzt das Gespräch, das er bei Ellens Eintreten geführt hatte, und sah von seiner Gesprächspartnerin auf, die vor seinem Schreibtisch mit dem Rücken zu Ellen saß. Dana ihrerseits drehte sich um. Über ihr Gesicht zog ein undefinierbares Lächeln. Sie stand auf. »Ah, die Kriminalpolizei.«

Gerstäcker erhob sich ebenfalls, zog sein Jackett glatt. Er kam hinter seinem Schreibtisch hervor. »Ich habe Sie erwartet«, begrüßte er Ellen und ging auf sie zu. Ellen nahm die ihr dargebotene Hand.

»Reuter«, stellte Ellen sich vor. »Sie haben bereits gehört, was passiert ist.« Es war eine Feststellung, keine Frage.

»Ja, ich bin völlig fassungslos.«

»Immerhin gefasst genug, dass Sie mit der Presse reden können. Ich nehme nicht an, dass Sie die Todesanzeige besprechen.« Ellens Augen suchten Dana Wegener. Da diese durch Gerstäckers breite Gestalt halb verdeckt wurde, trat Ellen einen Schritt zur Seite. Sie bekam gerade noch mit, wie Dana, mit dem Rücken halb zum Schreibtisch und an diesen gelehnt, eine Mappe unter einen Stapel mit Ordnern zurückschob. »Darf man erfahren, was Sie hier machen?«, erkundigte Ellen sich nicht besonders freundlich bei der Journalistin.

»Nur meinen Job«, erwiderte Dana gelassen. »Ich recherchiere für einen Artikel.«

»Einen Artikel über einen Toten am Stepenitzufer«, riet Ellen.

Dana lächelte als Antwort.

Ellens Augen wurden schmal. »Ihnen ist natürlich klar, dass Sie damit unsere Ermittlungen stören.«

Jetzt erschien endlich auch Marco in der Tür. Ganz offensichtlich hatte er etwas länger gebraucht, um sich von der Empfangsdame zu lösen. Er blieb stehen und schaute auf seine Kollegin, die augenscheinlich sehr angespannt war.

»Aber ich bin ja schon fertig«, grinste Dana und kam auf Ellen zu. »Wie kann ich Sie da stören?« Sie stand jetzt auf gleicher Höhe mit Ellen und Gerstäcker. »Vielen Dank, Herr Gerstäcker. Sie haben mir sehr geholfen.« Dana reichte ihm die Hand. Gerstäcker nickte stumm. Dana ging an ihm und Ellen vorbei.

»Frau Wegener«, hielt Ellen sie zurück.

»Ja?« Dana, schon fast an der Tür – Marco trat eben beiseite, um ihr Platz zu machen –, drehte sich um.

»Sollten Sie bei Ihrer ... Recherche ... auf Informationen stoßen, die in diesem Fall zur Aufklärung beitragen können, sind Sie verpflichtet, uns diese mitzuteilen.«

»Selbstverständlich. Sie können alles in der Zeitung lesen«, grinste Dana.

»Davon rate ich ab«, mahnte Ellen eindringlich. »Sie warnen damit eventuell die falschen Leute.«

»Ich mache meinen Job«, hielt Dana dagegen. »Das werden Sie doch verstehen.«

Ellen verkürzte den Abstand zu Dana durch einige schnelle Schritte bis auf wenige Zentimeter. »Nein, das verstehe ich nicht«, sagte sie leise, mit grollendem Unterton und bösem Blick. »Nicht, wenn Sie die Aufklärung eines Verbrechens behindern.«

»Aha, Kessler ist also nicht einfach ertrunken«, schlussfolgerte Dana. »Wissen Sie schon, wie er starb?«

Ellens Augen funkelten die Journalistin ärgerlich an. Allerdings galt der Ärger ein Stück weit auch ihr selbst, weil ihr ein Detail zu dem Fall herausgerutscht war, das der Journalistin bis gerade eben offenbar nicht bekannt gewesen war.

»Dana, halt dich einfach etwas zurück. Bitte!«, mischte Marco sich ein. »Du bekommst alle Details zum Fall, sobald wir ihn abgeschlossen haben.«

Dana wandte sich zu Marco um und ließ Ellen einfach stehen. »Ist das die Wunderwaffe aus Berlin?«, fragte sie den Kommissar statt einer Antwort.

»Ja«, bestätigte Marco mit verlegenem Blick zu Ellen.

»Da hast du ja wirklich Glück, so was Hübsches zur Seite bekommen zu haben. Niedliche Nase, goldenes Blond. Schade nur, ich weiß, du stehst nicht auf kurzes Haar. Der Mund ist auch etwas dünn. Liegt aber vielleicht daran, dass deine Kollegin gern streng dreinschaut.«

Ellen blieb die Luft weg. Was erlaubte sich diese Frau!

»Etwas raue Schale. Aber dahinter verbirgt sich ja meist ein weicher Kern«, gab Dana unbeirrt den Rest ihres Eindruckes wieder, drehte sich jetzt zu Ellen und zwinkerte ihr frech zu.

»Täuschen Sie sich nicht«, brummte Ellen. »Ich kann die Kollegen rufen. Die verpassen Ihnen einen Strafzettel. Der Bürgersteig ist kein Parkplatz.«

Dana lachte herzhaft. »Und Sinn für Humor hat sie auch. Das mag ich.« Damit drückte sie sich an Marco vorbei und verschwand. Ellen schaute ihr grimmig nach.

Marco zuckte nur mit den Schultern, betrat nun ebenfalls Gerstäckers Büro und gab ihm die Hand. »Fabian«, sagte er dabei. »Wir möchten mit Ihnen über Karl Kessler sprechen.«

»Ja, sicher.« Gerstäcker ging wieder hinter den Schreibtisch, wo er in seinen Sessel sank. »Wie kann ich Ihnen helfen?« Er wies auf die beiden Stühle vor seinem Schreibtisch. Ellen setzte sich, wobei sie darauf achtete, dass es nicht der Stuhl war, in dem Dana Wegener gesessen hatte. Der blieb Marco vorbehalten.

»Zuerst einmal, indem Sie uns helfen, uns ein Bild von ihm zu machen«, sagte Marco. »Was war er für ein Mensch? Wie sah es in seiner Ehe aus? Wer waren seine Freunde?« Kurze Pause. »Seine Feinde ...?«

»Genau das wollte Frau Wegener auch wissen. Ich sage Ihnen dasselbe wie ihr. Karl war das, was man einen Glückspilz nannte. Ihm gelang alles. Egal, was er anpackte, es wurde ein Erfolg. Sein Partner zu sein, war für mich der Hauptgewinn. Was Karls Ehe betrifft, sie war ... ausgeglichen. Er hatte zwei Kinder, mittlerweile erwachsen. Der Junge studiert BWL, das Mädchen ist Lehrerin. Natürlich gibt es Leute, die nicht gut auf Karl zu sprechen waren. Auf dem Immobilienmarkt geht es ab und an mal rabiat zu. Wenn Sie Erfolg haben wollen, dürfen Sie sich nicht zu fein sein, die Ellenbogen zu gebrauchen.«

»Wie ist das zu verstehen?«

»Dazu müssen Sie wissen, dass unsere Firma nicht nur Immobilien vermittelt. Wir erwerben auch Objekte, bevorzugt aus Zwangsauktionen, setzen sie instand und verkaufen sie wieder. Mit einem, zugegeben, satten Gewinn.« Gerstäcker machte eine Pause und hob entschuldigend die Hände. »Karl hat da schon mal den einen oder anderen Mitbieter unsanft ausgeschaltet. Zu Lasten des Verkäufers, denn wir haben die Immobilie dann zu einem Spottpreis abgeschossen.«

»Das heißt, es gab sowohl verärgerte Konkurrenten als auch Verkäufer.«

»Besonders Letzteres. Die meisten Leute reagieren nämlich gereizt, wenn sie erfahren, dass ihre Zwangslage ausgenutzt wird.«

»Haben Sie mal Drohungen erhalten?«, erkundigte sich Ellen.

»Ab und an. Aber wir maßen dem nie Bedeutung bei.«

»In letzter Zeit?«

Gerstäcker überlegte kurz. »Doktor Gruber. Er stürmte vor einer Woche in Karls Büro. Es fielen unschöne Worte. Gruber war stocksauer, schlug Karl sogar ins Gesicht.«

Marco, der eifrig notierte, sah kurz von seinem Block auf. »Haben Sie die Adresse des Mannes?«

»Nur die alte. Die kann ich raussuchen lassen. Aber da wohnt er ja jetzt nicht mehr.«

»Gab es weitere solche Zusammenstöße?«, fragte Marco.

»Nicht so drastische. Zwei, drei verärgerte Anrufe in den letzten Wochen.«

»Machen Sie uns eine Liste mit allen Objekten, die Sie im letzten Jahr aus solchen Zwangsversteigerungen erworben haben«, bat Ellen. »Wir werden mit den ehemaligen Besitzern sprechen.« Die neuen Anschriften würden sie über das Einwohnermeldeamt bekommen.

»Sie sagten, die Ehe der Kesslers war ausgeglichen«, griff Marco sein Lieblingsthema auf. »Was verstehen Sie darunter?«

»Na ja, also ...« Gerstäcker druckste. »Ich möchte nicht, dass Sie ein falsches Bild von Karl bekommen. Er war sicher kein Engel, aber auch kein schlechter Mensch. Das Leben meinte es eben gut mit ihm, auch die Frauen.«

»Und wusste *seine* Frau davon?«, forschte Marco.

»Natürlich.«

»Wie kam sie damit klar?«

»Es machte ihr nichts aus. Sagte *er*. Aber ich glaube, sie ...«, Gerstäcker zögerte, »... fühlte sich verletzt. Nicht zuletzt, weil

Karl keinen Hehl aus seinen Affären machte.«

Marco sandte einen kurzen, triumphierenden Blick zu Ellen. »Wie verletzt?«

»Ich glaube, über die Jahre ist sie verbittert.«

»Hat sie ihn immer noch geliebt?«

»Das weiß ich nicht. Aber wenn ja, dann muss sie sehr unter der Situation gelitten haben.«

»Haben Sie mal einen Streit zwischen den beiden mitbekommen?«

»Nein. Und ich wette, auch niemand anders. Elvira ist eine viel zu distinguierte Frau, um vor anderen zu streiten. Sie bewahrt immer die Haltung.«

Ellen stutzte. Immer? Gestern hatte Frau Kessler Tränen in den Augen gehabt! Waren die gespielt gewesen? Oder ließ sie der Tod ihres Gatten doch die Fassung verlieren?

»Dann hat Kessler vielleicht mal was von einem Streit erzählt?«, stocherte Marco weiter.

»Auch nicht.«

»Hm«, machte Marco. Die Befragung führte nicht recht weiter. Er änderte etwas die Richtung. »Kennen Sie Kesslers letzte Affäre? Den Namen? Oder sogar mehr?«

»Karl erwähnte mal eine Simone. Aber ob das eine Verflossene oder die Aktuelle ist . . . keine Ahnung.«

»Simone. Und weiter?«

Schulterzucken.

»Hat er vielleicht erzählt, was sie beruflich macht?«

Kopfschütteln. »Tut mir leid«, bedauerte Gerstäcker.

»Wie standen Sie persönlich zu Kessler?«, mischte Ellen sich ein. Marco hatte jetzt lange genug mögliche Eifersucht als Motiv strapaziert; es gab auch noch andere Richtungen, in die man forschen musste. Zum Beispiel, wie es zwischen den beiden Geschäftspartnern so stand.

»Wie gesagt: Er war für mich eine Art Maskottchen. Ich segelte in seinem Windschatten mit. Es ging mir sehr gut dabei. Ohne ihn wird es sehr viel schwieriger. Karl hatte so eine Art, mit den Leuten umzugehen, die war schon beeindruckend.«

»Und das hat Sie nie gestört?«

»Was?«

»Dass Sie in seinem Schatten standen.«

»Aber nein. Es ging mir sehr gut dort. Zugegeben, Karl ging mir öfter auf die Nerven. War manchmal eine Spur zu prahlerisch. Aber damit konnte ich leben.«

»Wirklich? Vielleicht dachten Sie nach jahrelangem Schattendasein, was er kann, kann ich auch.« Ellen beobachtete Gerstäcker bei diesen Worten sehr genau. »Vielleicht wollten Sie den Erfolg, den Gewinn, nicht länger teilen.«

Gerstäcker schüttelte ungerührt den Kopf. »Ben, Karls Sohn, wird Karls Anteile erben. Leider ist der Junge ein blutiger Anfänger. Das heißt, der Gewinn wird in nächster Zeit ganz sicher schrumpfen. Und damit auch mein Anteil. Sie sehen, ich verliere durch Karls Ableben nur.«

»Ach, der Junge will in die Fußstapfen seines Vaters treten?«

»Ja, so was gibt es noch.«

»Aber wenn Ben ein blutiger Anfänger ist, wie Sie selbst sagen, dann sind Sie doch erst mal der Chef.«

»Nur für eine gewisse Übergangszeit.«

Ellen nickte bedächtig. *Ja, oder für länger, wenn du dir den Jungen zurechtformst. Mal sehen, um was es für dich so geht.*

»Wie viele Mitarbeiter haben Sie, Herr Gerstäcker?«

»Sechs. Ein Makler, ein Architekt, zwei technische und zwei kaufmännische Mitarbeiter. Karl hat sich mit dem technischen Personal und dem Makler um die laufenden Bauprojekte gekümmert. Mein Part und der der zwei Buchhalterinnen ist die Kreditabteilung und alles, was mit unseren Vermietungsobjekten zu tun hat. Und dann ist da noch Nina am Empfang. Also sind es sogar sieben Mitarbeiter.«

»Das hört sich nach viel Arbeit an. Und wie Sie sagten, war diese Arbeit bisher mit einem guten Gewinn gesegnet. Wie hoch ist denn Ihr Firmenkapital?«

»Etwa fünfhunderttausend Euro, dazu kommen Aktiva in Form von Immobilien und Aktien im Wert von fünf Millionen.«

»Allerhand. Und die gehören zu gleichen Teilen Kessler und Ihnen?«

»Nein, wir haben einen Gesellschaftervertrag, darin ist alles geregelt. Gewinn- und Verlustaufteilung, Vergütung, Beschlussanteile.«

»Und wer von Ihnen beiden hat den größeren Anteil?«

»Ich halte fünfundzwanzig Prozent, Kessler den Rest.«

»Das heißt, die Entscheidungen traf er.«

»Wir waren uns in den meisten Sachen einig.«

»Und wenn nicht? Gab es dann Streit?«

»Das kam natürlich auch mal vor. Wo nicht?« Gerstäcker lächelte nonchalant.

Ellen lächelte zurück. »Eine letzte Frage, Herr Gerstäcker. Wo waren Sie Donnerstagabend beziehungsweise am Freitag?«

»Ist Karl da gestorben?«

»Ja«, bestätigte Ellen.

»Bin ich verdächtig?«, wollte Gerstäcker wissen.

»Das ist eine Routinefrage«, sagte Marco.

»Donnerstagabend spielte ich, wie jeden Donnerstag, Squash mit einem Freund. Anschließend sind wir noch was trinken. Freitag, Karfreitag, da waren wir, also meine Frau und ich, zu Hause. Nachmittags kamen Kaffeegäste, abends waren wir im Theater.«

»Der Name des Squashfreundes?«, fragte Ellen.

»Gerd Findeisen.«

»Die Adresse?«

»Eine Etage unter uns. Kanzlei Findeisen.«

»Oh, wie praktisch.«

Ellen sah Marco an. Noch Fragen?, bedeutete ihr Blick. Der schüttelte den Kopf. »Das war es dann erst mal, Herr Gerstäcker.«

Sie standen auf und verabschiedeten sich.

»Was hältst du von ihm?«, fragte Ellen ihren Kollegen, während sie die Treppe zur Kanzlei Findeisen hinabgingen.

»Weiß noch nicht.«

»Wenn er Ben Kessler geschickt lenkt, dann gehört ihm jetzt quasi die Firma«, teilte Ellen Marco ihre Überlegungen mit.

»Falls Ben Kessler das mit sich machen lässt. Wenn er nach seinem Vater schlägt, landet Gerstäcker nach kurzer Zeit wieder auf dem zweiten Platz.«

Ellen drückte auf den Klingelknopf der Kanzlei. »Na ja, wir reden ja sowieso noch mit dem Sohn«, sagte sie dabei.

In der Kanzlei Findeisen mussten sie einige Minuten warten.

Dann war der Anwalt für sie frei.

»Schlimme Geschichte, das mit Kessler.« Findeisen schüttelte bedauernd den Kopf. »Wie hat seine Frau es aufgenommen?«

»Sie war einigermaßen gefasst«, gab Marco Auskunft. Er sah sich ungeniert in Findeisens Büro um, ging auf eine Glasvitrine zu, in der mehrere Trophäen silbern glänzten. »Sie sind Segelflieger?«

»Ja, Kunstflug, und ich bin ganz gut«, bestätigte der Mann mit verhaltenem Stolz.

»Segeln Sie zusammen mit Gerstäcker? Er steht hier auf dem Foto neben Ihnen.«

»Gerstäcker ist Motorflieger. Ebenfalls Kunstflug. Und er fliegt ab und zu den Schlepper.« Findeisen wandte sich jetzt an Ellen. »Wissen Sie schon Näheres über Kesslers Tod?«

»Nur so viel, dass wir eine natürliche Ursache wohl ausschließen können.«

»Sie meinen ... oh Gott ... er wurde umgebracht?«

»Wir gehen von einem Tötungsdelikt aus. Ja.«

Findeisen ging zur Sitzecke. Dort ließ er sich auf dem Sofa nieder. »Wie kann ich Ihnen helfen?«

»Wir kommen gerade von Herrn Gerstäcker, der angab, dass Sie beide am Donnerstagabend zusammen Squash spielten.«

»Ja, das stimmt. Wir spielten von sieben bis acht. Dann nahmen wir die verlorene Flüssigkeit wieder zu uns. Wir tranken zwei, drei Bier.«

»Wie lange waren Sie zusammen?« Ellen setzte sich in den Sessel Findeisen gegenüber. Marco löste sich von der Glasvitrine und kam zu ihnen, blieb aber stehen.

Findeisen sann nach. »Bis zehn, halb elf in etwa.«

»Wie gut kannten Sie Kessler?«, fragte Ellen weiter.

»Ich bin sein Firmenanwalt ... war.«

»Gab es da viel für Sie zu tun?«

»Na ja, das Übliche eben.«

»Was da wäre?«

»Neben Vertragsformalitäten zum Beispiel das Geltendmachen von Provisionsansprüchen, Fragen der Maklerhaftung, Mietsachen.« Findeisen hob die Hände. »So was.«

»Hm, irgendwas Außergewöhnliches?«

»Alles und nichts. Sie müssten mir schon genauer sagen, wonach Sie suchen.«

Ellen seufzte. »Sobald ich es herausgefunden habe, gern.«

»Ein Kläger, der nicht aufgeben will, vielleicht?«, fragte Marco.

»Ja, so einen gibt es allerdings.« Findeisen nickte. »Eine leidige Sache. Ein sanierungsbedürftiges Mietshaus, Altbau, das Kessler bei einer Zwangsversteigerung erworben hat. Er wollte die Mieter abfinden, das Haus renovieren und die Wohnungen dann einzeln und teuer verkaufen. Leider sperren sich zwei der Mietparteien und blockieren das ganze Projekt. Wir klagen, sie klagen zurück. Die Sache zieht sich seit einem Jahr. Mittlerweile ist es sehr persönlich geworden. Ich weiß es nicht sicher, aber ich glaube, Kessler hat ein paar Schlägertypen engagiert. Wäre jedenfalls merkwürdig, wenn die zufällig dort aufgetaucht wären. Einer der Mieter liegt im Krankenhaus. Natürlich wird er klagen. Und diesmal hätte Kessler ordentlich was auf den Deckel bekommen.«

»Aber aufgegeben hätte er nicht«, versicherte sich Marco.

»Nein. Keinesfalls.«

»Und das wissen diese Mieter.«

»Natürlich.«

Marco sah Ellen an. Die nickte anerkennend. Eine weitere Spur.

Wieder im Wagen, meinte sie zu Marco: »Karl Kessler war scheinbar ein ziemlich dubioser Geschäftsmann, ein untreuer Ehemann und, da gehe ich jede Wette, ein Ekel, wie es im Buche steht.«

»Tja, wir müssen in unserem Beruf auch den Tod von uns unsympathischen Leuten aufklären«, erwiderte Marco trocken, während er ausparkte.

»Wo fangen wir an?«, dachte Ellen laut.

»Wenn wir davon ausgehen, dass Kessler vergiftet wurde ...«

»Da warten wir doch erst mal die toxikologische Auswertung ab.«

»Hm, hast recht. Also, was haben wir? Gruber, der betrogene Hausbesitzer, der handgreiflich wurde. Und wahrscheinlich noch weitere Betrogene, die gern dasselbe getan hätten. Eine Ehe, die mehr Schein als Sein war. Eine Auseinandersetzung mit störrischen Mietern, die mehr und mehr eskaliert.«

»Wir sollten uns aufteilen«, meinte Ellen. »Du befragst Kesslers Angestellte und die Familie, ich die Geschäftspartner, geneppten Hausbesitzer und wütenden Mieter. Einverstanden?«

»Schon. Aber warum aufteilen?«

»Wir müssen schneller sein als diese Zeitungstussi.« Ellen blickte finster drein. Die Erinnerung an die Begegnung mit der Journalistin vermieste ihr die Laune. »Sie trampelt in unserem Fall herum. Frech und, was viel schlimmer ist, inkompetent. Sie wird uns noch alles versauen.«

»Ach, Dana.« Marco winkte ab. »Ja, sie ist eine Nervensäge. Aber wir dürfen uns von ihr nicht aus dem Konzept bringen lassen. Bleib locker. Vielleicht macht sie ein paar Leute nervös – aber das kann uns helfen. Nervöse Menschen, insbesondere Täter, begehen Fehler.«

»Du nimmst sie in Schutz?« Ellen wandte konsterniert den Kopf nach links.

»Nein!« Marco fühlte sich sichtlich unwohl in seiner Haut. »Ich sage nur, sie kann uns in gewisser Weise auch nützlich sein.«

»Sag mal«, Ellen schwante da etwas. »Kann es sein, dass du ... auf sie stehst?«

»Blödsinn«, wehrte Marco brummig ab.

»Ah, verstehe. Sie hat dich abblitzen lassen«, grinste Ellen.

»Na, und wenn schon. Sie hat es nicht mit Männern.« Marco schniefte beleidigt. »Wer ahnt denn so was, bei einer solchen Frau.«

3.

Die grinsenden Blicke der Kollegen, die Ellen auf dem Gang begegneten, waren nicht zu übersehen. Nur konnte sie sich keinen Reim darauf machen. Marco saß mit bemüht beherrschtem Gesicht am Schreibtisch, als sie das Büro betrat.

Ellen ging zu ihrem Platz, setzte sich und schaltete den PC ein. Dabei behielt sie Marco argwöhnisch im Auge. Um dessen Mundwinkel begann es zu zucken.

»Sagt mir mal endlich jemand, was los ist?«, verlangte Ellen.

»Du hättest sie nicht so anfahren sollen. Ich habe dich gewarnt«, gluckste Marco.

»Wovon redest du?«

Marco hob die Zeitung hoch, so dass Ellen die aufgeschlagene Seite sehen konnte. »Ich hatte mich schon gewundert, warum Dana so ruhig blieb, als du sie in Gerstäckers Büro angegangen bist. Jetzt ist mir alles klar. Sie formulierte in Gedanken schon den Artikel.«

Ellen stand auf, ging zu Marco und nahm ihm Unheil ahnend die Zeitung aus der Hand. Als könne sie es auf diese Weise abschütteln, raschelte sie energisch mit dem Blatt, während sie es in Leseposition brachte. »Polizei ermittelt akribisch im Fall des Stepenitztoten. Willkommen, Kommissarin Knöllchen«, las sie murmelnd.

Ihr Blick schoss in Marcos Richtung, fixierte ihn – nur eine Sekunde, dann senkten sich ihre Augen wieder. »Im Fall des Stepenitztoten gibt es nur wenig Neues. Die Polizei identifizierte Karl K., einen bekannten Immobilienmakler der Stadt. Erste Anzeichen sprechen dafür, dass es sich bei dessen Tod nicht um einen Unfall handelt. Die Ermittler befassen sich derzeit mit dem Umfeld K.'s.

Apropos Ermittler: In den Reihen unserer Polizei gibt es ein neues, nettes Gesicht, das ich gern willkommen heißen möchte. Unsere erste Begegnung verlief zwar etwas holprig, aber ohne Zweifel ist die frisch zugezogene Kommissarin sehr eifrig. Auch wenn sie im Moment noch eher einer verirrten Praktikantin der Straßenverkehrskontrolle gleicht. Sie bot mir schon nach zwei Minuten ein Parkknöllchen an. Na dann, willkommen, Kommissarin Knöllchen.«

Ellen atmete tief durch und ließ die Zeitung sinken. »So eine Giftspritze«, knurrte sie. Was aber viel schlimmer war – die Reaktionen hatten es ja gezeigt: Natürlich wussten alle Kollegen, wer hier durch den Kakao gezogen wurde. So viele Neulinge gab es auf der Perleberger Dienststelle nicht. *Toller Anfang, Ellen!*

»Die Frau kauf ich mir«, brummte sie grimmig, während sie die Zeitung zusammenfaltete. Energischen Schrittes ging sie zur Tür.

»Ellen, lass es sein«, rief Marco in dem Versuch, sie zurückzuhalten. »Das bringt nichts.«

»Abwarten.« Die Tür krachte hinter Ellen ins Schloss.

Aufgeregte Stimmen in der Redaktion kamen sicher häufiger vor und stellten für die Mitarbeiter keinen Grund dar, mehr als einen kurzen Blick auf den Verursacher, in diesem Fall die Verursacherin, zu werfen. Der Mann, dessen Blick Ellen auffing und den sie nach Dana Wegener fragte, zeigte dann auch gelassen auf eine kleine Treppe, die zu einer etwas höher gelegenen Ebene führte. »Da rauf, zweite Tür rechts.«

Ellen stapfte zielstrebig zur Treppe, nahm die vier Stufen mit zwei Schritten und hielt sich nicht mit dem Anklopfen an Danas Tür auf. Sie drückte geräuschvoll die Klinke hinunter und stürmte in Danas Büro. »Was bilden Sie sich eigentlich ein?«, rief sie aufgebracht.

»Guten Morgen«, erwiderte Dana unbeeindruckt. Sie lehnte sich bequem in ihrem Sessel zurück. Ihre Augen betrachteten Ellen auf eine Weise, die dieser die Röte ins Gesicht schießen ließ. Ja, sie hatte heute Morgen einen dieser enganliegenden Pullis angezogen, und die Kurzjacke, die sie drüber geworfen hatte, trug sie offen, damit man auch was davon sah. Warum auch nicht? Dass die Mode in einer figurbetonten Phase steckte, darüber brauchte sie sich nicht zu sorgen. Schlank genug war sie, ohne dabei klapprig zu wirken, und ihre weiblichen Wölbungen waren an den richtigen Stellen platziert. Über diese glitt gerade Danas Blick. Ellen registrierte es zunächst verwirrt, dann erbost.

»Er war gut, bis ich das hier las.« Wütend warf sie die Zeitung auf Danas Schreibtisch. »Wie kommen Sie dazu, mich derartig lächerlich zu machen!« Mittlerweile stand Ellen direkt vor Danas Schreibtisch, stützte sich mit beiden Händen auf die

Tischplatte und nahm eine drohende Haltung ein. »Bin ich eine Lachnummer für Sie? Ja? Dann lachen Sie hoffentlich auch noch, wenn ich Ihr Käseblatt verklage. Rufschädigung fällt mir sofort ein. Aber ein guter Anwalt findet bestimmt noch mehr Gründe.«

Dana blieb ruhig, lächelte, als sei alles in bester Ordnung. »Möchten Sie einen Kaffee?« Sie wartete Ellens Antwort nicht ab, sondern stand auf, goss aus einer Thermoskanne Kaffee in eine Tasse und reichte sie Ellen. Die griff verdattert zu. Dazu musste sie notgedrungen ihre drohende Gebärde aufgeben.

»Sind Sie immer so? Oder liegt es an mir?«, fragte Dana. »Sie haben noch kein einziges freundliches Wort zu mir gesagt. Was haben Sie gegen mich?«

Ellen stellte die Tasse mit dem Kaffee geräuschvoll auf den Schreibtisch. Etwas von der schwarzen Flüssigkeit schwappte über, doch das kümmerte Ellen wenig. »Das fragen Sie noch? Ich dachte, das hätte ich Ihnen klargemacht: Sie behindern unsere Arbeit!«

»Ist das ein Grund, so unhöflich zu sein? Ihr Kollege sieht das nicht so verbissen.« Dana griff in die Schublade, zottelte ein Tempotaschentuch hervor und tupfte damit den verschütteten Kaffee notdürftig auf. Mit einer lässigen Bewegung versenkte sie das unbrauchbar gewordene Stück Zellstoff in den Papierkorb.

Ellen sah zu, wie Dana provokativ lässig in ihrem Stuhl schaukelte. Am liebsten hätte sie sie geschüttelt. Leider stand sie dazu falsch.

»Mag sein, dass Sie sich Derartiges bei meinem Kollegen leisten können«, knurrte Ellen. »Bei mir nicht. Das mal gleich zu Protokoll. Und ich habe auch nicht die Absicht, mir durch Ihren dilettantischen Übereifer in meine Arbeit pfuschen zu lassen. Damit das klar ist.«

»Wie gesagt, ich mache nur meinen Job.«

»Ich lasse Sie festnehmen, wenn Sie die Ermittlungen behindern«, drohte Ellen.

Dana schüttelte nachsichtig mit dem Kopf. »Übertreiben Sie jetzt nicht ein wenig? Wir können doch beide unsere Arbeit machen. Vielleicht können wir einander sogar helfen.«

Ellen lag etwas in der Art wie »Eher wird der Papst zum Muselmann« auf der Zunge, doch sie schluckte es hinunter. Das hatte ja sowieso keinen Sinn. Gegen diese geballte Arroganz, die Dana Wegener hier an den Tag legte, kam sie nicht an. Ellen atmete einmal tief durch, trat einen Schritt vom Schreibtisch zurück und hob die Hände zum Zeichen, dass sie bereit war einzulenken. »Okay. Reden wir Klartext. Es bringt ja nichts, einander das Leben schwer zu machen. Also, wie kann ich Sie dazu bringen, Ihre Recherchen einzustellen und auf die Informationen zu warten, die von der Presseabteilung freigegeben werden?«

Dana schüttelte bedauernd den Kopf. »Ich fürchte, das geht nicht.«

Ellen unterdrückte eine erneute Welle der Wut. »Das ist doch nur eine Frage Ihrer Kooperationsbereitschaft«, entgegnete sie so ruhig wie möglich.

»Kooperation ist bekanntlich eine Teamsache.« Dana lächelte. »Im Ernst, was halten Sie von meinem Vorschlag? Das wäre doch ein Kompromiss.«

Ellen verstand nicht. »Welcher Vorschlag?«

»Na, ich und Sie, wir beide bilden ein Team. Wir ermitteln gemeinsam.«

»Ha!«, entfuhr es Ellen unweigerlich. »Das können Sie unmöglich ernst meinen.«

Dana rollte mit ihrem Stuhl dicht an den Schreibtisch, lehnte sich vor. »Warum nicht?« Begeisterung leuchtete in ihrem Gesicht. Es war mehr als deutlich, dass sie Feuer und Flamme für die Idee war. »Glauben Sie mir, ich kann Ihnen durchaus helfen. Mir steht ein umfassendes Archiv zur Verfügung. Informationen. Und ich habe eine ziemlich gute Spürnase.«

»Auf keinen Fall!«, wehrte Ellen heftig ab.

Dana lehnte sich wieder zurück, nahm ihre ursprüngliche lässige Haltung ein und zuckte mit den Schultern. »Okay, dann jede für sich.«

Ellen seufzte. Diese Frau war eine echte Plage! »Selbst wenn ich wollte, es geht nicht«, entfuhr es ihr verzweifelt. »Ich wäre dann für Sie verantwortlich. Bei Ermittlungen kann immer was Unerwartetes passieren.« Irgendetwas in Ellen hoffte auf Danas

Einsicht. Doch nüchtern betrachtet gab es dazu wenig Anlass ... Und richtig.

»Ich bin alt genug, auf mich selbst aufzupassen«, hielt Dana Ellen entgegen.

Die verlor allmählich die Geduld. »Sie halten das wohl alles für ein Spiel, was? Ich kann Ihnen sagen, das ist es nicht.«

»Und Sie halten mich scheinbar für naiv. Natürlich weiß ich, dass das Ganze eine ernste Sache ist.« Dana beugte sich vor. Sie schob die Kaffeetasse in Ellens Richtung. »Setzen Sie sich endlich und trinken Sie Ihren Kaffee, bevor er kalt wird.«

Ellen zog sich widerwillig einen Stuhl heran, auf den sie sich setzte. Zögernd griff sie nach der Kaffeetasse. Immerhin war sie vorhin so schnell aus ihrem Büro gestürmt, dass sie noch deutlich unter ihrer selbstempfohlenen morgendlichen Mindestdosis Koffein lag. »Mein Chef wird das niemals erlauben«, sagte sie nach dem ersten Schluck, der tatsächlich beruhigend wirkte. Irgendwie musste es doch möglich sein, diese Dana Wegener von ihrer Idee abzubringen.

Doch für Dana stellte auch dieses Argument kein Problem dar. Sie zwinkerte Ellen zu. »Er muss es ja nicht erfahren. Fabian auch nicht. Ich halte mich im Hintergrund.«

Ellen stöhnte genervt. »Er wird es erfahren, wenn Sie Ihren Artikel schreiben. Er kann lesen!«

Dana hob die Hand zum Schwur. »Ich verspreche, ich schreibe so, dass niemand etwas mitbekommt.«

Ellen wusste nicht weiter. War denn gegen diese Frau kein argumentatives Kraut gewachsen? Was konnte sie noch versuchen, um diese fürchterliche Person zur Vernunft zu bringen?

»Geben Sie's auf«, sagte Dana, als habe sie Ellens Gedanken gelesen. »Sie kennen mich nicht. Ich sage Ihnen, wenn ich mir einmal was in den Kopf gesetzt habe, bin ich davon nicht mehr abzubringen.«

Ellen nahm einen weiteren Schluck Kaffee. »Da wäre ich jetzt nie drauf gekommen«, erwiderte sie unwirsch. Sie überlegte, ob es nicht doch einen Weg gab, die Katastrophe aufzuhalten. Es musste einen geben! Aber so sehr sie sich auch den Kopf zerbrach, es fiel ihr nichts ein. Höchstens ...

»Wenn ich ja sage, laufen Sie nach diesem Fall nie wieder an meinen Tatorten herum. Kein Herumstochern mehr in offenen Fällen. Keine spöttischen Artikel!«, forderte Ellen. Wenn sie schon nachgeben musste, dann wenigstens mit einem Vorteil für die Zukunft auf ihrer Seite.

Doch Dana wedelte ablehnend mit den Händen vor ihrem Bauch herum. »Oh nein, das können Sie nicht verlangen.«

»Wollen Sie mir etwa für den Rest meiner Tage das Leben schwermachen?«, knurrte Ellen mürrisch.

Dana grinste. »Aber nein. Nur mache ich keine Versprechen, die ich höchstwahrscheinlich nicht halten kann.«

»Können Sie nicht, oder wollen Sie nicht?«

Danas Grinsen wurde breiter. »Ups. Ertappt.«

»Was habe ich von einem Deal, wenn nur ich ein Zugeständnis mache und Sie nicht?«, wollte Ellen wissen.

Auch darauf hatte Dana eine Antwort. »Ganz einfach. Es ist Ihr erster Fall in der neuen Stadt. Sie können ihn, zusammen mit mir, ungestört durchziehen. Oder ohne mich – und jeden Tag eine Überraschungsstory in der Zeitung lesen. Ihre Kollegen werden Letzteres zu schätzen wissen«, gluckste Dana. »Ein wenig Spaß bei der ansonsten so ernsten Arbeit.«

Ellens Augen wurden schmal. »Das würden Sie nicht wagen.«

Danas Gesicht sagte etwas anderes. »Was hat Sie eigentlich von Berlin nach Perleberg verschlagen?«, fragte sie wie aus heiterem Himmel. »War die Versetzung Ihre Idee? Sie sehen mir nicht so aus, als wären Sie jemand, der sich nach Ruhe in einer Kleinstadt sehnt.«

Was sollte das jetzt wieder? »Ich wüsste nicht, was Sie das angeht.«

»Ich krieg's sowieso raus.«

Ellen schüttelte kaum merklich den Kopf. »Wird das so was wie eine Erpressung?«

Dana blies die Wangen auf und ließ anschließend die Luft geräuschvoll entweichen. »Ich erpresse doch niemanden.«

»Nein?« Ellen verschränkte die Arme vor der Brust. »Sie haben also nicht gerade angedeutet, mich in Verruf zu bringen?«

»Gibt es denn etwas, womit man Sie in Verruf bringen kann? Einen dunklen Punkt in Ihrer Vita?«, fragte Dana unschuldig.

»Nur aus reiner Neugier: Wie wollen Sie es machen? Wieder

öffentlich in der Zeitung, oder begnügen Sie sich zur Abwechslung mit verbaler Verunglimpfung?« Ellens Blick hatte sich verfinstert. »Und nun fragen Sie mich noch mal, was ich gegen Sie habe.«

»Jetzt dramatisieren Sie aber.« Dana strahlte, nach wie vor in bester Laune. »Ich will Sie weder erpressen noch kompromittieren.« Ihr Lächeln wurde besänftigend. »Ihre Abneigung gegen mich redet Ihnen das nur ein. Das wird sich legen, wenn Sie mich erst ein wenig besser kennen. Da bin ich mir sicher.«

»Tzzz«, war alles, was Ellen darauf zu erwidern hatte. Sie empfand Dana Wegeners Vorschlag als Zumutung. Überhaupt ihre ganze Art. Aber hatte sie eine Wahl? Wenn sie ablehnte, würde Dana ihr das Leben schwermachen und den Start in der neuen Abteilung möglicherweise zu einem Desaster werden lassen. Die Kollegen spekulierten ohnehin schon, was sie angestellt hatte, um diese Versetzung zu erfahren. Da fehlte Ellen zu ihrem Glück gerade noch eine Journalistin, die genau in dieser Geschichte herumstocherte.

Mist!

Ellen sah den Tatsachen ins Auge. Ihr blieb nichts anderes übrig, als Danas »Vorschlag« anzunehmen. Vorerst. Selbstredend würde sie alles daran setzen, Dana wieder abzuwimmeln. Bis das gelang, musste sie gute Miene zum bösen Spiel machen – und vielleicht, wer weiß, würde sich die Frau ja tatsächlich als nützlich erweisen. Zum Beispiel ... »Was haben Sie da eigentlich auf Gerstäckers Schreibtisch gefingert?«, fragte Ellen.

Dana stutzte. »Heißt das, wir sind uns einig?«

»Einig ist anders. Aber ja, verdammt«, brummte Ellen. »Also? Was war da?«

Dana blinzelte einen Moment. Beinah so, als sei sie selbst überrascht, dass sie ihr Ziel erreicht hatte.

»Hallo?«, drängelte Ellen.

»Ähm, ja.« Dana fand zu ihrer lässigen Haltung zurück. »Als ich in Gerstäckers Büro kam, versteckte er auffällig eilig eine Akte«, berichtete sie bereitwillig. »Also warf ich einen Blick darauf. Es geht um eine Bodenanalyse in Düpow.«

»Hm.« Ellen sah Dana abwartend an. »Ist das alles?«

»Ich war gestern Nachmittag an der Adresse. Da gibt es aber

nichts. Nur eine Schweineproduktion. Glückliche Freilandschweine, die im Schlamm eine Fangopackung nehmen. Netter Anblick. Vielleicht war Kessler an dem Grundstück interessiert. Ist 'ne idyllische Gegend da draußen.«

»Haben Sie mit dem Besitzer gesprochen?«

»Ja, der sagt, er kennt keine Firma Kessler Immobilien, und verkaufen will er auch nicht. Aber ...« Dana ließ das »Aber« bedeutungsschwanger in der Luft hängen.

Ellen hob die Augenbrauen und wartete. »Ja, was?«, fragte sie schließlich, genervt, dass Dana es so spannend machte.

»Ich glaub ihm nicht. Der Mann lügt.«

»Wie kommen Sie darauf?«

»Ich habe eine Nase für so was.«

Ellen rollte die Augen. »Und außerdem?«

»Man sagt Bauern ja allgemein keine große Redseligkeit nach. Das weiß ich. Aber das Gespräch mit diesem speziellen Exemplar seiner Art verlief besonders kurz und bündig. Zu sagen, abgewimmelt worden zu sein, würde dem schmeicheln, was ich da in der ländlichen Idylle erlebt habe. Waltz, so heißt der Mann, fertigte mich regelrecht ab. ›Kessler? Nie gehört ... Verkaufen? Ich? Blödsinn.‹ Damit ließ er mich stehen.«

»Schlauer Mensch«, konnte sich Ellen nicht verkneifen.

»Ha, ha«, machte Dana. »Mal im Ernst. Kein ›Warum fragen Sie?‹ oder ›Wer will das wissen?‹. Unnatürliche Abwesenheit von Neugier. So was macht mich immer stutzig. Wir sollten da unbedingt nachhaken.«

»Ja, mal sehen«, meinte Ellen. Das war eine sehr dünne Geschichte. Und was die Nase von Dana Wegener zu riechen glaubte, kümmerte sie wenig. Dana suchte doch nur nach einer neuen Schlagzeile: Mordssauerei auf Schweinehof. Oder so ähnlich. Ellen seufzte innerlich; sie hatte wirklich andere Sorgen als einen wortkargen Bauern. Zum Beispiel, wie sie es bewerkstelligen sollte, dass Marco nichts von ihrer Abmachung mit Dana mitbekam. Eine Journalistin an ihren Fersen, wie konnte sie das vor ihrem Kollegen verbergen? Gut, dass sie mit Marco vereinbart hatte, erst mal getrennt zu ermitteln. Dennoch war die Sache riskant. Sie würde überall mit Dana im Schlepptau auftauchen. Was, wenn das jemandem auffiel?

»Hallo Marco, Ellen hier.« Sie schaute in den Rückspiegel und parkte aus.

Aus der Funksprechanlage meldete sich Marco. »Was gibt's?«

»Ich wollte nur Bescheid geben, dass ich zu Gerstäcker fahre, um die besprochene Liste abzuholen. Ich gebe sie dann in den Computer des Einwohnermeldeamtes. Anschließend klappere ich die Leute ab.«

»Alles klar. Ich bin auf dem Weg zu Kesslers Tochter.« Zögern. »Ähm, alles in Ordnung?«

»Wieso?«

»Warst du bei Dana?«

»Ja.«

»Und?«

»Hätte ich mir besser verkniffen.«

»Habe ich dir gleich gesagt.«

»Pfff«, machte Ellen nur. Ein erneuter Blick in den Rückspiegel. Die Yamaha klebte dicht an ihrer Stoßstange.

»Du warst vorhin so schnell weg. Der Doc hat Neuigkeiten«, sagte Marco jetzt.

Ellen wartete. Marco ebenfalls; er machte es spannend.

»Marcooo«, ermahnte Ellen ihn. »Rück raus damit.«

»Kessler hatte Flunitrazepam im Blut. Das Zeug ist Bestandteil von Narkosemitteln. Wird von Bösewichtern gern auch als K.o.-Tropfen verwendet.«

»Kessler wurde also betäubt.«

»Genau. Und anschließend im Wasser abgeladen. Wo er dann ertrank.«

»Steht das fest?«

»Alles spricht dafür, meint der Doc.«

Ellen nickte. »Na gut. Dann wissen wir das schon mal.« Sie griente vor sich hin. »Tja, tut mir leid für dich, Kollege.«

»Wieso?« Marco klang verdutzt.

»Deine Lieblingstheorie hat damit einen Schönheitsfehler. Frau Kessler hätte ihrem Mann zwar die Tropfen in einen Drink geben, ihn aber kaum durch die Gegend schleppen können.«

Dafür wusste Marco eine einfache Lösung. »Sie kann einen Komplizen gehabt haben.«

Ellen feixte. »Du gibst nicht auf, was?«

»Nicht, dass ich an der Theorie hänge, aber widerlegt ist sie noch lange nicht«, erwiderte Marco. Dann kam er auf den Ausgangspunkt zurück: »Das war aber noch nicht alles vom Doc. Er hat die übrigen Verletzungen des Opfers genauer untersucht. Dabei fand er neben den Hämatomen eine Risswunde in der Innenhand. Und in der Wunde Farbabrieb. Mikroskopisch winzige, gelbe Partikel.«

»Irgendeine Idee, welchen Ursprungs?«

»Leider nicht. Er schickt eine Probe in die KTU.«

»Wäre ja auch zu schön gewesen«, seufzte Ellen.

Marco brummte so etwas wie Zustimmung. »Okay«, meinte er dann. »Ich kümmere mich jetzt um die Familie Kessler. Wann kommst du wieder rein?«

»Auf jeden Fall vor Feierabend. Dann stimmen wir uns ab.«

»In Ordnung.«

Ellen unterbrach die Verbindung. Automatisch wanderte ihr Blick wieder in den Rückspiegel. Für einen Moment war sie versucht, auf die Bremse zu treten. Dana würde ihr hintendrauf rauschen, sich ein paar ihrer Knochen brechen und die nächsten Wochen im Krankenhaus, oder zumindest zu Hause im Bett, verbringen. Wo sie keinen Schaden anrichten konnte.

Ellen erfreute sich einige Sekunden an der Vorstellung, verwarf die Durchführung der Idee aber schließlich schweren Herzens. So wenig sie Dana auch mochte – das war dann doch eine Spur zu drastisch. Mit etwas Glück würde die Journalistin der Sache ja müde, hoffte Ellen. Leuten immer wieder dieselben Fragen stellen, Aussagen vergleichen, Alibis überprüfen, das war langwierig und auf Dauer wenig aufregend. Vielleicht gab Dana Wegener sich ja morgen schon mit der Kurzfassung vom Tag zufrieden. Möglich auch, dass es dann bereits eine neue, spannendere Story gab. Allerdings brauchte es schon einiges, um einen Mord zu toppen. Zwei Ereignisse vom Format Superstory in einer Stadt wie Perleberg?

Ellen seufzte. Nein, eher unwahrscheinlich. Dana Wegener blieb ihr wohl noch eine Weile erhalten. Sie bog in die Lenzer Straße und parkte den Wagen direkt vor dem Gebäude von Kessler Immobilien. Danas Motorrad stoppte unmittelbar hinter ihr. Ellen stieg aus dem Wagen. »Zu Gerstäcker gehe ich allein rein«, sagte sie zu Dana, die gerade abstieg.

»Oh nein. Das ist nicht unsere Abmachung«, widersprach Dana sofort. »Ich komme mit, und zwar *überall* hin.«

»Aber Gerstäcker weiß, wer Sie sind«, widersprach Ellen. »Und ich wette, er hat Ihren heutigen Artikel gelesen. Wie erklären wir ihm unser gemeinsames Erscheinen?«

»Müssen wir das?«, fragte Dana schlicht.

Ellen versuchte ruhig zu bleiben. »Ich hole nur eine Liste«, sagte sie betont akzentuiert. »Sie verpassen nichts.«

»Das weiß man vorher nie«, meinte Dana lax.

»Dana!« Ellens unterdrückte Ungeduld schlug deutlich durch. »Übertreiben Sie es nicht.«

Doch Dana ließ sich nicht abwimmeln. »Ich traue Ihnen nicht. Sie verlassen das Gebäude vielleicht durch einen Nebeneingang und nehmen ein Taxi. Dann stehe ich dumm da.«

Ellen fasste sich gereizt an die Stirn. »Sie schaffen mich.«

»Falls Gerstäcker wirklich fragt, sage ich einfach, ich kann Sie nicht mehr aus den Augen lassen, weil mein Chefredakteur eine Fortsetzung von ›Kommissarin Knöllchen‹ von mir erwartet.« Dana grinste frech.

Ellen blitzte sie böse an. »Wehe.«

Dana lachte und folgte Ellen, die genervt davonstakte.

Auf Gerstäckers Liste standen fünf Namen. Der Computer im Büro, wo Ellen rasch anrief, brauchte nicht lange, um die neuen Anschriften der Personen zu finden. Sie fuhren die Adressen nacheinander ab.

Nummer eins war ein älteres Ehepaar, das sich beim Bau seines Hauses total übernommen hatte und noch während der Bauphase erkennen musste, dass der Traum vom Eigenheim ausgeträumt war. Kessler hatte vor gut einem Jahr das zu drei Vierteln fertige Haus zum reinen Materialpreis ersteigert. Laut Ehepaar Mahler hatte Kessler die anderen Bieter mittels eines Tricks ausgeschaltet. Es war ihm gelungen, einen der Bauarbeiter zu bestechen, vor dem Besichtigungstermin den Keller des Hauses voll Wasser laufen zu lassen, so dass alle Interessenten annehmen mussten, dass es hier Grundwasserprobleme gab. Der Bauarbeiter, ein Osteuropäer, war anschließend wie vom

Erdboden verschwunden, und Kessler konnte man nichts nachweisen. Das Ehepaar wohnte jetzt in einer kleinen Zweizimmerwohnung zur Miete – ohne jeden Luxus, dafür mit einem horrenden Restkredit. Die Episode Hausbau würde die beiden für den Rest ihres Lebens begleiten. Auf die Nachricht von Kesslers Tod reagierte Herr Mahler mit der Bemerkung: »Wer auf die Art Geschäfte macht, muss mit so was rechnen.« Für die Tatzeit gaben die Eheleute an, bei ihrer Tochter und ihrem Enkel in Köln zu Besuch gewesen zu sein. Sie seien Donnerstag losgefahren und die ganzen Osterfeiertage dort geblieben. Ellen notierte die Telefonnummer der Tochter, um später das Alibi zu überprüfen. Aber sie zweifelte nicht an der Aussage der beiden.

Der zweite Name auf Gerstäckers Liste, Lutz, gehörte einem Bankangestellten, der drei Jahre nach dem Hausbau seinen Job verloren hatte, womit die Finanzierung ins Wanken geraten und vor einem Dreivierteljahr schließlich zusammengebrochen war. Frau Lutz hatte ihren Mann vor vier Monaten verlassen. Kurz danach hatte er einen neuen Job bei einem Security-Unternehmen gefunden und wohnte jetzt allein in einer kleinen, aber geschmackvoll eingerichteten Mietwohnung. Lutz zahlte nicht nur den Kredit, sondern auch Unterhalt für seine Frau. Donnerstagabend musste er arbeiten; für Freitag hatte er kein Alibi, sagte, er habe zu Hause den ganzen Tag durchgeschlafen. Die ständig wechselnden Arbeitszeiten machten ihm zu schaffen.

Als drittes fuhren sie zu einer Adresse, an der ein Ehepaar Brack wohnte. Die Bracks waren aber nicht zu Hause. Die Nachbarin gab Auskunft, die Eheleute seien im Urlaub auf Mallorca – seit einer Woche, und sie würden erst am Freitag zurück sein. Sie habe den Schlüssel zur Wohnung, um die Blumen zu gießen, und den Hund in Logis und Kost. Da die Bracks es sich noch leisten konnten, in Urlaub zu fliegen, schloss Ellen sie als Verdächtige aus.

Sie wollte schnurstracks weiterfahren, zu Gruber, dem Vierten auf der Liste. Doch Dana protestierte. »Stopp!«, sagte sie. »Machen Sie denn nie eine Pause? Ich habe Hunger.«

Schon vor zehn Minuten, als sie vor dem Mietshaus der

Bracks angekommen waren, hatte Dana mit dem Schnellimbiss auf der gegenüberliegenden Straßenseite geliebäugelt. Nun deutete sie auf das kleine Lokal. »Lassen Sie uns dort was essen.«

Ellen nickte wortlos. Ihre Anspannung hatte sich etwas gelöst: Zu ihrem Erstaunen war ihre Befürchtung, Dana könnte durch ständiges Unterbrechen die Befragungen behindern, bisher nicht in Erfüllung gegangen. Die Journalistin hielt sich erstaunlich zurück. Das stimmte Ellen ein wenig milder. Zudem war es Mittag, und sie hatte seit dem Morgen nichts mehr gegessen. Ihr Magen hatte bereits vorhin im Auto rumort. Da hatte sie ihn noch mit einem Bonbon beruhigen können, doch noch einmal würde er sich so nicht abspeisen lassen.

Wenig später standen die beiden Frauen an einem Bistrotisch. Ellen kaute schweigend ihre Bulette mit Brot, Dana spießte ein Stück Currywurst nach dem anderen vom Pappteller auf und schob sich dazwischen Pommes in den Mund. Dabei beäugte sie Ellen. Was dieser nicht entging. »Hab ich lila Punkte im Gesicht?«, fragte sie.

Dana lächelte. »Nein.«

»Dann ist ja gut.«

Dana tunkte zwei Pommes auf einmal in Ketchup und steckte sie in den Mund. »Wir sind ein ganz gutes Team. Was meinen Sie?«, fragte sie.

»Hmm«, machte Ellen unbestimmt.

»Finden Sie nicht?«

Ellen fühlte sich zu ihrem eigenen Erstaunen von Danas Konversationsversuch nicht sonderlich genervt. »Was wollen Sie denn hören?«

»Etwas Nettes natürlich.«

Ellen zog die Augenbrauen hoch. »Dazu besteht wahrlich keine Veranlassung.« Übertreiben wollte sie es nun auch nicht gleich! »Was mich angeht, sind Sie wie Kaugummi unterm Schuh. Klebrig und lästig. Wenn überhaupt ein Team, dann sind wir ein aus der Not geborenes.«

»Manchmal erweist sich etwas aus der Not Geborenes später als glückliche Fügung«, sinnierte Dana. Sie nahm ein Schluck von ihrer Cola.

»Ha, ha«, machte Ellen nur.

»Sie gewöhnen sich schon noch an mich«, meinte Dana unbeirrt.

Ellen kommentierte das nicht weiter.

Dana wechselte das Thema. »Mal abgesehen von mir, wie gefällt es Ihnen in der neuen Stadt? Gegenüber Berlin ist das ja eine ziemliche Veränderung. Was hat Sie eigentlich hierher verschlagen? Die Liebe vielleicht?«, schoss sie gleich eine ganze Salve Fragen ab.

»Soll das ein Verhör werden?«

»Ich will nur etwas mehr über Sie erfahren.«

»Wozu?«

»Nur so.«

»Berufskrankheit, was?«, feixte Ellen.

»Kennen Sie sicher«, konterte Dana und entlockte Ellen damit ein kurzes Lächeln. »Also? Bekomme ich eine Antwort?«

»Nein.« Sie würde den Teufel tun, dachte Ellen, und die unerfreulichen Ereignisse der letzten Wochen dieser neugierigen Journalistin auf die Nase binden. Soweit kam es noch.

»Sie wissen aber schon, dass das meine Neugier nur anstachelt«, sagte Dana.

»Das ist Ihr Problem.«

»Also wirklich. Sie sind so zugeknöpft wie ein Wintermantel im Eissturm. Wenigstens ein kleines bisschen können Sie doch über sich verraten.«

»Damit ich es morgen in der Zeitung lese? Als pointenreiche Geschichte aufgepeppt?« Ellen schüttelte den Kopf. »Nein, danke.«

»Das trauen Sie mir zu?«

»Wundert Sie das etwa?«

Danas Gesicht zeigte eine Mischung aus Reue und Schalk. »Na ja«, meinte sie nur.

Ellen schaute auf Danas Pappteller, auf dem nur noch Saucenreste klebten. »Sind Sie fertig? Können wir weiter?« Sie wischte sich die Finger an der Papierserviette sauber und knüllte sie zusammen. Dana sammelte die Papp- und Papierreste zusammen und brachte sie zum Abfalleimer.

Die Fahrt zu Doktor Gruber dauerte eine knappe Viertelstunde. Er wohnte in einem Reihenhaus in einem der kleinen Vororte. Gruber war circa fünfunddreißig und sah nicht schlecht aus, allerdings merkte man ihm an, dass er in letzter Zeit wenig Schlaf bekommen hatte. Er wirkte grau und energielos. Von Kesslers Tod hatte auch er in der Zeitung gelesen, und das hatte, wie er selbst zugab, seinen Tag verschönt. Als Ellen Gruber auf die Szene in Kesslers Büro ansprach, schwollen die Adern auf dessen Schläfen an. Er stieß einen kräftigen Fluch aus. »Dieser Scheißkerl. Erst sorgt er mit einem falschen Anlagetipp dafür, dass meine finanziellen Nöte noch größer werden, und dann gibt er dieses lächerliche Angebot bei der Zwangsversteigerung ab. Ein Euro über dem Mindestgebot.«

»War Kessler denn der einzige Bieter?«

»Tja, ein Druckfehler in der Zeitung.« Verbitterung schwang in Grubers Stimme. »In der Bekanntmachung war der falsche Tag angegeben. Dienstag statt Montag. Blöd gelaufen.«

»Steckte Kessler dahinter?« Nach dem, was Ellen heute Vormittag schon gehört hatte, lag der Verdacht nahe.

»Ich konnte es ihm nicht beweisen. Auch das andere nicht.«

Ellen schaute fragend. »Was meinen Sie mit ›das andere‹?«

»Kessler hatte eine Vorbestellung für meine Villa. Er hat mich ausspioniert, meine Freundschaft gesucht und mich zielgerichtet ruiniert. Er war ein Schwein.«

Nun war Ellen doch einigermaßen sprachlos. »Eine Vorbestellung?«, wiederholte sie entgeistert.

»Ja«, bestätigte Gruber. »Wie beim Bäcker, wenn Sie eine größere Partie Brötchen ordern, wissen Sie. Nur statt Brötchen eine Gründerzeitvilla mit Landschaftsgarten.« Seine Stimme klang bitter.

»Da sind Sie sicher?«

»Allerdings. Kessler selbst rieb es mir selbstgefällig unter die Nase. Natürlich in Abwesenheit von Zeugen.«

Ellen schaute Dana an. Die war offensichtlich ebenso bestürzt; sie schüttelte mit dem Kopf. »Wie ging das Ganze denn vor sich?«, fragte Ellen.

»Ich hatte einen Golden Retriever, wissen Sie.« Gruber schluckte sichtlich bedrückt und atmete einmal tief durch. »Mein früherer Nachbar mochte keine Hunde. Er hatte schon öfter damit gedroht, meiner Stella den Hals umzudrehen. Sie büxte manchmal aus und durch die Hecke in seinen Garten. Eines Tages fand ich sie, tot. Rattengift. Natürlich ging ich davon aus, dass mein damaliger Nachbar meine Stella vergiftet hatte.«

»Wann kamen Ihnen Zweifel?«, fragte Dana.

»Erst viel später. Ich war ja so blöd.« Gruber ballte die Fäuste. »Heute bin ich mir sicher, dass Kessler dahintersteckte.«

»Was sollte es ihm nützen, Ihren Hund zu töten?« Ellen sah darin keinen Sinn.

»Wie gesagt, damals waren wir befreundet. Er wusste, wie sehr ich an Stella hing. Kurz nachdem das mit Stella passierte, wurde mein Nachbar überfallen und krankenhausreif geprügelt. Kessler ließ durchblicken, dass man bestimmte Sachen selbst in die Hand nehmen müsse. Meinen Nachbarn zu verklagen sei nicht genug. Er würde höchstens eine Geldstrafe bekommen. Ganz ehrlich: Ich war Kessler dankbar, dass Stella gerächt wurde. Von da an vertraute ich ihm unbesehen. Und genau das war es, worauf Kessler aus war.«

Trotz Grubers beklagenswerter Geschichte – oder genaugenommen gerade deswegen – musste Ellen ihm die entscheidende Frage stellen. »Herr Gruber, wo waren Sie Donnerstagabend und Freitag?«

»Von Donnerstag auf Freitag hatte ich Nachtschicht in der Klinik. Ergo habe ich Freitag geschlafen.«

»Und abends?«

»War ich mit einem befreundeten Kollegen unterwegs.«

»Wo?«

»Ein Open-Air-Konzert im Stadtpark.«

»Karten schon weggeschmissen?«

»Nein.« Gruber ging in den Flur, kam mit seiner Brieftasche wieder, holte daraus eine Karte hervor und reichte sie der Kommissarin. »Hier, bitte.«

Ellen schaute darauf und nickte. »Natürlich kein sehr stichfestes Alibi.«

»Wusste ja nicht, dass ich eines brauche.« Gruber nahm die Karte wieder an sich.

Ellen gab Dana ein Zeichen. »Gut, Herr Gruber. Das war es schon. Wir melden uns, wenn wir weitere Fragen haben.«

Gruber brachte sie zur Tür.

»Kessler arbeitete wirklich mit einem breiten Repertoire an Gemeinheiten«, meinte Dana, nachdem Gruber die Wohnungstür hinter ihnen geschlossen hatte. »Jeder dieser Leute hatte wirklich gute Gründe, Kessler zu hassen.«

Sie gingen die Treppe hinunter, Ellen Dana voran. »Aber jemanden hassen und jemanden umbringen sind zwei verschiedene Dinge«, sagte sie.

»Nicht, dass hier ein falscher Eindruck aufkommt. Gruber tut mir leid, keine Frage. Trotzdem würde mich nicht wundern, wenn er die Kontrolle über sich verloren hätte«, tat Dana hinter Ellen ihre Meinung kund.

»Hat er doch auch. Deshalb stürmte er in Kesslers Büro und verpasste ihm eine. Aber ist sein Groll so groß, dass er ihn Tage später mit einer Droge betäubt und zur Stepenitz bringt, wo Kessler ertrinkt?«

»Davon haben Sie mir ja noch gar nichts gesagt«, beschwerte sich Dana.

»Wovon?«

»Dass Kessler betäubt wurde. Um das mal klarzustellen: Zu unserem Deal gehört auch, dass Sie mich auf dem aktuellen Stand der Ermittlungen halten.«

»Aber das tue ich doch gerade. Kessler wurde mit Flunitrazepam vergiftet.« Sie traten auf die Straße. »Auf zur letzten Adresse.« Ellen stieg in ihren Wagen.

Die fünfte Person auf Gerstäckers Liste war Rainer Tauber, selbständiger Werbemanager. Seine Agentur war allerdings pleitegegangen und das Geld, das er von der Bank geliehen hatte, futsch. Deshalb hatte das Institut Taubers Haus pfänden lassen. Die Zwangsversteigerung war per Briefgebot abgewickelt worden. Kesslers Angebot gewann. Ein abgekartetes Spiel, wie Tauber versicherte, denn Kessler bekam den Zuschlag für einen Preis, der weit unter dem Wert des Hauses lag. Donnerstagabend war Tauber, wenn seine Angabe stimmte, bei einer Flatrate-Saufpartie gewesen. Von der er sich Freitag erholt hatte, um dann abends den Restkater mit Alkohol zu bekämpfen. Er gab ein paar Namen von Freunden an, die das bestätigen konnten.

Wieder auf der Straße, lehnte Ellen sich gegen ihren Wagen. »Auch die fünfte Geschichte fügt sich ins Schema. Wie Kessler arbeitete, darüber wissen wir jetzt Bescheid.«

»Was ist mit Gerstäcker? Er ist Kesslers rechte Hand. Der hat doch sicher überall mitgemauschelt. Wenn Kessler von einem dieser Leute getötet wurde, schwebt Gerstäcker auch in Gefahr«, gab Dana zu bedenken. »Sie sollten ihn warnen.«

»Ja, wenn. Aber eine Warnung halte ich für überflüssig. Gerstäcker weiß doch wohl selbst am besten, was er getan und wen er verärgert hat. Schließlich hat er die Liste erstellt.«

Dana zuckte mit den Schultern. »Wenn Sie meinen.«

Ellen nickte. »Meine ich.«

»Gut. Was machen wir jetzt?«, wollte Dana wissen. »Den Tag auswerten? Vielleicht bei einem Bierchen?«

Der lange Blick, mit dem Ellen sie maß, zeugte von wenig Begeisterung für diesen Vorschlag. »Wir haben doch gerade ausgewertet«, ließ sie Dana abblitzen, öffnete die Wagentür und schickte sich an einzusteigen. »Ich fahre jetzt in die Dienststelle. Und Sie sollten wissen, dass Alkohol und das Führen eines Kraftfahrzeuges nicht zusammenpassen.« Ellen setzte sich in ihren Wagen. »Aber ich tue mal, als hätte ich das eben nicht gehört.«

Dana lehnte sich zwischen Wagentür und Türöffnung. So verhinderte sie, dass Ellen die Tür zuzog. Sie beugte sich zu Ellen hinab. »Okay. Ich kann ja später vor der Dienststelle auf Sie warten, vielleicht haben Sie dann Lust auf ein Feierabendbier. Alkoholfrei, wenn Ihnen das lieber ist.«

»Wie kommen Sie auf die Idee, ich würde auch noch meine Freizeit mit Ihnen verbringen wollen?« Ellen runzelte die Stirn und zog nachdrücklich an der Wagentür. »Schönen Tag noch.«

Dana trat zurück. Sie sah dem abfahrenden Wagen hinterher. »Dann eben nicht«, murmelte sie.

Ellen kam ins Büro, als Marco gerade den Hörer auflegte. »Das war der Chef. Der hat von seinem Chef die unmissverständliche Ansage bekommen, dass der Fall Kessler oberste Priorität hat. Kessler war wohl der Busenfreund einiger Stadtmagnaten.«

Ellen verzog den Mund. »Wer einen solchen Freund hat,

braucht keine Feinde«, sagte sie. »Wahrscheinlich wollen die Brüder nur wissen, ob er wirklich tot ist.«

Marco lehnte sich in seinem Stuhl zurück. »Scheint, als hättest du einen aufschlussreichen Tag gehabt. Lässt du mich daran teilhaben?«

»Die lange oder die kurze Version?«

»Was du für richtig hältst.«

Ellen gab Marco eine Zusammenfassung der Befragungen, die sie mit Grubers Worten beendete: »Kessler war ein Schwein.«

»Puh«, machte Marco. »Was für ein unangenehmer Zeitgenosse.«

»Und wie war es bei dir?«

»Kesslers Frau lässt nichts auf ihren Mann kommen. Er war ein guter Ehemann, ein fürsorglicher Vater.«

»Ein guter Versorger.«

»Genau. Die Kinder sind sehr reserviert. Ben, der Sohn, hat es nicht eilig mit der Firmenübernahme. Er sagt, er wird sein Studium erst beenden. Solange soll Gerstäcker den Laden führen. Die Tochter geht auf Abstand bei allem, was die Firma des Vaters betrifft. Und ich glaube, auch sonst.«

»Meinst du, sie wissen von den Geschäftsmethoden ihres Vaters?«

»Wahrscheinlich. Ihre Alibis habe ich überprüft, die sind in Ordnung. Frau Kessler hat natürlich keines. Aber wer lügt jetzt, was die Ehe der Kesslers angeht? Die Frau oder Gerstäcker?«

»Bei Kesslers Charakter – glaubst du da, dass er privat einfach alles ablegt und der perfekte Ehemann ist?«, fragte Ellen. Ihre eigene Antwort auf die Frage stand ihr ins Gesicht geschrieben.

»Nein«, stimmte Marco zu. »Frau Kessler macht uns was vor. Aber warum? Hat sie was zu verbergen, oder will sie einfach den Schein wahren?«

»Vielleicht beides?«

»Ich fühle ihr morgen noch mal auf den Zahn. Wenn ich sie mit dem konfrontiere, was du mir gerade erzählt hast, wird sie vielleicht etwas gesprächiger.«

»Gut. Wie weit bist du bei den Angestellten gekommen?«

»Von denen hat keiner ein sichtbares Motiv. Aber nach dem,

was du erzählt hast, wird mir jetzt die eine oder andere Andeutung klar, die da durchkam.«

»Haben wir mittlerweile den vollständigen Bericht vom Doc?«

»Liegt in deinem Eingangskorb.«

Ellen schaute nach, fischte die Mappe unter ein paar anderen Blättern hervor und blätterte darin. »Die Hämatome sind älter, etwa zwei Tage vor Kesslers Tod entstanden?« Sie sah auf. »Hatte Kessler zwei Tage zuvor eine Auseinandersetzung mit seinem späteren Mörder?«

»Bei der Anzahl der Leute, die er vergrault hat, kann es sich durchaus um zwei verschiedene Personen handeln.«

»Auch wahr.«

»Was ist mit den Leuten vom Mietshaus?«, erkundigte sich Marco.

»Da fahre ich auf dem Heimweg vorbei.« *Ohne dass mir Dana dabei an den Fersen klebt. Ha!* »Vermutlich wird sowieso nichts Konkretes dabei rumkommen.«

»Na, zumindest eine Liste mit Alibis, die wir überprüfen müssen.«

Als Ellen wenig später die Dienststelle verließ, kam ihr eine Schrecksekunde lang der Gedanke: Was, wenn Dana wirklich draußen stand und auf sie wartete? *Blödsinn, Ellen,* schalt sie sich sofort. *Du hast ihr mehr als deutlich zu verstehen gegeben, wo sie sich hinscheren kann.*

Dennoch sah Ellen sich verstohlen um. Und wie sie erstaunt feststellte, beschlich sie dabei eine gewisse Erwartung. Wonach eigentlich? Dass Dana hinter dem Laternenpfahl auftauchte und sie angrinste? Ellen schüttelte den Kopf über sich selbst.

4.

Wie hast du das geschafft?«, begrüßte Marco sie am nächsten Morgen und erntete dafür einen fragenden Blick von Ellen. »Nur vier kurze Zeilen unter der Überschrift *Nichts*

Neues im Fall Kessler. Normalerweise lässt sie einen nicht so einfach vom Haken.«

»So? Na, dann hatte ich wohl Glück«, meinte Ellen lapidar.

Kaum saß sie, klingelte ihr Telefon. Sie nahm ab. Noch bevor sie ihr »Reuter« zu Ende ausgesprochen hatte, schallte es durch den Hörer: »Wann machen wir weiter?«

Ellen fuhr der Schreck durch die Glieder. Dana!

Sie sandte einen schnellen Blick zu Marco. Wie redete sie jetzt mit der Journalistin, ohne dass ihr Kollege mitbekam, wen sie da am Apparat hatte? »*Mutter*, ich hatte dir diese Nummer doch nur für den Notfall gegeben«, sagte Ellen tadelnd.

Dana kicherte. »Mutter? Nicht sehr schmeichelhaft.«

»Im Moment ist es wirklich ungünstig, Mutter.«

»Das heißt, Sie sind nicht allein?«

»Du sagst es. Kann ich dich später zurückrufen?«

»Aber nicht vergessen.« Ein Glucksen Danas, dann ein Klacken in der Leitung.

Ellen schaute Marco schief lächelnd an. Der grinste verstehend zurück. »Man bleibt immer ihr Kind.«

Ellen wechselte eilig das Thema. »Wolltest du nicht noch mal zu Frau Kessler?«

Marco nickte.

»Gut.« Ellen winkte mit einem Zettel, auf dem sie Notizen aus ihren gestrigen Unterredungen mit den Mietern zusammengestellt hatte. »Anschließend kannst du mir helfen, die Alibis von ein paar Leuten zu prüfen.«

»Aber sagtest du nicht, wir teilen auf? Ich Familie und Angestellte. Die anderen sind deine Hälfte.«

»Aber meine Hälfte wächst sich aus. Also wird mein netter, junger Kollege mir doch helfen, oder?« Ellen lächelte Marco charmant an. »Oder ist es in der Kleinstadt üblich, seine Partnerin zu benachteiligen?«

Marco kam zu ihr und fischte den Zettel aus ihrer Hand. »Will mal nicht so sein«, gab er sich großzügig. Dann ging er zur Tür. Dort angekommen drehte er sich um. »Was ist? Willst du hier festwachsen?«

»Ich ... muss noch einen Anruf machen.«

Marco winkte ihr lässig zu. »Bis später.«

Kaum war der Kollege draußen, sprang Ellen auf und lief zu Marcos Schreibtisch, wo sie sich in Windeseile die dort liegende Zeitung schnappte. Sie überflog die Seiten, suchte das Impressum, fand endlich die Nummer des Verlages. Wütend tippte sie die Ziffern ins Telefon. »Geben Sie mir Dana Wegener«, blaffte sie in den Hörer.

»Wegener«, meldete die sich kurz darauf.

»Sind Sie verrückt, mich im Revier anzurufen?«, fauchte Ellen gepresst in den Hörer. »Was, wenn ich nicht im Büro gewesen wäre und Fabian abgenommen hätte?«

»Dann hätte ich so getan, als wolle ich ihn über den Fall ausquetschen. Na und?«, erwiderte Dana gelassen.

Ellen atmete tief durch und mahnte sich zur Ruhe. Sie wusste ja mittlerweile: Diskussionen in dieser Tonart mit Dana Wegener zu führen, brachte nichts. »Dana. Sie können nicht die ganze Zeit an mir kleben. Ich gebe Ihnen Bescheid, wenn es neue Fakten gibt. Glauben Sie mir, ich werde mein Möglichstes versuchen, dass Sie den Fall so nah wie möglich miterleben. Sie bekommen Ihre Story.«

Die Tür des Büros wurde geöffnet. »Marco nicht da?«

Ellen ließ den Hörer sinken. »Unterwegs. Was gibt es denn?«

»Gerstäcker steht draußen. Er ist überfallen worden. Gestern Abend. Wurde vom Notarzt ins Krankenhaus gefahren.«

»Was?«, rief Ellen. »Warum hat man uns nicht gleich informiert?«

»Die Streife konnte ja nicht wissen, dass er Zeuge in einer Morduntersuchung ist.«

Ellen fluchte leise vor sich hin. »Schick ihn rein.«

Der Kollege nickte und ging hinaus.

»Haben Sie das mitbekommen?«, fragte Ellen ins Telefon.

»Was mitbekommen?«

»Gerstäcker wurde überfallen. Wir reden später.« Sie legte auf.

Gerstäcker trat ein. Sein gestern noch makelloses Gesicht bot heute einen lädierten Anblick. Mehrere Blutergüsse und eine genähte Wunde am Auge – gerade so, als habe er einen Boxkampf hinter sich. Ellen erhob sich automatisch.

»Herr Gerstäcker, was ist passiert?«, empfing sie ihn und

zeigte auf einen Stuhl.

Gerstäcker deutete auf sein Gesicht. »Das ist passiert.« Er setzte sich mit schmerzverzogenem Ausdruck.

»Erzählen Sie«, forderte Ellen ihn auf.

»Gestern Abend. Ich kam erst spät aus dem Büro, so gegen halb elf. Ich gehe zu meinen Wagen, will einsteigen. Da sehe ich, dass jemand die Seitenfront zerkratzt hat. Der ganzen Länge nach. Ich laufe natürlich um den Wagen herum, um zu sehen, ob sich der Idiot auch auf der anderen Seite ausgetobt hat. Plötzlich zieht mir jemand eine von hinten über. Ich gehe zu Boden. ›Du kommst auch noch dran‹, höre ich eine dumpfe Stimme sagen, spüre Tritte in Rippen und Gesicht. Dann habe ich kurz das Bewusstsein verloren.«

Ellen erinnerte sich sofort an den Obduktionsbericht. Kessler war zwei Tage vor seinem Tod angegriffen worden. Schwebte Gerstäcker tatsächlich in Gefahr?

»Haben Sie den Angreifer erkannt? Können Sie ihn beschreiben?«

»Nein. Er kam von hinten, und ehe ich mich versah, lag ich zusammengekauert am Boden. Seine Schuhe kann ich Ihnen beschreiben. Es waren grüne Sportschuhe, die bis zu den Knöcheln gingen. Sie leuchteten so komisch neonfarben.«

»Neonfarben?« Ellens Interesse war geweckt. Was Gerstäcker beschrieb, war doch wohl mehr der Stil von Teenagern, zumindest jüngerer Leute. Unter ihren möglichen Verdächtigen waren die aber rar gesät; genaugenommen gab es keine. Aber natürlich war nicht auszuschließen, dass einer in seinem Schuhgeschmack jung geblieben war. Sie und Marco würden wohl, außer eine weitere Alibiüberprüfung durchzuführen, auch einen Blick in die Schuhschränke aller Beteiligten werfen müssen. Natürlich bestand die theoretische Möglichkeit, dass der Überfall auf Gerstäcker mit der Sache Kessler gar nichts zu tun hatte – ein zufälliges Ereignis, nichts weiter. Aber da war das »Du bist auch noch dran«. Wieso sollte ein zufälliger Überfalltäter so etwas sagen?

»Herr Gerstäcker, wurden Sie beraubt?«

»Nein.«

Und ohne wenigstens die Brieftasche mitzunehmen abhauen?

Nein, der Überfall gehörte definitiv irgendwie zum Puzzle dazu.

»Was ist mit der Stimme des Täters?«, forschte Ellen weiter.

Gerstäcker hob hilflos die Hände. »Mir völlig unbekannt.«

»War sie jung oder alt?«, half Ellen.

»Tut mir leid, kann ich nicht sagen.«

»Hm. Viel ist das nicht.« Ellen knabberte nachdenklich auf ihrer Unterlippe herum. »Herr Gerstäcker, kommen Sie direkt vom Krankenhaus oder waren Sie schon zu Hause?«

»Ich war zu Hause, mich umziehen. Warum?«

»Kann ich Ihnen einen Beamten mitgeben, dem Sie die Sachen geben, die Sie gestern beim Überfall trugen? Für unser Labor. Vielleicht finden wir irgendwelche Spuren vom Angreifer darauf.«

»Ja, selbstverständlich.«

»Gut.« Ellen blickte Gerstäcker ernst an. »Tja, Sie sollten die nächsten Tage vielleicht besser zu Hause bleiben. Da sind Sie sicherer.«

»Aber das ist unmöglich«, wehrte Gerstäcker ab. »Gerade jetzt, wo Karl nicht mehr da ist ... Jemand muss die Firma führen.«

»Ihre Entscheidung.« Ellen stand auf. Wäre ihr der Mann sympathischer, wäre ihre Warnung sicher eindringlicher ausgefallen. »Wir sind dann fertig. Ich gebe gleich einem Kollegen Bescheid.«

Gerstäcker stand auf. Ellen ging mit ihm hinaus und bat einen der Beamten, ihn zu begleiten. Dann machte auch sie sich auf den Weg. Sie wollte noch mal zu Gruber, seinem Alibi auf den Zahn fühlen. Von so einem Open-Air-Konzert konnte man sich immerhin ziemlich leicht wegschleichen.

Unterwegs rief sie Marco an.

»Wenn du die Alibis überprüfst, frag die Leute bitte auch, wo sie gestern Abend gegen halb elf waren.«

»Wieso? Was war da?«

»Da ist Gerstäcker überfallen worden«, erzählte Ellen. »Ach, und wir suchen neongrüne Knöchelsportschuhe.«

»Alles klar.«

Ellen schaute ungeduldig auf die Uhr. »In einer Viertelstunde bei Gruber«, hatte sie zu Dana gesagt. Jetzt wartete sie schon über zwanzig Minuten. Pünktlichkeit gehörte wohl nicht zu Dana Wegeners Stärken. Aber das wunderte Ellen wenig; genaugenommen hätte es sie erstaunt, wenn Dana sie wenigstens in diesem Punkt positiv überrascht hätte. Andere einfach warten lassen – das passte zu all den übrigen nervigen Eigenschaften dieser Journalistin. Selbstgefällig, frech, aufdringlich.

»Tja, Pech. Wer nicht kommt zur rechten Zeit ...« Ellen öffnete die Wagentür und stieg aus. Im Grunde war es ihr nur recht, allein zu Gruber hineinzugehen. Bevor in Ellen jedoch tiefere Zufriedenheit aufsteigen konnte, bog Danas Motorrad um die Ecke.

»Nächstes Mal wartest du gar nicht erst«, murmelte sie vor sich hin, blieb auf dem Gehweg stehen und sah zu, wie Dana ihr Krad abstellte und den Helm absetzte. Demonstrativ schaute Ellen auf die Uhr.

»Ihr Gesichtsausdruck erinnert stark an den einer Gouvernante«, erntete sie dafür von Dana als Begrüßung.

»Als Journalistin hat man vielleicht alle Zeit der Welt. Bei der Aufklärung von Verbrechen, ganz besonders in Mordfällen, ist das anders«, erwiderte Ellen spitz.

Dana seufzte. »Ellen Reuter, wann entspannen Sie sich endlich? Ich tue Ihnen nichts.«

»Sie meinen, abgesehen davon, dass Sie mich erpressen, mit Ihnen zusammenzuarbeiten?«, entgegnete Ellen bissig.

»Erpressen? Ich erpresse Sie doch nicht.«

»Wie nennen Sie es dann?«

»Eine Vereinbarung zu beiderseitigem Nutzen.«

Ellen schüttelte den Kopf. Diese Frau war so dreist, dass es einen durchaus amüsieren könnte. Wenn die Sache, um die es ging, nicht so ernst wäre. »Ja, nur dass mein Nutzen lediglich der ist, Ihre unberechenbaren, störenden Auftritte in möglichst berechenbare, schadlose umzuwandeln. Ach ja, und nicht zu vergessen, Ihren schriftlichen Gemeinheiten zu entgehen.«

»Also gut«, gab Dana sich geschlagen. »Sie haben recht. Ich bin eine Journalistin ohne Moral und Skrupel. Aber ich mache das schließlich nicht nur für mich. Ich habe Leser. Die wollen informiert werden. Und dabei gleichzeitig unterhalten. Das schafft man nicht durch bloßes Aneinanderreihen von Fakten. Geben Sie also nicht mir die Schuld, sondern denen, die die Zeitung kaufen.«

»Sie hören sich an wie ein Waffenhersteller, der jede Verantwortung für sein Tun ablehnt, denn er ist ja nicht derjenige am Abzug.«

Danas Kinnlade klappte nach unten. Für eine Sekunde war sie tatsächlich sprachlos. »Das können Sie nun wirklich nicht miteinander vergleichen«, brachte sie endlich hervor.

Ellen winkte ab. Wieder eine Diskussion, aus der sich nichts gewinnen ließ. »Lassen wir das. Ich bin nicht hier, um mit Ihnen zu streiten. Gehen wir rauf zu Gruber.« Sie gingen zum Hauseingang. Auf dem Klingelschild an der Haustür drückte Ellen auf Grubers Namen. Der Türsummer krächzte.

Im zweiten Stock erwartete Gruber sie in der offenen Tür. »Sie schon wieder.« Er machte einen Schritt zur Seite, so dass Ellen und Dana in den Flur treten konnten.

»Wir haben noch ein paar Fragen, Herr Gruber. Unter anderem die, wo Sie gestern Abend gegen halb elf waren.«

»Da war ich zu Hause.«

»Allein?«

»Nein. Nicht allein. Zusammen mit meiner Freundin. Wir haben auch zusammen gefrühstückt.«

»Wie heißt die Freundin? Wo finden wir sie, damit sie uns Ihre Aussage bestätigt?«

»Sie heißt Bergrath. Simone Bergrath. Und sie ist ebenfalls Ärztin am Krankenhaus, wo ich arbeite. Dort hat sie gerade Dienst.«

Ellen stutzte. Simone ... Dann klingelte es bei ihr. So hieß doch laut Gerstäcker Kesslers Geliebte. Der Name war zwar nicht selten, aber für eine zufällige Übereinstimmung doch selten genug. War Simone Bergrath eine Frau, die zwischen zwei Männern stand? Dann würde sie sie nach mehr als nur Grubers Alibi fragen.

»Sind Frau Bergrath und Sie schon länger liiert?«, erkundigte sich Ellen.

»Wir sind nicht liiert. Wir sind verlobt«, korrigierte Gruber.

»Wir heiraten in zwei Monaten.«

Also doch zufällige Namensgleichheit. Oder die Verlobte beschritt Abwege, von denen Gruber nichts wusste. Das heißt – möglicherweise hatte er auch davon erfahren. Was ein weiteres Motiv wäre, Kessler unter die Erde zu wünschen.

»Herr Gruber. Besitzen Sie grüne Sportschuhe?«

»Ich spiele Golf, nicht Verstecken im Gras«, erwiderte Gruber leicht blasiert.

»Kann ich trotzdem mal Ihren Schuhschrank sehen?«

Gruber deutete auf einen kleinen Schrank direkt neben ihnen. »Bitte.«

Ellen bückte sich und öffnete die Klappe. Weiß, braun, schwarz. Andere Farben fand sie nicht.

Ellen und Dana verabschiedeten sich.

»Was war das mit den Sportschuhen?«, fragte Dana im Hausflur.

»Der Täter vom Überfall auf Gerstäcker gestern trug neongrüne, knöchelhohe Sportschuhe«, erklärte Ellen ihr.

Sie fuhren zum Krankenhaus. Da Grubers Konzertbegleiter auch ein Kollege war, hoffte Ellen, dass er ebenfalls Dienst hatte. So könnte sie zwei Fliegen mit einer Klappe schlagen. Und ihre Hoffnung wurde nicht enttäuscht.

Grubers Kollege bestätigte dessen Anwesenheit beim Konzert. »Wir trafen uns um sieben. Das Konzert endete gegen halb zehn. Anschließend fuhren wir heim. Ich wollte ja noch auf ein Bierchen, aber Gruber meinte, er wolle zeitig ins Bett. Wenn Sie mich fragen, zog es ihn aber zu seiner Simone. Da sieht man es mal wieder: Hartnäckigkeit zahlt sich aus. Seit dem Osterwochenende sind die beiden wieder zusammen.«

Ellen hielt fest, Grubers Alibi für Freitagabend war bis auf zweiundzwanzig Uhr beschränkt.

»Herr Gruber und Frau Bergrath hatten sich getrennt?«

»Ja. Kann man ihr nicht verdenken. Gruber war eine ganze Weile ziemlich unausstehlich. Was man *ihm* wiederum nicht verdenken kann, denn ihm wurde ja ziemlich übel mitgespielt von diesem Kessler. Der hat ihn ruiniert, nur um an das Haus zu kommen. Muss man sich mal vorstellen. Andererseits, wäre Gruber nicht so blöd gewesen, sich auf diesen Aktiendeal einzulassen, müsste er jetzt nicht in dieser Zwei-Zimmer-Bude hausen. Aber er wollte eine Gemeinschaftspraxis in seinem Haus einrichten. Er und Simone hatten diese Idee seit längerem. Leider stellte sich der Deal, der das Geld dafür bringen sollte, als Totalflop heraus. Das Ende vom Lied: Keine Gemeinschaftspraxis, und sogar das Haus war futsch. Und dann lässt sie ihn sitzen – wo er doch das alles nur für sie tat. Gruber war am Boden zerstört, das können Sie mir glauben.«

Ellen hatte genug gehört. Sie bedankte sich und suchte Simone Bergrath auf.

Grubers Verlobte zeigte weniger Kooperationsbereitschaft als ihr gesprächiger Kollege. Sie bestätigte, dass sie und Gruber den gestrigen Abend gemeinsam verbracht hatten, einschließlich der Nacht. Über die Krise in der Beziehung zu Gruber hingegen musste Ellen ihr jedes Wort aus der Nase ziehen. Simone Bergrath versuchte das Ganze herunterzuspielen. Die Frage, ob sie in der Trennungszeit eine Affäre hatte, verneinte sie.

»Was denken Sie denn? Dass ich von Bett zu Bett hüpfe?«, fragte sie verärgert.

Gut geschauspielert, dachte Ellen, die mittlerweile nicht mehr an eine zufällige Namensgleichheit mit Kesslers Geliebten glaubte. Herausfinden, welches Kesslers Lieblingsrestaurant war, notierte sie in Gedanken. Dahin hatte er seine Geliebte bestimmt mal ausgeführt. Einer der Kellner würde sich an die beiden erinnern. Und ob sie wie zwei Bekannte wirkten, worauf die Bergrath sicher versuchen würde sich herauszureden, oder wie ein Paar. In letzterem Fall könnte sie Simone Bergrath damit konfrontieren. Ein Bild von der Frau wäre hilfreich, damit sie es dem Restaurantpersonal zeigen konnte.

»Natürlich nicht«, beantwortete Ellen Frau Bergraths empörte Frage und lächelte versöhnlich. »Wir wollen Sie auch nicht länger von Ihrer Arbeit abhalten. Auf Wiedersehen, Frau Bergrath.«

Im Fahrstuhl auf dem Weg nach unten waren sie nicht allein, deshalb hielt Dana sich zurück. Doch als sie ausstiegen und zum Ausgang liefen, konnte sie nicht mehr an sich halten. »Ich glaube, Sie sollten mir noch einiges erzählen. Offensichtlich glauben Sie, Simone Bergrath war die Geliebte von Kessler!«

»Es spricht so einiges dafür. Gerstäcker sagt, Kessler hatte eine Geliebte – mit dem Vornamen Simone. Frau Kessler behauptet zwar, ihre Ehe wäre in Ordnung gewesen, aber nach all dem, was wir über Kessler gehört haben, halte ich ihn nicht für einen treu liebenden Ehemann. Ich glaube, Frau Kessler lügt wider besseres Wissen, in jedem Fall aber wider eine sehr deutliche Ahnung. Eifersucht ist immer ein starkes Motiv. Ergo haben wir gleich zwei Verdächtige, was das angeht: Gruber und Frau Kessler. Wir müssen also herausfinden, ob die beiden von der Affäre zwischen Kessler und der Bergrath wussten. Von der ich überzeugt bin, dass es sie gab.«

»Und was ist mit dem Rest? Den anderen betrogenen Hausbesitzern?«

»Ja, die haben auch ein Motiv, und die sind von der Verdächtigenliste natürlich nicht gestrichen. Aber ich glaube, wir sollten uns an Gruber und die Familie Kessler halten. Vor allem, weil in der Regel nahestehende Personen involviert sind, Freunde oder Familie – in Grubers Fall ehemalige Freunde –, wenn Betäubung oder Vergiftung im Spiel ist.«

»Mag sein. Aber da ist auch noch der Bauer in Düpow«, warf Dana ein.

»Wer?« Ellen wusste nicht sofort, wovon Dana sprach. »Ach ja, Ihr Bauchgefühl«, fiel ihr dann ein. Der Spott in ihrer Stimme war unüberhörbar. »Was hat der arme Schweinebauer Ihnen nur getan? Oh, ich vergaß, man muss gar nichts tun, um bei Ihnen in Ungnade zu fallen. Wer einmal das Pech hatte, wird Sie nicht mehr los.«

Dana lächelte schief. »Sie sagten vorhin, Sie wollten sich nicht mit mir streiten«, rief sie Ellen ins Gedächtnis.

»Stimmt. Also, was soll mit dem Bauern sein?«

»Das ist es ja. Wir wissen nichts Genaues. Nur, dass es um eine Bodenanalyse geht. Wir könnten vielleicht Konkreteres herausfinden, wenn wir diese Akte bei Gerstäcker einsehen.«

Sie kamen an Ellens parkendem Wagen an. Mit einem Fingerdruck öffnete die Kommissarin die Zentralverriegelung. »Ich höre immer *wir*. Abgesehen davon, was soll dabei herauskommen? Ein weiterer betrogener Kunde. Davon verspreche ich mir nicht sehr viel. Diese Endlosliste bleibt mir immer noch, wenn die Ermittlungen zu Gruber und Frau Kessler nichts ergeben.«

»Aber *ich* verspreche mir etwas von dieser Spur«, beharrte Dana. »Und wir sind doch Partner.«

Ellen hob zum Einspruch an, doch Dana war schneller. »Wenn auch wider Willen«, kam sie Ellen zuvor.

Na, wenigstens das begriff diese Journalistin endlich, stellte Ellen zufrieden fest. Und überlegte. Eigentlich dürfte es kein Problem sein, an die Akte zu kommen. Sie würde Gerstäcker eben sagen, die Befragung der Leute von der Liste, die er ihr gegeben hatte, reiche nicht aus. Man müsse tiefer graben, brauche eine Gesamteinsicht in die Unterlagen. Sicher würde Gerstäcker sich einverstanden erklären – besonders nachdem auch er bedroht worden war. »Okay. Sie bekommen von mir eine Kopie dieser Akte«, sagte Ellen. »Dafür besorgen Sie mir ein Bild von Simone Bergrath.« Ellen griff nach dem Türgriff ihres Wagens.

»Von der Ärztin?«, wunderte sich Dana.

»Ja. Ist das ein Problem? Ich dachte, das gehört zu Ihren Standards. Unerwünscht auftauchen und Bilder schießen«, stichelte Ellen. Zur Abwechslung war nun sie es einmal, die Dana piesackte. Das gefiel ihr.

»Nein, kein Problem«, erwiderte Dana.

»Dann haben wir eine Vereinbarung. Die erste, von der ich auch mal was habe.« Damit stieg Ellen in den Wagen.

Später, im Büro, berichtete sie Marco: »Die Saufkumpane Rainer Taubers bestätigen dessen Angaben, soweit die Erinnerungen nicht vom Alkohol weggespült wurden.« Das war die kurze Quintessenz einer Reihe von Befragungen, die sie im Anschluss an ihren Besuch im Krankenhaus durchgeführt hatte. Dana immer an ihren Fersen klebend natürlich.

Den Rest des Nachmittags durchleuchteten Marco und Ellen Motive, konstruierten mögliche Tatabläufe, rätselten ohne nennenswertes Ergebnis herum. Am Ende waren sie sich aber einig, dass Gruber und Frau Kessler die Hauptverdächtigen blieben. Ellen favorisierte Gruber, zumal er als Arzt leichten Zugang zu Narkosemitteln hatte. Marco tippte nach wie vor auf die Frau des Toten.

»Hast du bei irgendwem von der Familie oder bei den anderen Befragten grüne Sportschuhe gefunden?«, erkundigte sich Ellen.

Marco schüttelte den Kopf. »Fehlanzeige.«

»Ich werde morgen früh gleich noch mal in Kesslers Firma fahren. Ein bisschen in den Unterlagen dort wühlen, speziell in denen zu Gruber«, kündigte Ellen an. Sie tat, als entschließe sie sich gerade in diesem Moment dazu. Dem war natürlich nicht so; sie suchte lediglich einen Vorwand, ein wenig in den Firmenakten zu kramen. Dabei würde sie dann zufällig diese Düpow-Akte in die Finger bekommen und rein prophylaktisch Gerstäcker dazu befragen. Etwas an Gerstäckers Aussage würde sie stutzen und die Akte kopieren lassen. Hokuspokus – schon hatte sie eine Erklärung, falls diese erforderlich sein sollte. Sie würde Dana die Akte mit einer lässigen Geste überreichen. Die hatte im Gegenzug hoffentlich das Foto von der Bergrath besorgt.

Apropos Frau Bergrath. Ellen griff nach dem Telefon, wählte Gerstäckers Nummer.

»Entschuldigen Sie die Störung, Herr Gerstäcker, nur eine kurze Frage. In welches Restaurant führte Herr Kessler am liebsten die jeweilige Dame seines Herzens? ... Ins Roseneck. Wie passend. Wo ist das? ... Danke.« Ellen legte auf.

»Wozu brauchst du das denn?«, fragte Marco.

»Ich hab dir doch von der Bergrath erzählt, Grubers Verlobter. Vielleicht erinnert sich einer der Angestellten des Restaurants, sie mal in Begleitung Kesslers gesehen zu haben. Dann hat sie gelogen.«

»Ja, klar. Gute Idee, fahr mal dort vorbei. Und ich werde den Kollegen Beine machen, falls sie bis morgen früh Kesslers Wagen immer noch nicht aufgetrieben haben«, versprach Marco.

Ellen schaute ihn überrascht an. »Willst du dich unbeliebt machen?«

»Wenn es sein muss.«

»Was ist eigentlich mit dem Verbindungsnachweis des Handys?«

»Ja, der ist interessant. Im Laufe des Donnerstags diverse Gespräche. Gerstäcker, einmal Findeisen, ein paar Geschäftspartner. Nichts Auffälliges soweit. Aber dann: der letzte Anruf bei Gerstäcker. Freitagmorgen, fünf Uhr. Davon hat Gerstäcker nichts erwähnt. Was, wenn sich die beiden verabredet haben? Und die Verabredung für Kessler tödlich endete?«

»Dann wird Gerstäcker das garantiert nicht zugeben, sondern sagen, dass es völlig normal war, dass Kessler ihn zu jeder Tages- und Nachtzeit anrief. Außerdem dachte ich, du favorisierst Frau Kessler als Täterin.«

Marco zuckte mit den Schultern. »Man muss flexibel bleiben.«

Ellen griente und fuhr ihren Computer herunter. »Dann kannst du ja morgen mit Kesslers Konkurrenten weitermachen.«

»Okay, ich hör mich um, ob einer darunter ist, den Kessler besonders angepisst hat.«

»Gut. Und jetzt machen wir Feierabend«, schlug Ellen vor.

Marco schaute auf die Uhr. »Viertel nach sieben. So früh?« Er warf der Kollegin einen neugierigen Blick zu. »Schon eine Verabredung in der neuen Stadt? Nach so kurzer Zeit?«

»Ja, mit meiner Couch. Ich bin geschafft. Aber selbst wenn ich eine Verabredung hätte, würde ich es für mich behalten«, klärte Ellen ihn gleich mal auf.

»Wieso? Ich kann dir wichtige Tipps geben«, versuchte Marco seine Neugier durch Hilfsbereitschaft zu kaschieren. »Sag mir, wohin der Typ dich einlädt, und ich sag dir, von welcher Sorte er ist.«

»Wirklich nett«, bedankte Ellen sich mit übertrieben freundlicher Stimme. »Aber abgesehen davon, dass ich das lieber selbst beurteilen will, weißt du ja nicht, was ich suche.«

Marco grinste breit. »Dann sag's mir.«

Ellen grinste ebenso breit zurück. »Dazu kennen wir uns noch nicht lange genug.«

Marco winkte ab. »Ach, Frauen wollen doch eh immer das Gleiche. Einen harten Kerl, aber gebildet. Witzig, doch nicht kindisch. Familienmensch, trotzdem erfolgreich im Beruf. Sicherheit soll man bieten, aber langweilig darf es dabei nicht werden. Und weil es einen solchen Mann nicht gibt, nörgeln sie ständig an einem herum.«

Ellen stand vom Schreibtisch auf und nahm ihre Jacke. »Du hast es wohl sehr schwer bei den Frauen?«, spöttelte sie.

»Ist doch so. Oder?«

»Wahrscheinlich.«

Marco schaltete nun ebenfalls seinen PC aus. »Was heißt wahrscheinlich? Suchst du etwa nicht so einen Typen?«

»Nein.«

»Nein?« Marcos Unglaube stand ihm ins Gesicht geschrieben.

»Nein.« Ellen ging an ihm vorbei zur Tür. Sie griff schon nach der Klinke.

»Was suchst du denn?«, fragte er mit erhobener Stimme, weil Ellen bereits um die Ecke verschwand.

»Kommst du sowieso nicht drauf«, rief es vom Gang her.

Marco schaute auf den leeren Türrahmen. »Typisch Frau«, murmelte er vor sich hin. »Ein Satz, tausend Rätsel.«

Endlich.

Zu Hause.

Ein neues Zuhause noch, aber immerhin der Ort, an dem sie in dieser Stadt die größte Vertrautheit empfand. Dank ihrer alten Möbel. Ellen war froh, dass sie ihren ursprünglichen Plan, die Wohnung komplett neu einzurichten, verworfen hatte. Wozu einen kostspieligen Versuch unternehmen, Erinnerungen zu verdrängen, die sich nicht verdrängen ließen. Die neue Stadt rief ihr sowieso täglich ins Gedächtnis, wo sie war – und warum.

Ellen hängte ihre Jacke an die Flurgarderobe, ging in die Küche, schaltete das Radio auf dem Fensterbrett an. Dann öffnete sie die Kühlschranktür und seufzte auf beim Anblick der Leere dahinter. »Nicht schon wieder Rührei«, klagte sie unglücklich. Ein schneller Blick auf die Uhr zeigte an, dass der Supermarkt in zehn Minuten schließen würde. Das schaffte sie nicht mehr. Mit einer resignierten Bewegung griff Ellen nach der Eierpackung. »Was soll's, besser als nichts«, tröstete sie sich laut und gelobte: »Morgen gehe ich einkaufen.«

Während die Margarine in der Pfanne schmolz, schnitt Ellen Speck und Zwiebel. Anschließend gab sie beides zum Anbraten. Sie schlug drei Eier in eine Schale, würzte und verquirlte das

Ganze. Die fertige gelbe, glibberige Flüssigkeit goss sie vorsichtig in die Pfanne. Als sie gerade zum Holzlöffel greifen wollte, spielte ihr Handy die »Miss Marple«-Titelmelodie. Ellen griff nach dem kleinen viereckigen Nervtöter. Wehe, wenn es Dana war, die ein neues Attentat auf sie vorhatte! Dann fiel Ellen ein, dass Dana ihre Handynummer gar nicht hatte.

»Reuter«, meldete sie sich.

»Hallo, Ellen«, flüsterte eine sanfte Stimme. Eine Stimme, die Ellen Dana und alles andere vergessen ließ. Ihr Körper gefror von den Fußsohlen bis zu den Haarspitzen. Diese Starre allein verhinderte, dass sie die Verbindung sofort unterbrach. In ihrem Kopf entstand schlagartig eine Leere, die sich langsam durch einen Namen füllte.

Britta.

Szenen mit ihr legten sich in schneller Folge übereinander. Kennenlernen, die ersten zarten Gefühle, Leidenschaft. Und dann – Rückzug, Verleugnung, schmerzliches Ende.

Als Ellen endlich ein »Hallo« herausbekam, geriet es zu einem kaum hörbaren Krächzen. Sie räusperte sich. »Hallo«, wiederholte sie.

»Wie geht es dir?«, drang es schüchtern an Ellens Ohr.

Ellen schluckte. »Was willst du?« Sie hörte selbst, dass sie hart und ablehnend klang. Erschrocken stellte sie fest, wie tief der Schmerz immer noch saß.

»Ellen, bitte. Ich bin auch ohne deine Verachtung gestraft genug.«

Die erstickte Stimme stach Ellen ins Herz. Aber sie hatte nicht die Absicht, irgendetwas von diesem Schmerz Britta mitzuteilen. Deshalb schwieg sie.

»Martin ist unausstehlich«, klagte Britta schluchzend. »Er lässt mich jeden Tag spüren, wie angewidert er von mir ist. Trotzdem muss ich mit ihm schlafen. Es ist unerträglich.«

»Dann trenn dich von ihm«, konnte Ellen sich nicht verkneifen zu sagen.

»Wenn die Kinder größer wären …«

»Bitte, Britta, nicht die Leier!«

»Er kriegt sich bestimmt wieder ein.« Brittas Stimme fing sich.

»Und dann seid ihr wieder eine glückliche Familie. Ende gut, alles gut«, spottete Ellen.

»Nein, aber ...«

Ellen verlor die Geduld. »Britta, was willst du?«

»Hören, ob es dir gut geht.«

»Bestens. Noch was?«

»Dich bitten, mir zu verzeihen.«

»Sorry. Da muss ich passen.« Ellen drückte die Abbruchtaste. Ihr Arm sank kraftlos nach unten. Reglos verharrte sie, seufzte.

Britta Kranz.

Es wäre zu viel gesagt, wenn sie behaupten würde, sie vergessen zu haben. Aber in den letzten zwei Wochen hatte es Tage gegeben, da war sie aufgewacht und hatte nicht als erstes an Britta gedacht. Glücklicherweise beanspruchte Ellens Job sie tagsüber voll und ganz. Da blieb keine Zeit, Erinnerungen nachzuhängen. Und so gesehen war selbst eine Dana Wegener von Nutzen. Über dem Ärger mit ihr hatte Ellen Britta die letzten drei Tage glatt vergessen.

Der Geruch von verbranntem Rührei holte sie in die Realität zurück.

»Mist!«, fluchte sie und warf das Handy auf den Küchentisch. Eilig zog sie die Pfanne von der Kochfläche und schwenkte sie in Richtung Mülleimer. Der Deckel klappte hoch, angebranntes Ei platschte in die Tüte. Ellen sah ihm ohne Bedauern nach. Der Appetit war ihr sowieso vergangen.

Das Handy spielte erneut »Miss Marple«. Ohne auf das Display zu schauen, nahm Ellen es, zog die nächstbeste Küchenschublade auf und pfefferte es hinein. Ein kurzer Stoß, und die Schublade schloss sich geräuschvoll. So, da konnte es vor sich hin klingeln. Sie wollte nicht mit Britta reden.

Als Ellen eine halbe Stunden später den Korkenzieher aus der Schublade nahm, um sich eine Flasche Wein zu öffnen, fiel ihr das Handy wieder in die Finger. Es zeigte mehrere unbeantwortete Anrufe an und eine SMS. Die Anrufe waren alle von derselben Nummer. Britta. Ellen löschte die Einträge. Die SMS war von Dana. »Das Bild von Frau Doktor«, stand dort. Angeheftet ein Foto. Kein weiterer Kommentar.

Woher hatte Dana ihre Handynummer, wunderte sich Ellen.

Hatte sie Dana ihre Karte gegeben? Ellen erinnerte sich nicht daran, fand es aber auch müßig, der Sache auf den Grund zu gehen. Sie traute es Dana durchaus zu, ihre Handynummer herauszubekommen.

Ursprünglich hatte Ellen ein Glas Wein trinken und sich vom Fernseher berieseln lassen wollen. Doch es würde sie viel besser von Britta und den schweren Gedanken ablenken, wenn sie sich beschäftigte: zum Beispiel indem sie zu Kesslers Stammrestaurant fuhr und dort das Bild von Simone Bergrath herumzeigte.

Im Restaurant Roseneck herrschte Hochbetrieb, was die Befragung des Servicepersonals in die Länge zog. Die Hektik dort hatte aber auch einen Vorteil: Fast das gesamte Personal war anwesend. Alle Kellner kannten Kessler, und die meisten erinnerten sich auch an Simone Bergrath. Und dass das Verhältnis zwischen den beiden sehr vertraut gewesen war, darin waren sich alle einig.

»Champagner und Kerzenschein«, hörte Ellen immer wieder. Schließlich entschuldigte sie sich beim Restaurantchef noch einmal für die Störung und zog wieder ab. Für den nächsten Tag setzte sie einen wichtigen Punkt auf ihren Plan: Simone Bergrath und Gruber mal richtig auf den Zahn fühlen.

Auf der Fahrt nach Hause war sie offenbar in Gedanken schon bei der Befragung. Denn Ellen konnte sich nur mit teilweiser geistiger Abwesenheit erklären, dass ihr Wagen plötzlich vor Danas Verlag stand. Sie stellte den Motor ab. *Was mache ich hier,* fragte sie sich.

Es brannte noch Licht im ersten Stock. Ob Dana da war? Schrieb sie an einer ihrer Storys? Machte gerade wieder jemandem das Leben schwer? Ob Dana das eigentlich Spaß machte?

Ellen stieg aus und schlenderte zur Tür des Verlages. Durchs Fenster sah sie den verlassen daliegenden Büroraum. Nur probehalber drückte sie an der Klinke der Eingangstür – aber sie gab nach. Der pure Leichtsinn, dachte Ellen. Hier könnte jeder reinspazieren. Sie öffnete die Tür und ging an verwaisten Schreibtischen und Schränken vorbei zur Treppe, hoch in den ersten Stock. Kurz vor Danas Bürotür zögerte sie. *Was mache ich hier,* fragte sie sich erneut und verharrte. Mit einem Mal kam sie sich total blöd vor. Sie schüttelte den Kopf. In diesem Moment wurde die Tür von innen geöffnet. Dana trat heraus und lief fast in Ellen hinein.

»Hoppla«, rief Dana. »Welch' Überraschung.« Sie machte einen Schritt zurück. »Was verschafft mir die Ehre? Es wird doch keine Sehnsucht sein?«

»Ich ... wollte mich nur bedanken, dass es mit dem Foto so schnell ging«, war die einzige Erklärung, die Ellen so ad hoc einfiel.

»Oh, keine Ursache.« Dana schloss ihre Bürotür ab.

»Ich komme gerade aus Kesslers Stammrestaurant«, berichtete Ellen. »Es sieht so aus, als ob Frau Bergrath tatsächlich die Geliebte Kesslers gewesen ist.«

Dana zog den Schlüssel aus dem Schloss und ließ ihn in die Jackentasche gleiten. »Bringt uns das weiter?«

»Gruber steigt damit zum Hauptverdächtigen auf. Sein Alibi ist wacklig, und er hat gleich eine ganze Sammlung von Motiven. Erst ruiniert Kessler ihn, und dann spannt er ihm auch noch die Freundin aus.«

»Die nach Kesslers Ableben prompt zu Gruber zurückkehrt«, fügte Dana hinzu. Sie gingen gemeinsam den Flur zurück, durch den Ellen gerade gekommen war.

»Werden Sie ihn festnehmen?«, wollte Dana wissen. »Das wäre gut. Ich kann nicht die ganze Zeit nur schreiben, dass die Polizei ermittelt. Mal von einer Verhaftung zu berichten, würde wieder Schwung in die Sache bringen. Davon abgesehen, Grubers Geschichte geht an die Nieren.«

»Ihr Wunschkandidat?«

»Wie gesagt. Eine gute Geschichte.«

Sie durchquerten jetzt das leere Büro. An der Eingangstür drückte Dana an einem Codeschloss mehrere Zahlen, zog die Tür auf, schob Ellen hindurch und zog die Tür wieder hinter sich zu.

»Wir haben noch keine Handhabe gegen Gruber«, sagte Ellen draußen auf der Straße. »Ein starkes Motiv allein reicht nicht. Ihre Story muss warten.«

Dana schaute sie an. Ellen glaubte, sie wolle widersprechen. Aber zu ihrer Verwunderung hörte sie Dana sagen: »Schon was gegessen? Ich war gerade auf dem Weg. Gleich um die Ecke gibt es eine Pizzeria. Und dort schmeckt es richtig gut.«

Ellen konnte sich nicht recht entschließen.

»Ach, ich vergaß«, erinnerte sich Dana. »Meine Gesellschaft und Ihre Freizeit, das geht nicht zusammen.«

»Na ja«, räumte Ellen ein. »Ich war an dem Tag vielleicht ein wenig ...« Wie sollte sie es nennen?

»... Schlecht drauf?«

»Hm.«

»Und heute sind Sie besser gelaunt?«

»Eigentlich nicht«, gestand Ellen. Nach Brittas Anruf fühlte sie sich ziemlich mies. Sie wollte im Moment einfach nicht allein sein. Anders war es nicht zu erklären, dass sie hier stand und ernsthaft darüber nachdachte, mit Dana essen zu gehen. »Aber zur Abwechslung hat es mal nichts mit Ihnen zu tun.«

»Oh. Na dann.« Danas Blick ruhte fragend auf Ellen. »Pizza?«

Ellen nickte. »Pizza.«

Dana deutete nach links. »Es sind nur ein paar Schritte.«

Und tatsächlich. Kaum dass sie um die Ecke bogen, sah Ellen schon die Reklameleuchtschrift der Pizzeria. Sie lag höchstens fünfzig Meter die Straße hinauf. Gewohnheitsmäßig tasteten Ellens Augen die Umgebung ab. Dabei fiel ihr Augenmerk auf einen Mann, der aus einem parkenden Ford stieg. Eigentlich war an dem Mann nichts Besonderes – außer dass er in der Hand einen Müllbeutel hielt. Wer transportierte seinen Müll im Auto durch die Gegend und trug ihn dann auch noch spazieren?

Während Ellen sich noch wunderte, kam der Mann auf sie beide zu. Dann ging alles sehr schnell. Der Mann hob den Plastikbeutel, und seine rechte Hand schwenkte wie der Ausläufer eines Krans über Danas Kopf. Als sie dort ankam, griff die linke Hand unter den Müllbeutel und kippte ihn um. Die rechte Hand zog sich zurück, und der gesamte Inhalt des Beutels ergoss sich über Dana.

Danas Schrei, eine Mischung aus Schreck und Ekel, hing in der Luft. Gleichzeitig sprang sie reflexartig einen Schritt zurück, aber es war zu spät. Gurkenschalen, Bananenschalen, Salatblätter, gammlige Tomaten und Früchte waren schon auf sie herabgepurzelt – alles mindestens eine Woche alt, dem Geruch und der Konsistenz nach zu urteilen. Dana fluchte wie eine gestandene Marktfrau.

»*Das* sind Abfälle«, fauchte der Mann Dana jetzt an. »Damit Sie mal einen Vergleich haben!«

»Borowski. Sind Sie verrückt?« Dana schüttelte mit den Armen. Hektisch klopfte sie an sich herum in dem Bestreben, den übelriechenden Abfall loszuwerden.

Ellen starrte verdattert auf die Szenerie. Der Mann, den Dana Borowski genannt hatte, machte jetzt auf dem Absatz kehrt. Ellen schaute Dana an, die immer noch an sich herumwischte, und merkte, wie es in ihr aufstieg – das Lachen. Sie versuchte es zu unterdrücken, senkte den Kopf, schaute angestrengt auf ihre Zehenspitzen. Es half nichts. Das Lachen brach durch. Dafür erntete sie einen wütenden Blick Danas.

»Sorry«, murmelte Ellen und erinnerte sich daran, was zu tun war. Mit wenigen schnellen Schritten setzte sie dem »Attentäter« nach und bekam ihn am Arm zu packen, bevor er sich in sein Auto setzen konnte.

»Hiergeblieben, oder Sie bekommen Ärger.« Sie zog ihren Dienstausweis hervor. Der Mann fügte sich. Ellen führte ihn zurück zu Dana. »Entschuldigen Sie sich bei Frau Wegener. Und dann erklären Sie mal, was in Sie gefahren ist.«

»Entschuldigen? Darauf kann sie lange warten.« Ein wütender Blick traf Dana. »Und sie weiß ganz genau, was los ist.«

Ellen sah Dana fragend an. Die sammelte den letzten Teil des Abfalls, der an ihr haften geblieben war, von sich ab. Zum Abschluss schnippte sie ein kleines, kleben gebliebenes Tomatenstück von ihrem Arm. »Der Mann verträgt keine Kritik«, grollte sie.

Doch Ellen ließ sich nicht einwickeln. »Kritik? Dana, ich kenne Ihre Methoden. Was haben Sie über ihn geschrieben?«

Borowski schaute zwischen Dana und Ellen hin und her. Am Ende blieb sein Blick an Ellen haften. Sie merkte, wie er sich in ihrem Griff etwas entspannte, da er wohl jemanden auf seiner Seite wähnte. »Ich betreibe ein Fitnesscenter«, erklärte Borowski statt Dana. »Unsere Smoothiesbar ist sehr beliebt. Zumindest war sie es, bis *diese* Dame schrieb, wir machen unsere Smoothies aus Abfällen.«

Ellen zog die Augenbrauen hoch. Das war starker Tobak. Aber sie traute Dana in Sachen eindrucksverstärkende Darstellung eine Menge zu.

»Sie suggerieren den Leuten, dass Sie die Cocktails aus frischem Bio-Obst mixen. In Wahrheit kaufen Sie die Restbestände von einem befreundeten Obsthändler zu einem Spottpreis«, verteidigte sich Dana derweil. »Drei, vier Tage alte Ware, die der nicht mehr verkaufen kann.«

»Das Obst ist immer noch frischer als das, was vielerorts im Supermarkt verkauft wird«, presste Borowski zwischen den Zähnen hervor.

Ellen ließ Danas Angreifer jetzt los. Der war viel zu sehr damit beschäftigt, Dana zu widerlegen, als dass er an Weglaufen dachte. Der Schlagabtausch ging weiter.

»Und das meiste davon kommt direkt vom Bauern«, fuhr Borowski lauter werdend fort. »Aber das interessiert Sie ja nicht. Sie machen einfach *alles* schlecht.«

»Das ist nicht der Punkt«, entgegnete Dana. »Der Punkt ist: Sie belügen Ihre Kunden. Und nebenbei gesagt, wissen Sie, wie ich das leid bin? Dieses ständige Andere-sind-viel-schlimmer-als-ich.«

Ellen hob die Hand. »Okay, okay. So kommen wir nicht weiter.«

»So nicht und auch anderswie nicht. Er soll sich vom Acker machen.« Dana machte eine Geste, die ihren Widersacher zu seinem Auto schickte. Ellen nickte Borowski zu. Der verzog sich. Allerdings nicht, ohne aus sicherer Entfernung noch eine Beschimpfung abzulassen.

Ellen stand neben Dana. Um sie herum lag Abfall. Danas Ego wirkte leicht angekratzt. »Idiot«, schimpfte sie.

»Erleben Sie so was öfter?«

Dana warf Ellen einen vielsagenden Blick zu.

»Tja, irgendwie wundert mich das nicht«, meinte Ellen.

»Ihre Schadenfreude war auch nicht zu übersehen.«

Ellen griff in Danas Haar, wo sich eine widerspenstige Gurkenschale verfangen hatte, und klaubte sie heraus. »Das können Sie mir nicht verdenken«, lächelte sie.

Dana schniefte. »Nein, wohl nicht.«

»Gehen wir weiter?«

In der Pizzeria ging Dana direkt auf die Damentoilette. Es dauerte ein paar Minuten, bis sie in den Gästeraum zurückkam. Ellen winkte ihr von ihrem Tisch aus zu.

»Na? Alles wieder in Ordnung?«, empfing sie Dana. Mehrere Flecken auf Danas Jacke und Hose zeugten von dem Versuch, den größten Schaden notdürftig mit Wasser auszuwaschen.

»Ich weiß nicht.« Dana machte eine Bewegung, die leichtes Unwohlsein ausdrückte. »Stinke ich?« Sie hob ihren Arm, roch an der Jacke und rümpfte die Nase.

Ellen grinste. »Jedenfalls nicht bis hierher.«

»Beruhigend.« Dana sah skeptisch an sich herab. »Dann hängt der Gestank nur in meiner Nase fest.«

»Tja, vielleicht sind Sie in Zukunft etwas vorsichtiger mit dem, was Sie schreiben«, riet Ellen.

Dana setzte sich. »Und verpasse solche Erlebnisse? Um nichts in der Welt«, sagte sie salopp. »Es brauchte nur eine Tüte Abfall über meinem Kopf, um bestätigt zu bekommen, dass Sie gar nicht so humorlos sind wie Sie die ganze Zeit tun. Das war es wert.«

»Entschuldigung«, murmelte Ellen zerknirscht. »Das war nicht nett, ich weiß. Aber der Anblick war einfach zu schön.«

»Ja, klar.«

»Als Entschädigung lade ich Sie zur Pizza ein. Einverstanden?«

Dana lächelte. »Da sage ich nicht nein.«

»Aber nicht, dass Sie sich darauf was einbilden«, sah Ellen sich veranlasst hinzuzufügen. »Das ist nur meinem schlechten Gewissen geschuldet. Keine Sympathiebezeugung.«

»Natürlich.« Danas Lächeln vertiefte sich um eine Nuance. »Keine Sympathie.«

Ellen schwieg verwirrt. Irrte sie sich, oder lag da in Danas Blick eben ein kokettierendes Funkeln?

Die herantretende Bedienung lenkte Ellen von ihren Gedanken ab. Dana und sie gaben ihre Bestellung auf. Wieder unter sich, musterte Ellen die Journalistin nachdenklich. »Haben Sie nicht manchmal Angst, dass Ihre Arbeit Sie zynisch macht? Dass Sie gar nicht mehr anders können, als schlecht über die Menschen zu schreiben – und zu denken?«

Dana hob unbestimmt die Hände, ließ sie wieder sinken. »Zugegeben, ich stochere nicht selten im Bodensatz herum. Und was dabei zutage kommt, ist, wen wundert's, schmutzig. Aber auch irgendwie faszinierend.« Ein Schatten zog über ihr Gesicht. »Manchmal frage ich mich allerdings auch, wie weit die Leute gehen würden, wenn ihnen niemand auf die Finger haut. Und ich meine damit nicht Borowski oder unser kleines Perleberg. Wo liegt die Grenze für Lügen und Doppelmoral ... gibt es überhaupt eine?«

Ellen staunte. Dana so ernst? Das war ja ganz was Neues.

Und schon lächelte Dana wieder verschmitzt. »Im Grunde bin ich nämlich eine sensible Seele, wissen Sie.«

Ellen schüttelte resigniert den Kopf.

»Was ist mit *Ihnen*?«, fragte Dana da. »In Ihrem Beruf ist es doch nicht viel anders. Leute verhören, Schwachstellen finden, Finger in die Wunde legen, rumdrehen. Menschliche Abgründe aufwühlen. Begegnung mit Gewalt, Hass, Missgunst. Ich kann Ihnen also dieselbe Frage stellen: Haben Sie keine Angst, dass Sie Ihr Job zynisch macht?«

»Nein«, antwortete Ellen wie von selbst. »Wenn mich etwas zynisch macht, dann das Leben.«

Es war raus. Mist! Ellen wusste sofort, dass es ein Fehler war. Sie wollte nicht darüber reden, ganz gewiss nicht. Erst recht nicht mit Dana Wegener.

»Das Leben?« Wie nicht anders zu erwarten, war Danas Neugier geweckt. »Eine bestimmte Sache oder Person besonders, nehme ich an.«

Einen verdammt guten Instinkt hatte Dana, das musste Ellen ihr zugestehen. Sie war der Bedienung dankbar, die in diesem Moment mit der Bestellung kam. So konnte Ellen ihren Teller beäugen, statt Dana ansehen zu müssen.

»Ihre Versetzung war eine Abschiebung«, riet Dana weiter, als sie wieder allein waren. »Strafversetzt von Berlin nach Perleberg. Hab ich recht?«

Ellen sah Dana nur düster an.

»Sie wollen nicht darüber reden?«

»Nein. Ich will damit einfach nur abschließen.«

Dana schnitt ihre Pizza an. »Okay«, sagte sie dabei. »Ich frage nicht weiter.«

Ellen schaute skeptisch. »Das können Sie?«

»Fällt mir schwer«, gab Dana zu.

Ellen verzog die Mundwinkel. Wird wohl nicht klappen, sagte ihr Gesichtsausdruck.

»Aber gut. Keine Fragen zur Versetzung«, bekräftigte Dana, hob sogar die rechte Hand und fügte hinzu: »Versprochen.«

Ellens Blick drückte nach wie vor erhebliche Zweifel aus.

Dana schüttelte mit dem Kopf. »Ihre Skepsis ist beinah schon beleidigend.« Sie setzte ein entsprechendes Gesicht auf, lächelte aber sofort wieder. »Sie reden wahrscheinlich generell nicht gern über Ihre Gefühle. Habe ich recht?« Und weil Ellen nicht gleich antwortete: »Geben Sie es ruhig zu.«

»Ich fasse es nicht. Jetzt spielen Sie sich tatsächlich noch als Psychologin auf.« Spott triefte in Ellens Stimme, beigemischt eine Spur Belustigung. »Überschätzen Sie Ihre Fähigkeiten nicht ein wenig?«

»Sie brauchen gar nicht so abfällig zu tun. Ich weiß, dass ich recht habe«, erwiderte Dana entspannt.

»Was auch immer Sie sich einbilden, träumen Sie ruhig weiter«, konterte Ellen.

»Na dann. Wenn Sie mich schon so ermutigen. Ich glaube auch, Sie mögen mich irgendwie.«

»Ha, das wüsste ich aber.«

»Sonst hätten Sie sich doch nicht auf diese Sache eingelassen. Ich meine unsere Abmachung. Ich bitte Sie. Das ging doch viel zu einfach.«

Ellen schaute Dana durchdringend an. »Da gebe ich Ihnen ausnahmsweise recht. Weil Sie mich überrumpelt haben. Also lassen wir das Ganze. Ist mir sehr recht.«

»Oh nein.« Dana hob die Hand und wackelte verneinend mit dem Zeigefinger. »Da kommen Sie mir jetzt nicht mehr raus.«

»Sie sind eine verdammte Nervensäge, wissen Sie das?«, knurrte Ellen.

Dana lachte. »Das höre ich allerdings nicht zum ersten Mal.«

Auf den Tellern, sowohl vor Dana als auch vor Ellen, sammelten sich nach und nach die Pizzarandstücke. Offenbar hatten sie beide dieselbe Angewohnheit, lieber das Innere zu essen. Dana bemerkte es als erste. Mit einer Kopfbewegung machte sie Ellen darauf aufmerksam. »Wir haben wohl trotz allem eine Gemeinsamkeit.«

Ellen folgte Danas Blick und brummte nur.

»Ich wette, wenn wir uns ein wenig Mühe geben, finden wir noch mehr«, äußerte Dana zuversichtlich.

»Und wenn nicht, kann ich damit auch leben«, lautete Ellens Kommentar.

Danas Augen blitzten plötzlich auf. Ein breites Grinsen überzog ihr Gesicht.

»Was?«, fragte Ellen, Unheil ahnend.

»Ich überlege gerade, ob ich Sie Muffelchen nenne. Ich finde, das passt zu Ihnen.«

Ellen verschlug es für einen Moment die Sprache. Sie musste zweimal Luft holen, bevor sie zu einer Erwiderung ansetzen konnte. Allerdings – wenn sie ehrlich war, hatte sie vor allem Mühe, sich nicht vor Lachen zu verschlucken. »Wenn Sie das tun, lasse ich Sie festnehmen«, behauptete sie mit mühsam gespieltem Ernst.

»Weswegen?«, ging Dana auf Ellens Ton ein.

»Wegen ... Beamtenverniedlichung.«

»Ist das ein Straftatbestand?«

»Oh ja! Die Gefängnisse sind voll von Beamtenverniedlichern«, versicherte Ellen mit todernster Miene.

»Echt? Auweia.«

»Vielleicht sollten Sie mal einen Artikel darüber schreiben.«

»Ich schreibe lieber einen Artikel darüber, wie Kommissarin Knöllchen ihren Humor entdeckt. Ich bin einigermaßen überrascht«, gestand Dana.

Ellen schmunzelte. »Sie müssen sich schon entscheiden. Knöllchen oder Muffelchen.«

Dana grinste. »Ist das Strafmaß unterschiedlich?«

»Oh ja. Der Unterschied ist enorm. Mindestens zwei.«

»Zwei was?«, wollte Dana wissen.

»Wiedergutmachungseinheiten.«

»Hm. Was von beiden ist nun schlimmer? Knöllchen oder Muffelchen?«, erkundigte sich Dana weiter.

»Na, Knöllchen natürlich. Schon allein wegen der bösen Absicht, die Sie beim Schreiben des Artikels hatten.«

»Aha. Und diese Wiedergutmachungseinheiten, wie sehen die aus?«

Ellen schmunzelte. »Das überlege ich mir noch.«

»Ich hätte da eine Idee«, sagte Dana, stand auf, machte einen schnellen Schritt um den Tisch herum und beugte sich zu Ellen hinunter. Zwei warme Lippen berührten sanft Ellens Wange. Ellen wusste noch nicht einmal, wie ihr geschah, da saß Dana schon wieder unschuldig lächelnd an ihrem Platz.

Ellen schluckte. »Seit wann bestimmt die Verurteilte das Strafmaß selbst?«, murmelte sie mit belegter Stimme.

»Es war nur ein Vorschlag«, erwiderte Dana schnippisch, doch ihre Augen beobachteten Ellen aufmerksam.

Eine Spur zu durchdringend, wie Ellen fand, der Danas Blick natürlich nicht entging und die sich äußerst unwohl dabei fühlte. Sie lächelte unsicher. »Ich muss darüber nachdenken, ob dieses Verhalten eine Strafverschärfung zur Folge hat«, versuchte Ellen den lockeren Ton von eben wieder aufzugreifen. »Zumindest eine Verwarnung scheint mir angebracht.«

»Eine Verwarnung?« Danas Blick wurde dunkel. »War es denn so unangenehm?«

Ellen fühlte, wie ihr heiß wurde. »Nein, wieso? Es ... ich ...« Sie kam ins Stottern. »Es war doch gar nichts.« Hilflos sah sie sich um, entdeckte die Kellnerin und machte ihr ein Zeichen, dass sie zahlen wollte. Zu Dana murmelte sie etwas von Arbeit, die zu Hause auf sie wartete.

Dana lehnte sich kommentarlos in ihrem Stuhl zurück und wartete, bis Ellen bezahlt hatte. Schweigend nebeneinander hergehend verließen sie die Pizzeria und legten den kurzen Weg zum Verlag zurück, wo Ellens Auto stand. Die zwei Minuten dahin kamen Ellen wie eine Ewigkeit vor. Mit einem kurzen »Gute Nacht« verabschiedete sie sich von Dana.

Später wusste Ellen nicht mehr zu sagen, ob Dana ihr überhaupt geantwortet hatte. Ihr Kopf war viel zu sehr damit beschäftigt, das Chaos zu ordnen, das plötzlich in ihr herrschte.

Sie hatte sich in Danas Gesellschaft tatsächlich wohl gefühlt, konstatierte Ellen verblüfft. Heute Morgen hätte sie das noch für unmöglich gehalten. Deshalb war sie auch sauer auf Dana, weil die mit ihrer provokativen Art gleich wieder alles kaputt machen musste. Andererseits, sagte Ellen sich, sollte sie eigentlich froh darüber sein. Sie konnte doch unmöglich mit Dana so etwas wie Freundschaft schließen! *Du hättest Danas Einladung ausschlagen müssen, Ellen. Dachtest du etwa, du könntest vernünftig mit Dana reden? Na gut, eine Zeitlang sah es so aus, ihr hattet sogar Spaß.* Ellen schniefte vor sich hin: Deshalb hatte sie ja auch ihre Vorsicht vergessen – und war umso heftiger unter Danas plötzlicher Berührung erschrocken. Es war der Frust über ihre eigene Unvorsichtigkeit, der dafür gesorgt hatte, dass sie aus dem Gleichgewicht geriet – und keinesfalls der Schauer, der ihr über den Rücken gelaufen war. Soviel stand für Ellen fest. Dieser Schauer – sofern es ihn überhaupt gegeben hatte, sie war sich da schon gar nicht mehr sicher – war nur ein Reflex, eine Art Kitzeln, ausgelöst durch den Reiz der Berührung von Danas Haaren an ihrem Hals. Weiche Haare, begleitet von einem Duft von Frische. Was aber nicht die geringste Rolle spielte!

5.

Nicht zu fassen, dachte Ellen und blätterte in der Düpow-Akte. Schon beim Kopieren der Seiten unter Gerstäckers verkniffenem Blick war ihr aufgefallen, dass sie möglicherweise Material über einen weiteren Verdächtigen in den Händen hielt. Dana schien da tatsächlich einen Zufallstreffer gelandet zu haben.

Jetzt, in ihrem Büro, las Ellen die Akte aufmerksam durch. Kessler wollte das Grundstück in Düpow nicht kaufen. Im Gegenteil: Er hatte es an den Bauern verkauft. Vor zwei Jahren. Warum die Akte auf Gerstäckers Schreibtisch lag, obwohl der Vorgang so lange zurücklag, erklärte sich schnell aus den Papieren – speziell aus einem Brief des Landwirtes, in dem er eine Schadensersatzforderung an Kessler stellte, weil der beim Verkauf des alten Erlenhofs kein Wort von der ehemaligen Deponie gleich in der Nachbarschaft erwähnt hatte. Erst recht nichts von den dort entsorgten Chemikalien und der daraus resultierenden Verseuchung des Bodens. Auf dem der ahnungslose Landwirt seine Freilandschweine sich suhlen ließ. Die Tiere nahmen über die Haut besagte Giftstoffe auf, die durch den Regen von dem Deponiegelände auch auf die benachbarten Grundstücke ausgeschwemmt worden waren. Kessler wies in seinem Antwortschreiben jede Verantwortung von sich und verwies auf eine entsprechende Bodenanalyse, die Schadstofffreiheit dokumentierte. Die Reaktion des Landwirtes darauf war ein Brief, in dem er kein Blatt vor dem Mund nahm. Verbale Drohungen in jedem zweiten Satz. Datum vierzehn Tage vor Kesslers Tod.

Ein Gespräch mit dem Mann schien Ellen angebracht. Sie würde nach Düpow hinausfahren, um sich einen Eindruck vom Ganzen zu machen. Vorher aber würde sie sich wie geplant Simone Bergrath vornehmen. Die hatte nachweislich gelogen, und für eine Lüge gab es immer einen Grund.

Da Marco unterwegs war, legte Ellen einen Zettel auf seinen Schreibtisch und machte sich auf den Weg. Sie nahm ihren eigenen Wagen, denn so konnte sie zwischendurch schnell in irgendeinen Supermarkt springen. Wer wusste schon, ob sie heute pünktlich Feierabend machen konnte. Hunger würde sie aber ganz sicher haben, wenn sie nach Hause kam. Sie könnte sich natürlich eine Pizza bestellen, aber das würde sie nur an Dana erinnern, und das wollte Ellen zuallerletzt.

»Frau Doktor Bergrath ist bei der Visite«, erfuhr Ellen auf der Station. »Sie können sie jetzt nicht sprechen.«

»Ich muss.« Ellen zeigte ihren Ausweis. »Frau Doktor hat doch sicher Assistenzärzte, die das übernehmen können.«

Die Stationsschwester besah kritisch Ellens Ausweis. »Ich piepe Frau Doktor an«, sagte sie.

Es vergingen ein paar Minuten, und Simone Bergrath erschien. »Sie?« Ihr Blick drückte alles andere als Wiedersehensfreude aus.

»Frau Bergrath, wir müssen uns noch einmal unterhalten.«

»Gehen wir ins Schwesternzimmer.« Simone Bergrath winkte Ellen kühl, ihr zu folgen. In besagtem Zimmer bedeutete sie dem einzigen anwesenden Pfleger mit einem Blick, sie beide allein zu lassen. Ihr »Was gibt es denn?« klang steif.

Ellen registrierte die abwehrende Haltung der Frau und war sich sicher: Sie verbarg etwas. »Frau Bergrath. Sie haben mich angelogen. Sie hatten ein Verhältnis mit Karl Kessler. Ich habe mehrere Aussagen, die das bestätigen.«

»Ach ja?«

»Eine ganze Restaurantbelegschaft. Kessler und Sie nahmen mehr als ein romantisches Dinner zusammen ein.«

»Na, und wenn schon. Dann habe ich eben gelogen.«

»Es geht um einen Mord, Frau Bergrath. Mit einer Lüge machen Sie sich verdächtig.«

»Nur weil ich die Affäre mit Kessler verschweige, habe ich ihn umgebracht? Aus reiner Neugier: Habe ich auch ein Motiv?«

»Herr Kessler war nur oberflächlich ein charmanter Mann. Sie haben das bald gemerkt und wollten ihn verlassen. Er ließ das nicht zu, hat Sie bedrängt. Sie wussten sich nicht anders zu helfen, als ihn mit K.-o.-Tropfen mattzusetzen. Möglicherweise haben Sie sich bei der Dosierung vertan, und dann bekamen Sie Panik.«

Simone Bergrath lächelte mitleidig. »Ist das Ihre Theorie? Ziemlich mager.«

»Oder Sie haben gelogen, um Ihren Verlobten, Herrn Gruber, zu schützen. Ihre Affäre mit Kessler stärkt *sein* Motiv.«

»Alles reine Spekulationen. Oder können Sie irgendetwas davon beweisen?«

Ellen verzog den Mund. Das war der Haken. »Noch nicht.«

»Dann verstehe ich ehrlich gesagt nicht ganz, was Sie von mir wollen.«

»Wissen, wo Sie Donnerstag und Freitag letzte Woche waren.«

»Das kann ich Ihnen ganz genau sagen. Meine Schwester hat Donnerstag geheiratet. Freitag haben meine Mutter und ich die Spuren des Festes im Haus beseitigt. Abends waren wir so knülle, dass wir vorm Fernseher einschliefen.«

»Na wunderbar. Ein Fest, auf dem niemand den anderen die ganze Zeit im Auge behalten kann. Und ein Tag mit Aufräumarbeiten, an dem sich doch wohl zumindest Ihre Mutter sicher auch mal für eine Stunde hingelegt hat, um sich auszuruhen.«

Simone Bergrath schaute Ellen an. »Meine Schwester wohnt in Rostock«, fügte sie knapp hinzu.

»Schön. Aber es bleibt die Tatsache, dass diese Affäre Herrn Grubers Motiv verstärkt.«

Die Stimme der Ärztin verlor ihre Selbstsicherheit. »Axel würde nie einen Menschen umbringen. Zu so was ist er nicht fähig.«

»Er war fähig, Kessler in seinem Büro zu schlagen.«

»Kessler spielte Axel schwer mit. Und dann habe ich ihn auch noch verlassen. Da kann man schon mal die Nerven verlieren.«

»Mein Reden. Ein erlittenes finanzielles Desaster und Eifersucht – gleich zwei klassische Motive für einen Mord.«

»Wofür Sie, ich wiederhole mich, keine Beweise haben. Und Sie werden auch keine finden.« Simone Bergrath trat einen Schritt auf Ellen zu. »Axel und ich, wir haben mit Kessler abgeschlossen«, erklärte sie mit fester Stimme. »Wir haben uns versöhnt. Jetzt wollen wir Kessler einfach nur aus unserem Leben verbannen, aus unseren Köpfen. Wir wollen neu anfangen ... wir *haben* neu angefangen. Lassen Sie uns bitte in Ruhe. Kessler hat uns genug angetan. Soll er uns jetzt auch noch nach seinem Tod das Leben schwermachen?«

Ellen hatte genau zugehört. »Uns?«, fragte sie. »Kessler hat Herrn Gruber arg mitgespielt, das wissen wir. Was hat er Ihnen angetan?«

Simone Bergrath biss die Zähne zusammen. Die Sekunde, die sie zögerte, verriet Ellen, dass die Antwort der Ärztin eine Lüge sein würde.

»Uns als Paar.«

Ellen nickte und beendete das Gespräch mit der Ärztin. Aus der Frau bekam sie im Moment nicht mehr heraus.

Auf dem Weg zu ihrem Wagen telefonierte Ellen mit Marco. Der war noch einmal bei Ben Kessler, dem Sohn, weil dieser ihn angerufen und um einen Besuch gebeten hatte.

»Und? Was hast du Neues?«

»Halt dich fest. Der Sohn hat mir ein paar Fotos gezeigt. Ich glaube, wir müssen in eine ganz neue Richtung ermitteln.«

»Was ist denn auf den Fotos?«

»Sie zeigen Kessler und eine weitere Person. Beide schleppen einen leblosen Körper durch den Wald. Die Aufnahmen sind zehn Jahre alt.«

»Bitte was?« Ellen brauchte einen Moment, um die Neuigkeit zu verdauen. »Und damit kommt er erst jetzt?«, rief sie dann.

»Was willst du machen?«, hörte sie Marcos resignierte Stimme. »Ich fahre jetzt mit Ben Kessler in den Wald, wo das Ganze stattgefunden haben soll. Vielleicht erkennt er die Stelle wieder, und wir finden die Leiche. Was davon übrig ist. Anschließend bringe ich ihn mit aufs Revier für seine Aussage.«

»Ja, gut. Ich werde dann auch da sein.« Ellen kam bei ihrem Wagen an und stieg ein. Auf dem Beifahrersitz lag die Düpow-Akte von Gerstäcker. Die würde sie jetzt noch schnell zu Dana bringen und dann zurück zur Dienststelle fahren. Was Marco da erzählt hatte, klang sehr interessant. Die Aussage von Ben Kessler wollte Ellen um keinen Preis verpassen. Kessler senior hatte über seine subtilen Methoden hinaus richtig Dreck am Stecken – und, wie es aussah, sogar fast wortwörtlich eine Leiche im Keller. Das würde noch spannend werden.

Dana war nicht im Verlag. Ellen hinterließ die Akte bei einem ihrer Kollegen. Wieder im Büro, fand sie eine Nachricht von der KTU vor, mit der Bitte um Rückruf.

»Was gibt es denn?«

»Der Doc hat uns eine Probe geschickt. Es handelt sich um den gelben Farbabrieb in Kesslers Handwunde.«

»Ja, und? Was habt ihr gefunden?«

»Spuren von Eisenglimmer, was darauf schließen lässt, dass es sich um Rostschutzfarbe handelt. Den Bericht schick ich dann noch rüber. Aber ich dachte, ich sag mal Bescheid.«

»Rostschutzfarbe«, wiederholte Ellen. »Gut. Noch weitere Hinweise?«

»Falls Sie damit meinen, wie das Zeug in die Wunde kam – das rauszufinden, ist Ihr Job. Aber wenn Sie mir eine Probe bringen, kann ich Ihnen sagen, ob diese zu den Spuren in der Wunde passt.«

»Danke.« Ellen legte auf. »Rostschutzfarbe«, murmelte sie. »Warum konnte es nicht Bootsfarbe sein. Das hätte wenigstens das Suchfeld eingeschränkt.«

Eine Stunde später traf Marco ein. Hinter ihm betrat Ben Kessler das Büro. Ellen bot ihm einen Sitzplatz und Kaffee an. Ihr Blick wanderte zu Marco. »Was gefunden?«

»Allerdings. Der Doktor und die Spurensicherung sind vor Ort.« Marco schaute verstohlen zu Kesslers Sohn. »War kein schöner Anblick.« Er stellte sich neben Ellen. »So, Herr Kessler, dann erzählen Sie noch mal, ganz ausführlich. Wie war das vor zehn Jahren?«

Ben Kessler fuhr sich nervös mit der Hand durchs Haar. Er brauchte ein paar Sekunden, um sich zu sammeln. »Ich war damals dreizehn«, begann er schließlich. »Es war Samstag, und mein Vater hatte mir versprochen, dass wir angeln fahren. Und dann kam ihm was dazwischen, was Geschäftliches.« Bens Stimme bekam einen bitteren Unterton. »Wieder mal. Er schob den Angelausflug zum x-ten Mal auf.« Die Bitterkeit wich Verärgerung. »Ich war sauer und wollte ihm den Termin irgendwie versauen. Eine Vorstellung davon, wie, hatte ich nicht. Ich schnappte mir einfach das Moped vom Gärtner und fuhr meinem Vater nach. Natürlich verlor ich den Anschluss an seinen BMW. Gerade wollte ich umkehren, als er plötzlich wieder auftauchte. Auf einem Rastplatz. Mein Vater stand neben einem Kleintransporter und sprach mit einem Mann – ich vermute, dem Fahrer. Ich war stinksauer. Was konnte es da draußen in der Einöde so Wichtiges zu besprechen geben?« Die Enttäuschung Ben Kesslers war auch nach so vielen Jahren noch spürbar. »Ich fuhr an dem Rastplatz vorbei, hielt in einiger Entfernung an, schlich mich zurück.« Ben machte eine Pause. Es fiel ihm offensichtlich schwer, weiterzuerzählen. »Auf dem Angelausflug wollte ich ein paar Fotos machen, deshalb hatte ich meine Kamera in der Jackentasche. Jetzt kam mir die Idee, Bilder damit zu machen, um meinen Vater später zur Rede zu stellen. Von wegen wichtiger Termin und so. Ich fotografierte ihn und den anderen Mann. Sie stiegen in das Innere des Wagens. Es verging eine Weile. Dann kamen sie wieder zum Vorschein, sahen sich merkwürdig unruhig um. Mein Vater gab dem anderen ein Zeichen, der schob was ziemlich Schweres heraus. Erst als sie den leblosen Körper an Armen und Beinen zwischen sich hielten, wurde mir klar, dass das ein Mensch war, den sie in den

Wald schleppten. Ich schlich ihnen nach, knipste automatisch weiter, wie sie den Mann durch den Wald trugen und schließlich ablegten. Der andere Mann lief eilig zum Parkplatz zurück, keine fünf Meter an mir vorbei. Ich presste mich auf den Waldboden. Er kam mit einem Spaten wieder. Entsetzt wurde mir klar, dass sie einen Menschen vergraben würden. Ich rührte mich nicht, lag nur da, zitternd und nicht in der Lage, mich zu bewegen. Mein Vater und der andere Mann waren sicher schon eine halbe Stunde weg, als ich mich endlich traute aufzustehen. Immer noch zitterte ich am ganzen Körper. Ich glaube, ich stand mehrere Tage unter Schock.«

»Stellten Sie Ihren Vater zur Rede?«

»Nein. Ich war verwirrt und verängstigt. Ich malte mir die schlimmsten Horrorgeschichten aus. Später wurde mir klar, das Ganze konnte nur einen Hintergrund haben.«

»Und der wäre?«

»Mein Vater beschäftigte viele Arbeiter aus Osteuropa. Die hatten nicht immer die notwendigen Papiere.«

»Sie glauben, Ihr Vater und ein Komplize entsorgten einen illegalen Arbeiter im Wald?«

»Haben Sie eine bessere Erklärung? Der Mann hat sicher Schwierigkeiten gemacht – und sei es nur die, dass er einen Arbeitsunfall hatte. Natürlich konnte er nicht ins Krankenhaus gebracht werden. Dort hätte man gefragt, wie es zu dem Unfall kam und wo. Und vor allem, wo er versichert ist. Mein Vater hat den Mann lieber sterben lassen.«

Marco und Ellen sahen sich an. Das gab dem Fall eine neue Wendung.

»Warum kommen Sie ausgerechnet jetzt mit der Sache zu uns, Herr Kessler?«, fragte Ellen.

»Ich weiß, ich hätte Ihnen das gleich zeigen müssen. Genaugenommen hätte ich schon vor zehn Jahren zur Polizei gehen müssen. Aber bis heute konnte ich nicht gegen meinen Vater ankommen. Selbst nun, wo er tot ist, fällt es mir schwer. Auch weil ich meine Mutter schützen will. Und mich natürlich und meine Schwester. Die Dinge werden nicht leichter werden, wenn sich herausstellt, dass mein Vater ein Mörder war.«

Ben Kessler war gegangen.

Marco saß in seinem Sessel. Die Arme über den Bauch gelegt, die Beine von sich gestreckt, schaute er Ellen an.

»Die Fotodateien sind bereits bei unserem Computerfachmann«, sagte Marco. »Vielleicht gelingt es ja, von dem zweiten Mann etwas mehr sichtbar zu machen als auf den Ausdrucken.«

»Und wieder ist der Kreis der möglichen Täter größer geworden«, stellte Ellen lakonisch fest. »Ein mysteriöser Unbekannter aus alter Zeit, der einen Mitwisser loswerden wollte. Das fehlte gerade noch.«

»Nach so langer Zeit?« Marco war skeptisch. »Ich tippe mehr, dass einer von Kesslers heutigen Partnern in dieser Sache die Nerven verloren haben könnte. Oder glaubst du, Kessler hat nach der Sache von damals das Schwarzarbeitergeschäft aufgegeben?«

»Neeeee. Immer vorausgesetzt, diese Theorie trifft zu.«

»Ich auch nicht.«

»Wie auch immer, wir müssen die Vermisstenfälle von vor zehn Jahren durchgehen und sehen, ob unser Skelett von heute irgendwie zu einem davon passt. Kannst du das machen? Ich wollte nach Düpow fahren. In den Akten bei Gerstäcker habe ich was Interessantes gefunden. Da gibt es einen Landwirt, der einen Streit mit Kessler hatte.«

»Ha«, lachte Marco sarkastisch. »Wer nicht?«

Die Spinett-Melodie von Miss Marple ertönte. Ellen tastete nach ihrem Handy. »Reuter«, meldete sie sich.

»Wo sind Sie gerade?«, fragte Dana aufgekratzt. »Danke für die Akte. Und? Was sagen Sie? Ich habe doch gewusst, dass da was im Argen liegt.«

»Mutter! Warte kurz.« Ellen legte die Hand übers Handy, verdrehte demonstrativ die Augen und hoffte, dass Marco glaubte, sie sei eine hart geprüfte Tochter. »Ich hol mir 'nen Kaffee. Soll ich dir einen mitbringen?«, fragte sie Marco und stand auf. Bei dem Gespräch mit Dana wollte sie lieber keinen Zuhörer haben, und der Kaffeeautomat stand auf dem Gang.

Marco nickte. »Mit Zucker und Milch.«

Draußen hob Ellen das Handy wieder ans Ohr. »Sie erschrecken mich noch mal zu Tode.«

Dana gluckste nur, dann sprudelte es aus ihr hervor. »Als ich ›Giftstoffe‹ las, klingelte es bei mir. Da gab es vor ein paar Wochen diesen Fleischskandal. Cadmiumbelastetes Biofleisch.« Kurzes Zungenschnalzen. »Leider eine Story, die die Konkurrenz schrieb.« Seufzen. »Na ja. Das Cadmium lagerte jedenfalls in Fässern auf einer Deponie.«

»In dem Brief des Landwirtes stand was von einer Deponie in der Nachbarschaft«, erinnerte sich Ellen.

»Die Fässer waren rostig und damit undicht geworden. Cadmium entsteht als Nebenprodukt bei der Zinkverhüttung. Aber Zinkhütten gibt es kaum noch. Die Abfälle waren wahrscheinlich jahrzehntealt.«

»Und wie viele solcher Deponien gibt es wohl in Perleberg und Umgebung?«

»Genau. Also? Fahren wir nach Düpow?«

»Oh, tut mir leid. Ich bin schon halb auf dem Weg«, log Ellen. »Sie waren ja nicht im Büro, und da …«

Danas Kichern unterbrach Ellen.

»Was ist denn?«, fragte sie irritiert.

»Warum steht Ihr Wagen vor dem Präsidium, wenn Sie auf dem Weg nach Düpow sind?«

Verdammt! Dana stand draußen! »Ich … bin mit einem anderen Wagen unterwegs.«

»Na gut. Dann gehe ich mal hoch in Ihr Büro und plaudere ein wenig mit Ihrem Kollegen.«

Ellen biss sich auf die Zunge. Selbst wenn sie es irgendwie schaffte, sich vor Dana zu verstecken – der ahnungslose Marco würde sie verraten. Ellen suchte fieberhaft nach einem Argument, das Dana von ihrem Vorhaben abhalten würde. Ihr fiel nichts ein.

»Ich warte auf Sie. Kommen Sie runter«, sagte Dana schnippisch. Die Verbindung brach ab. Ellen zog einen Kaffee aus dem Automaten, brachte das Getränk Marco und ließ ihn mit einem dahingemurmelten »Ich fahr dann mal los« allein.

»Was sollte das denn werden? Vertragsbruch?«, wurde Ellen von Dana empfangen.

Ellen ignorierte den offensichtlichen Spott. »Ich habe nicht viel Zeit. Fahren wir.« Sie griff nach dem Autoschlüssel in ihrer

Hosentasche. Griff tiefer, in die andere Hosentasche, klopfte alles ab. Wo war der verdammte Schlüssel? *In deiner Jacke, Ellen!* Und die hing im Büro über ihrem Stuhl. Sie hatte sie nicht mitgenommen, weil es heute so warm war. Ellen fluchte leise vor sich hin.

»Ich muss noch mal hoch. Den Autoschlüssel holen«, brummte sie.

»Ich denke, Sie haben es eilig. Na los, springen Sie auf!« Dana wies auf den Rücksitz ihrer Maschine.

Ellen starrte auf das Motorrad. »Auf keinen Fall!«

»Da hat wohl jemand Angst?«

»Nein.« Schon wieder musste eine Ausrede her. Aber diesmal fand Ellen eine: »Keinen Helm!«

Dana öffnete die hintere Gepäcktasche. »Bitte schön.«

Ellen starrte verdattert auf den Helm. Jetzt noch mit einer anderen Ausrede zu kommen, würde wirklich feige wirken. Aber sie konnte unmöglich bei Dana aufsteigen! Was, wenn einer der Kollegen sie zufällig aus dem Fenster beobachtete? *Na, und wenn schon, Ellen, da findet sich irgendeine Erklärung.* »Also, meinetwegen.« Sie griff nach dem Helm.

Dana schwang sich auf den Sitz. Sie wartete, bis Ellen hinter ihr saß und den Helm zurechtgerückt hatte.

»Fertig? Halten Sie sich fest.«

»Wooo?«

Dana lachte und fuhr an. Ellen fühlte, wie es sie nach hinten drückte. Haltsuchend umgriff sie Danas Hüften. Nur in ihrem dünnen Sommerpullover pfiff Ellen der Wind ordentlich durch. Sie versuchte sich so gut wie möglich hinter Dana vor dem Fahrtwind zu verstecken. Je schneller die Fahrt wurde, desto mehr drückte sie sich an Dana. Trotzdem zitterte sie, als sie nach etwa fünfzehn Minuten endlich vom Motorrad absteigen konnte.

Ohne ein Wort zog Dana ihre Jacke aus und legte sie Ellen über die Schultern. Die wollte ablehnen, doch die Wärme, die sie umfing, fühlte sich viel zu angenehm an. »Danke«, murmelte sie und fragte mit Blick auf das Anwesen vor ihnen: »Das ist der Hof?«

Dana nickte nur kurz.

Ellen sah sich um. Ein Moped lehnte an einer rissigen Stallwand. Die Stalltür hing etwas schief in den Angeln. Der VW-Transporter vor dem Haus stand ziemlich eingestaubt da. Kaminholz stapelte sich in einem reparaturbedürftigen Holzanbau neben dem Wohnhaus. Überall Anzeichen beginnenden oder sogar fortgeschrittenen Zerfalls, registrierte Ellen für sich. Den Besitzern fehlte es an Geld oder Ordnungssinn – oder beidem.

In der Luft hingen Maschinengeräusche. Große Maschinen, schloss Ellen aus der Art des Lärms. Nur wo er herkam, konnte sie nicht eindeutig ausmachen. Da sie aber auf der Straße keine Baustelle gesehen hatte, vermutete sie die Quelle hinter dem Haus.

»Hallo?«, rief Ellen laut. Dana ging derweil zu der Stalltür, öffnete sie und rief ebenfalls ein Hallo. Nichts tat sich.

Ellen ging zum Wohnhaus, wo sie an der Tür klingelte.

Sie warteten eine Minute. Immer noch zeigte sich niemand. Daraufhin ging Dana zu ihrem Motorrad zurück und hupte mehrmals.

Endlich kam eine Frau um die Ecke des Wohnhauses. »Ja, bitte? Was wollen Sie?«

Ellen ging auf die Frau zu. »Guten Tag. Frau Waltz?«

Ein stummes Nicken.

»Wir möchten gern Ihren Mann sprechen. Ist er da?«

»Wer sind Sie denn?«

»Kripo.« Ellen zog ihren Ausweis hervor und zeigte ihn der Frau. »Wir ermitteln im Todesfall von Herrn Kessler.«

»Aha.« Auch hier, wie zu erwarten, keine Spur von Anteilnahme oder gar Trauer.

»Ist ihr Mann nun da?«

»Ja, bei den Schweinewiesen. Immer dem Lärm nach.« Frau Waltz wies am Stallgebäude vorbei.

»Danke.«

Ellen stapfte los. Dana folgte ihr.

Die Wiese, die sich gleich an das Stallgebäude anschloss, war teilweise aufgewühlt und sumpfig, so dass sie mehrere Umwege machen mussten. Dadurch näherten sie sich nur langsam dem kleinen Bagger, der seine Schaufel ins Erdreich grub. Den entrissenen Boden legte er auf einem Anhänger ab, der an einen im

Leerlauf tuckernden Traktor gekoppelt war. Kurz bevor sie bei den Maschinen ankamen, nahm Ellen Danas Jacke von ihren Schultern und gab sie zurück.

»Sie können sie ruhig noch behalten«, bot Dana an.

»Danke. Geht schon wieder.«

Schulterzuckend zog Dana ihre Jacke wieder über.

Ellen blieb nur wenige Meter vor dem Bagger stehen und machte dem Mann darin Zeichen. Der blickte verständnislos, unterbrach dann aber sein Tun, stellte die Maschine ab und stieg aus.

Ellen stellte sich ihm vor. Dann erklärte sie, warum sie gekommen waren. »Ich habe bei Herrn Gerstäcker eine Akte gefunden, die Sie in den Kreis der Verdächtigen aufnimmt.«

»Ja, und?« Die Nachricht ließ den Mann kalt.

»Sie fragen gar nicht, was das für eine Akte ist?«

»Kann ich mir schon denken.«

»Dann wundert es Sie sicher nicht, dass ich Sie frage, wo Sie am Karfreitag waren. Beziehungsweise am Abend zuvor.«

»Hier, auf dem Hof, wo sonst. Als Landwirt arbeitet man jeden Tag. Alltag oder Feiertag spielt für unsereins keine Rolle.«

»Auch abends?«

»Wir stehen zeitig auf und gehen früh ins Bett. Zweiundzwanzig Uhr. Davor war ich noch im Dorfkrug. Donnerstag ist Skatabend. Freitag haben mein Sohn und ich beim Vater-Sohn-Kegelabend ordentlich abgeräumt.«

Er winkte dem jungen Mann, der im Traktor saß. »Sven, komm mal her«, rief er in einer Lautstärke, mit der er einen ganzen Traktor*konvoi* übertönt hätte. Jedenfalls kam es Ellen, die direkt neben Waltz stand, so vor. Der Gerufene, Ellen schätzte ihn auf circa achtzehn Jahre, schaltete den Motor des Traktors ab, kletterte die drei Stufen des Trittes von der Fahrerkabine herab und landete federnd auf dem Boden.

»Was machen Sie eigentlich hier?«, erkundigte sich Ellen, während Sven gemächlich auf sie zutrottete.

Das Gesicht des Bauern verzog sich grimmig. »Wir versuchen den Schaden, den Kessler uns zugefügt hat, zu beheben.«

»Und wie?«

»Indem wir die kontaminierte Erde abtragen und neue anfahren lassen. Das Ausbaggern machen mein Sohn und ich selbst.«

»Hat Kessler Immobilien in der Zwischenzeit zugestimmt, den Schaden zu übernehmen?«

Auf Waltz Stirn bildete sich eine weitere Unmutsfalte. »Nein. Ich war am Dienstag da. Eigentlich wollte ich Kessler sprechen, dann hörte ich, dass er der Mann war, von dem die Zeitungen schrieben, dass man ihn aus dem Wasser gefischt hatte. Also fragte ich nach dem neuen Chef. Das sei Gerstäcker, sagte man mir. Der hatte angeblich keine Zeit. War mir egal, ich bin trotzdem in sein Büro. Ließ mich auch nicht abwimmeln, selbst als dieser Gerstäcker mit der Polizei drohte. Ich bin ja nicht blöd, und einschüchtern lass ich mich auch nicht. ›Ja, hol die Polizei‹, sagte ich. ›Der habe ich 'ne Menge zu erzählen.‹ Da ließ mich der Mann einfach stehen. Ich natürlich hinterher, wütend. Bis zu seinem Wagen lief ich ihm nach, verlangte mein Recht. Er stieg ohne ein Wort in seinen BMW und brauste davon. Diese Typen sind doch alle gleich. Denken, mit unsereins haben sie leichtes Spiel, nur weil wir uns keinen Anwalt leisten können.«

Sven war jetzt herangekommen und blieb bei ihnen stehen.

»Was, Sven, das war was am Freitag«, empfing Waltz seinen Sohn. »Da haben wir die anderen so richtig nackig gemacht.«

Sven nickte.

Ellen spürte plötzlich einen Stoß in ihrer Seite. Als sie sich nach der Ursache umsah, kreuzte ihr Blick Danas, der jetzt verstohlen nach unten auf Svens Füße deutete. Nun sah Ellen es auch: Neongrüne, knöchelhohe Sportschuhe. Sie nickte Dana unmerklich zu.

»Hallo, Sven«, begrüßte Ellen den jungen Mann. »Wie geht's?«

»Geht so.« Sein Blick ging zu seinem Vater.

»Warst du auch bei dem Skatabend am Donnerstag?«, fragte Ellen. »Oh, darf ich du sagen?«

Schulterzucken mit anschließendem Nicken.

»Warst du beim Skatabend?«, wiederholte Ellen ihre Frage.

»Ja.«

»Und? Auch gewonnen?« Ellen lächelte.

»Mein Sohn hat nur ein paar Runden für mich gespielt«, antwortete Waltz statt seiner. »Weil ich mit dem Wirt was zu klären hatte.«

»Worum ging es?«

»Dreimal dürfen Sie raten. Er hat abbestellt. Erst hieß es, nur die Lieferungen der nächsten Wochen und das Spanferkel fürs Sommerfest, bis die ganze Sache überstanden ist. Jetzt sagt er, er will nicht riskieren, dass ihm die Kundschaft ausbleibt, weil er mein Schweinefleisch verkauft. Die Leute seien heutzutage hysterisch, der kleinste Verdacht, dass mein Boden und damit das Fleisch immer noch belastet sei, reiche aus. Es entsteht Gerede und peng, die Kundschaft fährt an seinem Dorfkrug einfach vorbei. Schöner Mist ist das.«

»Machen es ihm andere Abnehmer nach?«

»Ist zu befürchten«, brummte Waltz.

»Hilfst du deinem Vater viel auf dem Hof?«, wandte Ellen sich jetzt an Sven.

»Ja, das macht er.« Wieder antwortete Waltz senior für seinen Sohn. »Ist 'n guter Junge. Bodenständig. Hat nicht irgendwelche Flausen im Kopf.« Wohlwollendes Schulterklopfen des Vaters.

»Schön. Was machst du sonst? Bist du in der Ausbildung?«

»Er lernt bei mir alles, was er braucht. Schließlich soll er hier später weitermachen.«

Ellen seufzte innerlich. Es war nicht möglich, mit Sven ins Gespräch zu kommen; sein Vater riss ständig das Ruder an sich. War das Gewohnheit oder Absicht? Wollte Waltz verhindern, dass sich sein Sohn irgendwie verplapperte?

»Ich dachte, Sie haben große finanzielle Probleme durch diese Cadmiumsache, Herr Waltz.« Ellen wandte sich nun direkt an den Vater. »Existenzbedrohende Probleme.«

»Diese feinen Pinkel werden schon noch zahlen. Vorher gebe ich keine Ruhe. Ich mache so lange Druck, bis ich mein Geld bekommen habe«, verkündete der Bauer selbstbewusst.

Ja, und es sah so aus, als ob der Junior seinem Vater tatkräftig zur Seite stand und bei Gerstäcker mal eben etwas Überzeugungsarbeit leistete. Blieb zu klären, ob mit oder ohne Wissen des Vaters.

Ellen spürte erneut Danas Ellenbogen in ihrer Seite. Offensichtlich wollte die sie darauf aufmerksam machen, dass sie noch nicht auf die Schuhe zu sprechen gekommen war. Ellen bedeutete Dana, ruhig zu bleiben.

»Nun, wir werden Ihre Alibis überprüfen«, sagte sie, an Waltz gewandt. »Gegebenenfalls komme ich noch einmal vorbei, um weitere Fragen zu stellen.« Damit verabschiedete sie sich von den beiden Männern und gab auch Dana zu verstehen, dass sie fertig waren. Sie gingen zurück zur Straße.

»Die Schuhe!«, platze es nach wenigen Metern aus Dana heraus.

Ellen lief noch ein paar Schritte, bis hinter ihnen wieder der Maschinenlärm einsetzte, dann blieb sie stehen. »Ich habe sie gesehen. Aber ich kann sie dem jungen Mann schlecht von den Füßen reißen. Und wenn ich Sven auf die Dinger angesprochen hätte, hätte er – oder besser gesagt sein Vater, denn es sieht beinah so aus, als würde der für seinen Sohn sprechen – erwidert, dass viele Leute solche Schuhe haben. Bis ich mit dem Beschluss für eine Durchsuchung wieder hier wäre, wären die Schuhe längst auf Nimmerwiedersehen verschwunden. Alles klar?«

Dana nickte verdattert.

Ellen setzte sich wieder in Bewegung.

»Sie beschaffen sich den Beschluss?«, fragte Dana.

»Natürlich. Und dann vergleichen wir die Spuren an Gerstäckers Sachen vom Abend des Überfalls mit denen an den Schuhen. Bei einem Treffer sammeln wir Sven ein und verhören ihn.«

»Ha, und *ich* habe Sie zu ihm geführt«, triumphierte Dana.

Ellen stöhnte. »Ja. Sie sind eine wahre Supernase. Aber ich habe meine Zweifel, dass Sven Kesslers Mörder ist.«

»Wieso?«

»Wie sollte es ihm gelungen sein, Kessler die K.-o.-Tropfen zu verabreichen? Dazu hätte er Kessler vorher bewusstlos prügeln müssen. Kesslers Leichnam weist zwar Hämatome auf, aber die sind ihm zwei Tage vor seinem Tod zugefügt worden. Und zu einer Bewusstlosigkeit hätten sie auch nicht geführt.«

»Aber zumindest haben wir den Überfall auf Gerstäcker geklärt. Würden Sie sich dazu hinreißen lassen, das mit mir zu feiern?« Dana hakte sich bei Ellen ein. »Ein gemeinsames Mittagessen und ein klitzekleines Sektchen?«

Ellen entzog sich ihr postwendend. »Erst mal lasse ich mich dazu hinreißen, die Spurenlage abzuwarten. Sollte die wirklich für eine Festnahme ausreichen, dann, sorry, werde ich anderes zu tun haben ... und anschließend jede Menge Papierkram zu erledigen.«

Dana zwinkerte verschmitzt. »Aber essen müssen Sie doch sowieso was. Überlegen Sie es sich.«

Auf der Fahrt zurück in die Stadt hatte Ellen den Eindruck, dass Dana das Tempo ihrer Maschine etwas drosselte. Jedenfalls pfiff Ellen der Wind deutlich weniger um die Nase. Scheinbar versuchte Dana Rücksicht zu nehmen.

Wieder vor dem Präsidium angekommen, verlor Ellen nicht viele Worte. »Ich muss den Staatsanwalt anrufen.« Sie lief eilig davon.

»Was ist nun mit dem Essen?«, rief Dana hinter ihr her.

Es dauerte keine zwei Stunden, und Sven Waltz saß Ellen im Verhörraum gegenüber, während seine Schuhe im Labor untersucht wurden. Sven leugnete stur, Gerstäcker überfallen zu haben.

»Du sagst, du warst an dem Abend im Kino. Gut. Mein Kollege hat dort angerufen. Die letzte Vorstellung endete kurz nach zehn. Die Lenzer Straße liegt quasi um die Ecke vom Kino. Du hattest also genug Zeit, Gerstäcker vor dem Büro aufzulauern.«

»Ich kenn' den Typen doch gar nicht.«

»Ich habe Gerstäcker angerufen. Du warst dabei, als dein Vater im Büro den Aufstand probte.«

Svens Mundwinkel zuckten. »Na schön. Aber woher sollte ich wissen, dass der Kerl so spät noch im Büro hockt?«

»Keine Ahnung. Vielleicht wolltest du ursprünglich ja nur irgendwas demolieren. Aber dann sahst du Gerstäckers Wagen und hast umdisponiert.«

Sven verschränkte die Arme vor seiner Brust. »Das können Sie nicht beweisen.«

In Svens demonstrativ aufgesetztes Schweigen hinein klingelte

Ellens Handy. Sie nahm den Anruf entgegen, hörte zu, ohne eine Miene zu verziehen. »Alles klar. Danke«, verabschiedete sie sich schließlich und sah Sven an. »Das war das Labor. Na, was glaubst du?«

Störrisches Schulterzucken antwortete ihr.

»Unter deinen Schuhen fand das Labor Erde. Und in dieser Erde Spuren von Cadmium.«

»Ja, und? Ist doch klar.«

»Rückstände derselben Erde fanden wir an Gerstäckers Mantel. Wir sind sicher, dass es dieselbe Erde ist, weil auch dort Mikrospuren von Cadmium festgestellt wurden.« Ellen machte eine wirkungsvolle Pause. »Cadmium ist ein sehr seltenes Element. Wird es an zwei Gegenständen in einer Stadt wie Perleberg nachgewiesen, haben diese beiden Gegenstände mit an Sicherheit grenzender Wahrscheinlichkeit in Kontakt gestanden. Willst du weiter abstreiten, dass du Gerstäcker überfallen hast?«

Sven fuhr sich mit der Hand durchs Gesicht. »Also gut«, gab er notgedrungen zu. »Ich hab den Kerl vermöbelt.«

»Erzähl. Wie lief es ab?«

»Na ja, Sie haben recht. Ich wollte die Tür vom Büro eintreten. Oder so was in der Art. Da sah ich seinen Wagen, diesen Angeberschlitten. Hab ihm 'ne persönliche Note verpasst. Ich wollte gerade abhauen, da kam dieser Lackaffe daher, rannte aufgeregt um seinen teuren Schlitten. Hab mir eben gedacht, wenn ich ihm richtig eine mitgebe, und dazu den entsprechenden Bescheid, bekommt er Muffensausen und zahlt meinem Vater das Geld.«

Ellen nickte. »Verstehe.«

Sven rutschte jetzt unruhig auf seinem Stuhl herum. »Ich hab dem anderen Alten, dem Kessler, nichts getan«, beteuerte er. »Das müssen Sie mir glauben.«

Das tat Ellen sogar. Wie sie schon zu Dana gesagt hatte, zweifelte sie sehr daran, dass Sven Waltz Kessler hätte betäuben können. Das erforderte zu allen anderen Schwierigkeiten eine gewisse Planung, und die traute sie dem jungen Mann nicht zu.

»Du wirst Post von der Staatsanwaltschaft bekommen, Sven. Für den Moment kannst du gehen.«

»Womit muss ich denn rechnen, ich meine ... komme ich ins Gefängnis?«

Ellen seufzte. »Der Angriff auf Herrn Gerstäcker war sehr brutal ... ich weiß nicht, ob der Richter da noch auf Bewährung erkennt.«

Sven sackte ein Stück in sich zusammen. »Mein Vater ist draußen. Sagen Sie ihm das bitte nicht. Ich habe ihm erzählt, ich hätte dem Typ nur eins in den Magen gegeben und wäre abgehauen.«

»Er wird es sowieso erfahren.« Ellen öffnete die Tür und schob Sven auf den Gang. Ein wenig tat er ihr leid. Natürlich war es falsch gewesen, was Sven gemacht hatte, aber irgendwo auch verständlich. Er wollte sich gegen eine Ungerechtigkeit wehren. Nur – wenn jeder auf diese Art auf seinem Recht bestehen würde ...

Waltz senior stand von dem Stuhl auf, auf dem er gesessen und gewartet hatte. Sein Blick ruhte finster auf Sven. Ellen bedauerte den Jungen noch eine Spur mehr. Vermutlich hatte Sven gehofft, sein Vater würde seine Aktion gutheißen. Sie setzte ein optimistisches Gesicht auf, klopfte Waltz senior auf die Schulter und sagte: »Sie fahren jetzt nach Hause und nehmen sich einen Anwalt. Nicht nur wegen der Sache mit Ihrem Sohn, sondern auch in der Bodengeschichte.«

»Ach was. Der Junge hat's allein verbockt, also muss er auch allein die Konsequenzen tragen«, entschied Waltz. »Was das andere betrifft, meine Frau ist gelernte Buchhalterin und kann genau ausrechnen, wie hoch der entstandene Schaden ist. Dazu brauchen wir keinen teuren Bürohengst.« Damit war für ihn das Thema Anwalt erledigt.

Ellen verstand. Anwälte waren Waltz suspekt, und dann nahmen sie auch noch Geld. Jemand sollte dem Mann klarmachen, dass, was immer seine Frau ausrechnete, wenig nützen würde ohne juristischen Beistand. »Ohne Anwalt wird es schwer, Ihre Forderungen bei Gericht geltend zu machen. Es gibt gewisse Formalien, die man da einhalten muss ... und das ist nicht das Fachgebiet Ihrer Frau oder Ihres.« Ellen umschiffte so gut es ging alles, was Waltz als Belehrung oder gar Kränkung auffassen könnte. »Nebenbei gesagt, wenn Sie die ganze verseuchte Erde abtragen, vernichten Sie Ihre Beweise. Sie graben sich gerade buchstäblich selbst das Wasser ab.«

Waltz stutzte. Doch dann grinste er schlau. »Nee, nee. Ich hab ein Gutachten, da steht alles drin.«

»Von einem autorisierten Gutachter?«, erkundigte sich Ellen.

»Gibt's da Unterschiede?«

»Lassen Sie sich von einem Anwalt beraten, Herr Waltz. Das ist das Geld wert! Auch im Interesse Ihres Sohnes. Ich glaube, Sven hat Ihnen noch was zu sagen.«

Waltz kratzte sich am Hinterkopf, schaute seinen Sohn an, dann Ellen. Der Ratschlag einer Frau!, stand in seinem Gesicht geschrieben. Wie viel konnte der taugen? Ellen lächelte und verabschiedete sich. Sie hatte ihr Bestes versucht. Was der Mann daraus machte, war seine Entscheidung.

»Verdammt. Gleich acht«, fluchte Ellen. Sie waren die Vermisstenfälle von vor zehn Jahren und sicherheitshalber noch ein Jahr weiter zurück durchgegangen, aber leider ohne Resultat. Nun mussten sie auf die Ergebnisse des Doc warten und hoffen, dass sich daraus Anhaltspunkte ergaben.

Ellen seufzte, sowohl des Misserfolges als auch ihres immer noch leeren Kühlschranks wegen. Die letzten Geschäfte schlossen in wenigen Minuten. Sie würde auch heute auswärts essen müssen.

»Sag mal, Marco, wo geht man denn hier essen, wenn man mal keine Pizza oder Gyros, sondern einfach nur was heimisch Herzhaftes zwischen den Zähnen haben will?«

»Im Ratskeller gibt's gediegene Kost. Ordentliches Schnitzel mit Pommes.«

»Hmm, klingt richtig gut.« Ellen schaute Marco an. »Heute Abend schon was vor?«

Marco blickte überrascht auf. »Ist das eine Einladung?«

»Warum nicht?«

Marco grinste breit. »Du bist auf dem Weg, meine Lieblingskollegin zu werden.«

»Na, das hoffe ich doch.« Ellen zwinkerte verschmitzt. »Bereit?«

»Wann immer du Aufbruch sagst.«

Ellen stand auf. »Na dann, Aufbruch.«

Zwanzig Minuten später gingen sie die Treppe aus Naturstein hinunter, die in den Ratskeller führte. Zwei Drittel der Tische waren bereits besetzt. Sie bekamen nur noch einen Tisch direkt am Mittelgang.

Die Speisekarte in der Hand, schwankte Ellen zwischen Schnitzel und Leber mit Kartoffelmus. »Was nimmst du?«, fragte sie Marco.

»Soljanka vorneweg, und dann Schnitzel«, entschied er, ohne lange zu überlegen.

Ellen nickte. »Ich schließe mich an.« Die Leber lief ja nicht weg. Beim nächsten Mal.

Der Kellner kam, notierte ihre Wünsche und verschwand wieder.

»Vielen Dank für die Einladung«, sagte Marco. »Gibt es einen besonderen Grund dafür?«

»Nimm es als kleinen Einstand.«

»Gern. Dann erzählst du mir bei der Gelegenheit vielleicht auch, was dich von Berlin nach Perleberg verschlagen hat.«

Oh nein! Bitte nicht, stöhnte Ellen in sich hinein. Das hatte sie nicht bedacht, als sie Marco einlud: dass er natürlich neugierige Fragen stellen würde.

»Komm schon«, drängte Marco. »Wir sind Kollegen. Partner. Auf Dauer kannst du es sowieso nicht vor mir geheim halten.«

»Persönliche Gründe«, erwiderte Ellen kurz angebunden.

»Ein Mann«, riet Marco. Stellte es genaugenommen fest.

Nein, dachte Ellen. Eine Frau, verheiratet. Der Ehemann ein Kollege. Der dafür sorgte, dass sie abgeschoben wurde. So gesehen also doch ein Mann. Sie seufzte. »Ja.«

»Ist richtig schief gegangen, was? Ich meine, wenn du *hier* gelandet bist ...«

»Kann man so sagen.«

»Na los, erzähl schon«, forderte Marco sie auf.

»Nein.«

»Aber danach geht's dir sicher besser. Du bist dann nicht mehr so angespannt.«

Ellens Augen weiteten sich. »Bin ich doch gar nicht.«

»Oh doch. Bist du«, erwiderte Marco stoisch. »Deine ganze Körperhaltung drückt Argwohn und Abwehr aus. Du bist leicht reizbar. Was deine Reaktion auf Dana Wegener in Gerstäckers Büro beweist. Dann der Aufstand wegen dem Zeitungsartikel ...«

»Bist du unter die Psychologen gegangen?«, fragte Ellen bissig. Dankbar blickte sie der Kellnerin entgegen, die zwei übergroße Soljanka-Tassen an den Tisch brachte und eine direkt vor Ellen platzierte. Mit einem »Guten Appetit« setzte sie die zweite vor Marco ab und entfernte sich.

Genüsslich ihre Soljanka schlürfend, ließ Ellen den Blick durch den Raum schweifen. An den Anzügen und Krawatten der Gäste ließ sich leicht ausmachen, dass es hauptsächlich Geschäftsleute waren, die um diese Zeit hier aßen. Da hinten in der Ecke fand aber auch eine kleine Familienfeier statt. Und am Tisch daneben speiste ein Pärchen. Die Frau hatte langes, dunkles Haar. Es fiel wellig über ihren schmalen Rücken.

Ellen stutzte. Moment mal, diesen Rücken kannte sie doch! Heute Vormittag hatte sie dicht an ihn gepresst auf einer Yamaha Cruiser gesessen. Das war Dana! Der Mann ihr gegenüber – Ellen kniff die Augen zusammen – das war doch ... Martin! Brittas Mann. Wie kam der denn hierher? Und vor allem: Was hatte Dana mit ihm zu besprechen?

Ellen hatte die Frage kaum zu Ende gedacht, als sich ein mulmiges Gefühl in ihrem Magen ausbreitete. *Was glaubst du denn, Ellen, was die beiden bereden.* Die viel spannendere Frage war doch, wie war Dana an Martin gekommen? Obwohl – so spannend nun auch wieder nicht. Der Fall hatte in jeder Berliner Zeitung gestanden. Wenn Dana auf Verdacht eine Kollegin angerufen hatte, war es von diesem Anruf bis zu Martin nur ein kurzer Weg. Dabei hatte Dana versprochen, keine Fragen zu stellen, was ihre Versetzung anging!

Jaaaa, Ellen, dir! Aber keine Fragen an andere – davon war nie die Rede gewesen. So oder ähnlich würde Dana sich rausreden, wenn sie sie darauf ansprach. Jede Wette.

»Wow, ist das ein Latsch«, holte Marco Ellen aus ihrer Gedankenwelt zurück an den Tisch, auf dem bereits die Teller mit den Schnitzeln standen. Seine Frage »Hast du gerade ein Gespenst gesehen?« machte Ellen darauf aufmerksam, dass sie ihren Gesichtsausdruck besser unter Kontrolle halten musste. Marco schaute über seine Schulter und blickte in die Richtung, in die Ellen gegen ihren Willen immer noch starrte. Zum Glück erkannte Marco Dana nicht, und Martin Kranz war ihm unbekannt.

»Ach, ist nichts.« Ellen löste endlich ihren Blick von Martin. Hatte der sie gesehen? Sie rückte ihren Stuhl ein wenig nach links, um sich besser hinter Marco verstecken zu können.

Während Marco ein paar alte Fälle zum Besten gab – einschließlich einiger selbst erlittener Schlappen – und so versuchte, seine neue Kollegin zu ermuntern, etwas mehr aus sich herauszukommen, arbeitete es fieberhaft in Ellen.

Martin Kranz. Er war sicher liebend gern gekommen, um Dana zu helfen, die alte Geschichte aufzuwärmen. *Na ja, so alt nun auch wieder nicht, Ellen. Sonst wären dir bei Brittas Anruf wohl kaum die Felle so weggeschwommen.* Hatte Britta sie warnen wollen? Bereute sie am Ende sogar ihre Entscheidung, bei Martin geblieben zu sein?

Stopp, Ellen! Nicht das wieder. Sie hatte lange genug gehofft und gebangt. Unter Martins hasserfülltem Blick wochenlang ausgehalten, jede seiner Demütigungen ertragen, genauso wie die schiefen Blicke der Kollegen. Und das alles nur, um scheibchenweise und immer wieder aufs Neue von Britta enttäuscht zu werden. Die Zeit des Wartens war lang und quälend gewesen und das Ende schon fast eine Erlösung. Ellen wollte das alles einfach nur vergessen. Nun kam es wieder hoch. Und wem verdankte sie das? Dana Wegener, dieser falschen Schlange.

6.

Karl K. hörte in seinem Leben so manchen Champagnerkorken knallen und wohl auch die ein oder andere Ohrfeige in seinem Gesicht«, las Marco Danas neuesten Artikel laut. »Der Tote aus der Stepenitz gibt der Polizei weiterhin Rätsel auf, denn er hatte offenbar mehr Feinde als andere Töpfe im Schrank.« Er grinste. »Die Frau trifft den Nagel auf den Kopf.«

Ellen reagierte weder auf das Vorgelesene noch auf Marcos Kommentar. Und auch nicht auf das Klingeln ihres Telefons. Kopfschüttelnd drückte Marco auf ›Übernehmen‹ und hob den Hörer ab.

»Fabian, Apparat Reuter.« Er lauschte aufmerksam. »Danke euch«, sagte er schließlich. Sein Blick suchte den seiner Kollegin. »Wir haben endlich Kesslers Wagen gefunden«, sagte er, während er auflegte. »Nützt uns aber nichts. Zwei jugendliche Halbstarke haben sich daran zu schaffen gemacht und eine Spritztour unternommen, die für sie im Krankenhaus und für den Wagen auf dem Schrottplatz endete. Damit sind alle eventuellen Spuren verunreinigt und somit nutzlos. Doch immerhin wissen wir, dass die Jungs den Wagen in der Nähe von Grubers Wohnung knackten.«

Ellen, in Gedanken immer noch beim gestrigen Abend und dem unerwarteten Wiedersehen mit Martin Kranz, bekam auch das nicht mit. Somit wartete Marco vergebens auf einen Kommentar.

»Es gibt auch einen neuen Zeugen. Er ist ein Alien mit langen Tentakeln und sabbernden Lefzen, aber eigentlich ein ganz sympathischer Kerl«, meinte Marco jetzt.

Von Ellen fehlte nach wie vor jede Reaktion.

»He, was ist denn los?« Marco stand auf, stellte sich vor Ellens Schreibtisch und fuchtelte wild mit den Händen. »Hallo!«

»Was?« Ellen erwachte endlich aus ihrer Abwesenheit.

»Du bist total komisch. Gestern Abend auch schon. Lässt das schöne Schnitzel liegen, drängelst rum. Du kannst mir nichts vormachen. Irgendwas ... irgendwen hast du im Ratskeller gesehen. Seitdem bist du völlig von der Rolle.«

»Es ist nichts weiter«, behauptete Ellen.

»Ich hab Leute schon überzeugender lügen hören.« Marco schüttelte den Kopf. »Na ja, ist deine Entscheidung. Aber wenn du reden willst ...« Er beendete den Satz nicht. Das war auch nicht nötig. ›Kannst dich an mich wenden‹, hieß es. »Und jetzt zum Fall.« Marco wiederholte die Neuigkeiten zu Kesslers Wagen. Er schloss mit den Worten: »Also schlage ich vor, dass wir

Gruber mal richtig in die Mangel nehmen.«

»Gut, holen wir den Mann her.«

Doch Gruber blieb im Verhör bei seinen Aussagen. Er gab zu, Kessler gehasst zu haben, wies aber jede Schuld an seinem Tod von sich. »Ich wusste, dass Simone zu mir zurückkommen würde. Es war nur eine Frage der Zeit«, sagte er.

»Wie konnten Sie so sicher sein?«

»Kessler war ein rücksichtsloser Egoist. Er machte zwar bei Simone auf verständnisvoll und hatte auch Erfolg damit, aber eine Frau wie Simone, feinfühlig und mit Sinn für Gerechtigkeit, würde seinen wahren Charakter bald erkennen. Ich war entschlossen, auf sie zu warten und sie zu bitten, zu mir zurückzukommen, wenn es soweit war. Ohne ihr Vorwürfe zu machen.«

»Sind Sie sicher, dass Ihnen die Wartezeit nicht zu lang wurde?«, fragte Marco. »Dass Ihre ungewöhnliche Toleranz nicht für eine oder zwei Stunden in Wut umschlug und außer Kontrolle geriet?«

»Absolut sicher. Sie verstehen das natürlich nicht. Aber Simone ist eine Frau, die man nicht einfach abhakt, nur weil sie einen schwachen Moment hat.«

»Einen schwachen Moment? Doch wohl mindestens eine schwache Phase«, wandte Ellen ein. »Und die Schwäche beschränkte sich nicht auf eine Schwärmerei oder einen unschuldigen Kuss. Sie hat mit Kessler geschlafen.« Sie provozierte Gruber bewusst, um ihn aus der Reserve zu locken.

Der Arzt schluckte. »Sie brauchte die Zeit. Und was sie tat, während wir getrennt waren, steht für mich nicht zur Debatte.«

»Wirklich nicht?«, setzte Marco nach. »Sie haben einfach daneben gestanden und zugesehen? Das sollen wir Ihnen glauben?« Beim letzten Satz hob er die Stimme. »Doktor Gruber. Über die Arzneimittelbestände des Krankenhauses wird doch sicher Buch geführt. Werden wir eine Abweichung feststellen, wenn wir die Bestände des Flunitrazepam kontrollieren?«

Gruber zuckte mit den Schultern. »Abweichungen wird es immer geben. Es gibt leider Kollegen, die nachlässig mit den Austragungen umgehen.«

»Wir werden dem nachgehen.«

»Und wir werden Ihre Kollegen befragen, ob Sie wirklich so objektiv mit Frau Bergraths Untreue umgingen«, fügte Ellen hinzu. »Denn wenn ich mich recht erinnere, sagte Ihr Kollege, mit dem Sie das Open-Air-Konzert besuchten, aus, dass Sie gar nicht so entspannt waren.«

»Es hat mir natürlich was ausgemacht, dass Simone mich verlassen hatte. Das streite ich ja nicht ab. Aber Kessler umbringen, um Simone zurückzugewinnen? Nein. Soweit wäre ich nie gegangen.«

»Wie weit wären Sie denn gegangen, Herr Gruber?«, drängte Marco.

»Ich ... soweit jedenfalls nicht.« Gruber blickte unruhig zwischen den Kommissaren hin und her.

»Wie weit?«, bohrte Marco weiter.

Gruber kniff die Lippen zusammen.

»Sie wollten Kessler einen Schuss vor den Bug geben. Haben ihn betäubt, um ihn – was?« Marco lehnte sich vor zu Gruber, fixierte ihn mit den Augen. »Aus dem Verkehr zu ziehen? Vielleicht wollten Sie ihn ein paar Tage irgendwo einsperren, ihm Angst einjagen. Aber er hat sich gewehrt, Sie gedemütigt. Und da haben Sie die Kontrolle verloren.«

»Nein!« Gruber schlug mit der Faust auf den Tisch. »So war das nicht.«

»Wie war es dann?«

»Ich wollte, dass er zur Lachnummer wird, sich nicht mehr auf die Straße traut. Dieses fiese Schwein.«

Stille im Raum. Marco fiel in seinen Stuhl zurück und warf Ellen einen triumphierenden Blick zu. »Wie wollten Sie das machen?«, fragte er. Jede Aggressivität war aus seiner Stimme verschwunden.

»Ich verabredete mich Donnerstagabend mit Kessler bei mir zu Hause, kurz vor meiner Schicht. Ich tat, als hätte ich mir Geld beschaffen können und wolle darüber verhandeln, mein Haus zurückzukaufen. Er kam – vermutlich nur, um sich an meiner misslichen Lage zu ergötzen. Ich versetzte seinen Wein mit Flunitrazepam. Dann sorgte ich dafür, dass sein Aufwachen richtig peinlich werden würde.«

»Geht es etwas genauer?«

»Ich fuhr mit ihm in den Stadtpark. Setzte ihn dort ohne alles aus.«

»Ohne Geld?«

»Ohne Klamotten. Nackt. Zum Gespött sollte er sich machen. Als Perversling verhaftet werden.«

»Und wann beschlossen Sie, ihn in den Fluss zu werfen?«

»Nein. Das habe ich nicht getan«, wehrte Gruber ab. »Ich habe es genauso gemacht, wie ich sagte. Kessler das Fluni verpasst, die Sachen ausgezogen und ihn auf eine Parkbank gesetzt. Ich habe keine Ahnung, wie er in den Fluss gekommen ist. Wenn ich damit was zu tun hätte, hätte ich ihn doch nicht wieder angezogen.«

Sowohl Ellens als auch Marcos Miene drückten Skepsis aus. »Die Geschichte sollen wir Ihnen glauben?«, fragte Marco.

»Es war so, wie ich sage!«

»Was haben Sie mit Kesslers Sachen gemacht?«

»Ein paar Meter weiter in die Büsche geworfen.«

Die Kommissare sahen einander an.

»Um wie viel Uhr war das?«

»Gegen elf. Mein Dienst begann etwas später, um zwölf.«

Kessler hatte Freitagmorgen um fünf noch mit Gerstäcker telefoniert. Dazwischen lagen sechs Stunden. Wahrscheinlich war Kessler wieder aufgewacht. Zumindest vorübergehend.

»Oder jemand anders hat mit Kesslers Handy telefoniert«, meinte Ellen, als sie zurück im Büro waren. »Jedenfalls schwamm Kessler um elf noch nicht in der Stepenitz, denn von seinem Handy, das wir ja bei ihm fanden, wurde später noch telefoniert.« Sie warf frustriert die Akte auf den Schreibtisch. »Gruber dürfte damit aus der Sache raus sein. Dass es in diesem Fall aber auch nichts gibt, woran man was festmachen kann.«

»Es gibt was, wir haben es nur noch nicht gefunden«, sagte Marco.

Ellen sah ihn an und nickte. Ihre Voreingenommenheit gegenüber dem Kleinstadtkollegen schwand allmählich. Marco besaß eine bemerkenswerte Hartnäckigkeit. Wie er sich im Verhör mit Gruber angestellt hatte, war auch nicht zu verachten.

»Nehmen wir doch mal Gerstäcker etwas unter die Lupe«,

schlug er jetzt vor. »Er hat uns eine wahre Schwemme an Verdächtigen beschert, aber ihn selbst haben wir noch gar nicht richtig beleuchtet.«

Erneut nickte Ellen. Die betrogenen Kunden, aufgebrachte Mieter, Kesslers Affären. Damit waren sie gut beschäftigt gewesen – und immer wieder in einer Sackgasse gelandet. Gerstäcker selbst hingegen war kaum ins Visier der Ermittlungen geraten. Ein wenig hatte auch die Tatsache dazu beigetragen, dass er überfallen wurde.

»Ja, das sollten wir nachholen«, meinte Ellen. »Durchaus denkbar, dass Kessler und Gerstäcker mehr Knatsch miteinander hatten, als der zugibt. Sein Alibi für den Freitag ist jedenfalls lächerlich.«

»Stimmt.«

»Fangen wir bei seiner Vermögenslage an, seinem Stand in der Firma und seiner Freundschaft zu Kessler. War das wirklich Freundschaft, oder eher eine Zweckgemeinschaft?«

»Oder ein Abhängigkeitsverhältnis?«, warf Marco ein. »Eines, das Gerstäcker beenden wollte. Aber Kessler ließ ihn nicht gehen. Er wollte sich keinen neuen Handlanger suchen. Er könnte Gerstäcker erpresst haben – der hat bestimmt den einen oder anderen illegalen Auftrag für Kessler ausgeführt.«

»Und Kessler benutzte ausgerechnet das gegen Gerstäcker. Hätte ihm ähnlich gesehen.«

»Gerstäcker war stinkwütend«, spann Marco den Faden weiter. »Es könnte zum Beispiel so gewesen sein: Gruber hat Kessler vor seiner Nachtschicht betäubt und im Park abgeladen. Da war es elf. Kaum noch Leute im Park. Es ist zu spät für Liebespaare, um noch ein lauschiges Plätzchen zu suchen. Und wenn, machten sie, oder wer auch immer die gruselige Gestalt sah, wohl lieber einen Bogen darum.«

»Oder Kessler kam noch mal kurz zu sich, erfasste seine Situation und schlug sich in die Büsche«, konstruierte Ellen eine andere Version. »Dort hat er die Nacht durchgepennt.«

»Egal wie, am frühen Morgen wacht er frierend, mit einem Riesenkater und null Erinnerung auf, findet seine Sachen und ruft Gerstäcker an, dass der ihn abholen soll.«

»Klingt gut«, meinte Ellen. »Fahren wir doch noch mal zu

Frau Gerstäcker und befragen sie genauer zu dem Freitag, den sie mit ihrem Mann verbrachte.«

Frau Gerstäcker wiederholte ihre Aussage, mit der sie ihrem Mann vorher schon sein Alibi gegeben hatte, Wort für Wort. Das machte die Kriminalisten skeptisch. Intensiveres Nachbohren ergab schließlich, dass der gemeinsame Vormittag der Gerstäckers erst um neun Uhr beim Frühstück begonnen hatte. Die Eheleute schliefen aufgrund des unruhigen Schlafes von Frau Gerstäcker getrennt. Gerstäckers Alibi hatte also eine ganz entscheidende Lücke.

Als nächstes nahmen Ellen und Marco sich Gerstäckers Rolle in der Firma vor. Dazu verabredete Marco sich mit dem Empfangsmädchen zu einem Kaffee. Und kam mit einem überraschenden Ergebnis zurück. »Punkt eins: Gerstäcker ist im Grunde Kesslers Laufbursche gewesen. Trotz seiner Anteile behandelte Kessler ihn ziemlich von oben herab. Punkt zwei: Gerstäcker pflegt einen teuren Lebensstil. Haus, Yacht, Auto, alles vom Feinsten. Darin eiferte er Kessler nach.«

»Bleibt die Frage, kann Gerstäcker sich diesen Stil auch leisten?«, meinte Ellen.

»Schon geklärt. Kann er nicht. Es kommt aber noch besser.« Marco machte eine bedeutungsvolle Pause.

»Nun rück schon damit raus.«

»Kessler hat Gerstäcker beim Griff in die Kasse erwischt! Daraufhin bat der ihn wohl um ein Darlehen. Aber Kessler lehnte ab.«

»Wie viel?«

»Es ging jedenfalls um einige Nullen vor dem Komma. Und jetzt kommt's: Kessler wollte Gerstäcker feuern. Stand Montag vor Ostern.«

»Ach, sieh mal einer an.«

»Gerstäcker war in der Zwickmühle«, schloss Marco. »Das nenne ich ein astreines Motiv. Zumindest eine gute Voraussetzung für ein Handgemenge mit fatalen Folgen.«

»Dann laden wir den Mann mal ein und konfrontieren ihn mit unseren Erkenntnissen. Im Verhörraum wird seine Selbstsicherheit vielleicht bröckeln.«

Das tat sie aber nicht. Gerstäcker meinte, »die Kleine vom

Empfang« habe da was falsch verstanden. Und er habe ja nie behauptet, dass er und seine Frau rund um die Uhr zusammen gewesen seien. Im Übrigen sei er auch gegen elf kurz zur Tankstelle gefahren, um sich Zigaretten zu kaufen. Er hatte auf jede Frage eine Antwort, entkräftete alle Verdachtsmomente. Und Ellen und Marco hatten nur Theorien, keine Beweise. Sie mussten Gerstäcker wieder gehen lassen.

Schnaufend trug Ellen die Einkaufstüten in die zweite Etage, stellte sie neben der Wohnungstür ab und schloss auf. Heute würde sie sich einen entspannten Abend machen. In Ruhe essen, dazu ein Glas Wein. Vielleicht danach noch ein zweites, bei einer Komödie oder einer Liebesschnulze. Mal sehen, was das DVD-Regal so hergab. Ellen freute sich schon darauf. Abschalten. Einfach mal nicht nachdenken.

Schnell verstaute sie den Einkauf, nahm eine Dusche und machte sich anschließend ans Kochen. Braten, genaugenommen. Sie würzte den frisch gekauften Bio-Vogel, legte ihn in die Pfanne und schob ihn in den vorgewärmten Ofen. Nun hatte sie viel Zeit, sich um den Salat zu kümmern. Gurke, Chicorée, Tomaten, Zwiebel, alle eben erst in den Kühlschrank gewandert, mussten ihren Platz auch schon wieder räumen. Als Basis gab Ellen zuerst eine Büchse Mais in die Schüssel. Sie setzte gerade das Messer an den Strunk des Chicorées, als das Handy klingelte. Ellen legte das Messer beiseite, wischte sich die Hände am Handtuch ab und nahm das Telefon.

»Reuter.«

»Leg nicht auf, bitte!«

Britta!

Ellen musste tatsächlich gegen den Reflex kämpfen, die Verbindung zu unterbrechen. Sie schloss die Augen und atmete tief durch. »Was denn noch? Ich dachte, wir hätten alles geklärt.«

»Das nennst du geklärt?«, erwiderte Britta mit deutlichem Vorwurf in der Stimme.

Nicht weich werden, ermahnte Ellen sich. »Ich meine nicht unser letztes Gespräch«, stellte sie richtig. »Ich meine das Gespräch, als ich dich fragte, ob du mit mir kommst. Du sagtest nein. Klare Entscheidung.« Die immer noch wehtat. Aus diesem Schmerz heraus geriet ihr abschließendes »Ja, das nenne ich geklärt« härter als beabsichtigt.

»Bitte, Ellen. Du weißt, ich kann nicht einfach tun, was ich will. Ich habe zwei Kinder«, verteidigte sich Britta.

»Die hattest du auch schon, als du dich auf mich eingelassen hast«, hielt Ellen dagegen.

»Ja, natürlich. Aber ich habe auch Gefühle, die lassen sich eben nicht immer unterdrücken.«

Ha! »Aber als Martin dahinterkam, da ging es dann wieder, ja?«

»Ich kann nicht mehr, Ellen. Bitte, sag, dass du mir verzeihst«, flehte Britta. »Deine Verachtung macht mich fertig.«

»Das ist mir so was von egal«, erwiderte Ellen kalt. »Als ich dich brauchte, hast du mich auch einfach im Regen stehen lassen.«

»Es ging nicht anders. Martin ...«

»Lass mich in Ruhe damit, ein für alle Mal!« Energisch drückte Ellen auf den roten Knopf. Sicherheitshalber gleich etwas länger, so dass sich das Handy ausschaltete.

»Das glaub ich nicht«, brummelte sie vor sich hin. »Was denkt die Frau sich? Ausgerechnet bei mir will sie sich ausheulen.«

Wütend auf Britta, sich selbst und die ganze Welt nahm Ellen das Messer wieder in die Hand und hackte verbissen auf den Chicorée ein. Verbissen und eine Spur zu unachtsam. Der Schmerz war anfänglich gar nicht so schlimm. Ellen spürte lediglich, wie die Klinge durch das Fleisch ihres linken Zeigefingers fuhr. Sie erschrak erst, als das Blut aus dem Schnitt sickerte und dicke Tropfen auf der Arbeitsfläche zerplatzten. Plötzlich begann es in ihrer Fingerkuppe zu pochen.

»Mist!«, fluchte Ellen. Sie machte einen schnellen Schritt zur Spüle, hielt die Hand unter kaltes Wasser, schielte vorsichtig auf ihren Finger. Auweia. Der Schnitt ging ziemlich tief. Nun drang auch der Schmerz in Ellens Bewusstsein.

Das Klingeln an der Tür kam da ziemlich ungelegen. »Wer ist das denn jetzt, verdammt!« Hektisch griff Ellen nach der Küchenrolle, riss ein Blatt ab und umwickelte den Finger. Mit schmerzverzerrtem Gesicht lief sie zur Wohnungstür, öffnete sie und erlebte die nächste unangenehme Überraschung. Vor ihr stand Dana, lächelnd, leger am Treppengeländer lehnend. »Hallo«, grüßte sie.

»Hallo«, grüßte Ellen automatisch zurück. Über ihr Erstaunen vergaß sie einen Moment sogar den Schmerz im Finger.

Dana stieß sich vom Geländer ab und machte einen Schritt auf Ellen zu. »Störe ich?«

Poch, poch, meldete sich der Finger zurück. Ellen schaute auf ihre Hand. Das Krepp hatte sich rot gefärbt. Sie rannte zurück in die Küche. Hinter sich hörte sie Schritte.

»Was haben Sie denn gemacht?«, fragte Dana.

»Mit dem Messer abgerutscht«, brummte Ellen, während sie den Finger wieder unter kaltes Wasser hielt.

Dana trat näher. »Puh«, entfuhr es ihr. »Das blutet aber ziemlich stark.« »Ist bestimmt gleich vorbei«, murmelte Ellen.

Dana beugte sich vor, nahm das Unglück genauer in Augenschein. »Sollte besser genäht werden.«

»Ach was, sieht schlimmer aus, als es ist«, spielte Ellen die Sache herab.

»Sind Sie sicher?«

»Sind Sie hergekommen, um mich zu bemuttern?«, fragte Ellen gereizt. Was wollte Dana überhaupt hier?

Dana richtete sich auf. »Nein, natürlich nicht. Ich ... habe nichts mehr von Ihnen gehört. Da dachte ich, frag doch mal nach, wie es im Fall Kessler vorangeht. Schließlich haben wir einen Deal.« Sie zwinkerte Ellen schelmisch zu. »Das haben Sie doch nicht vergessen?«

Ellen, durch Brittas Anruf und das Malheur mit dem Finger ohnehin angeschlagen, schnaufte gereizt. Dana besaß tatsächlich die Frechheit, hier aufzutauchen und ihr Recht auf diese absurde Abmachung einzufordern? Noch dazu, wo sie sich mit Martin traf, um alte Geschichten auszugraben! Ellens Miene gefror. Sie drehte sich zu Dana. »*Ich* nicht«, erwiderte sie kalt. »Aber Sie ganz offensichtlich.«

Dana runzelte die Stirn. »Wie meinen Sie das? Mein Artikel heute entsprach unserer Abmachung. Kein Wort über Sie.«

»Das ist richtig. Unsere Abmachung umfasst aber auch, dass Sie sich nach Abschluss des Falles weiterhin fair verhalten. Und das haben Sie nicht vor.«

Danas Augenbrauen hoben sich. »Da wissen Sie mehr als ich.« Sie wies auf Ellens Finger, der nicht mehr über der Spüle, sondern dem Küchenfußboden hing und tropfte.

Ellen drehte sich hastig zurück. »Geben Sie sich keine Mühe, es abzustreiten«, presste sie hervor, teils vor Wut, teils vor Schmerz. Langsam wurde es ihr unheimlich, dass das Blut immer noch ohne Unterlass nachsickerte. »Ich habe Sie mit Martin Kranz zusammen gesehen. Warum sollten Sie sich mit ihm treffen, wenn nicht, um irgendwelche Gemeinheiten über mich zu schreiben. Wie fühlt es sich eigentlich an, jemandem aus reiner Sensationsgier die Existenz kaputtzumachen?« Ellen griff erneut zur Küchenrolle. Sie riss hektisch an ihr herum, doch das verdammte Papier rollte sich nur ab, statt abzureißen.

»Mist.« Ellen versetzte dem Ganzen einen wütenden Stoß. Plötzlich fühlte sie Danas Hände auf ihren Schultern. Dana schob Ellen ein wenig zur Seite, riss ein Blatt Papier von der Rolle, knickte es in der Mitte und griff nach Ellens Hand. Ellen entzog sie ihr ärgerlich.

»Seien Sie nicht kindisch«, sagte Dana, langte erneut nach Ellens Hand und wickelte die doppelte Lage Krepp so straff wie möglich um den Finger. »Halten Sie das fest«, sagte sie, als sie damit fertig war. »Das wird die Blutung hoffentlich eindämmen.«

»Zumindest so lange, bis ich Sie rausgeschmissen habe«, knurrte Ellen böse.

Dana trat wieder zurück. »Wieso? Was habe ich Ihnen getan?«

»Da fragen Sie noch?«

»Ach, Sie glauben, ich habe diesen – wie heißt er gleich – Kranz ausfindig gemacht? So war das nicht. Er rief *mich* in der Redaktion an, bot mir eine Story über Kommissarin Knöllchen an.«

Ellen verzog den Mund.

»Seine Worte«, sagte Dana entschuldigend. »Ich habe den Eindruck, er ist sehr an Ihrem Leben interessiert. Wenn man das so sagen will. Kann es sein, dass er Sie regelrecht verfolgt? Er wolle kein Geld, nur die Öffentlichkeit schützen, meinte er.« Dana verzog geringschätzig die Mundwinkel. »Wovor, wollte er mir aber am Telefon nicht sagen. Ich wusste gleich, womit ich es zu tun hatte. Einem Denunzianten.«

Ellens Blick verfinsterte sich um eine weitere Nuance. »Das kam Ihnen natürlich sehr zupass. Eine bessere Gelegenheit, mich auszuspionieren, würde sich kaum bieten. Also haben Sie sich mit Martin verabredet.«

»Ja, das habe ich«, sagte Dana seufzend. »Aber doch nicht, weil ich Ihnen schaden will. Ellen, ich ...« Dana schüttelte den Kopf. »Ich dachte, das wüssten Sie.«

»Woher denn?«

Dana schaute Ellen durchdringend an. »Ja, woher.« Sie griff sich an die Stirn. »Nun ja, Sie werden mir wahrscheinlich nicht glauben, aber ich habe mich mit Kranz getroffen, damit er sich nicht an eine andere Zeitung wendet.«

»Sie haben recht, es fällt mir schwer, das zu glauben.« Ellen stand das Misstrauen überdeutlich im Gesicht.

Dana hob die Hand. »Ich schwöre.«

Ellens Blick blieb skeptisch.

»Wollen Sie wissen, was Kranz mir erzählt hat?«, fragte Dana.

»Ich kann es mir denken.«

»Gut. Wollen Sie wissen, was ich davon halte?«

»Das kann ich mir auch denken.«

»Nein, das glaube ich nicht.« Dana sah sich um. »Bieten Sie mir einen Platz an? Dann sage ich es Ihnen. Und keine Angst. Ich habe nicht die Absicht, irgendetwas von Kranz' Informationen in einem Artikel zu verwenden.«

»Nicht?«

»Nein«, sagte Dana eindringlich.

Mit unsicherer Bewegung wies Ellen zum Küchentisch. Dana setzte sich. Ellen nahm ihr gegenüber Platz.

»Eines war mir schon nach fünf Minuten klar«, begann Dana. »Der Mann will Sie unbedingt an den Pranger stellen.«

»Was hat er Ihnen nun erzählt?«, fragte Ellen mit zugeschnürter Kehle.

»Sie hätten einen Kollegen auf dem Gewissen. Sie und Ihr Kollege waren einer Autoschieberbande auf den Fersen. Sie waren sehr ehrgeizig. Risikobereit. Ihr Kollege hatte sich in die Bande eingeschleust, um an die Hintermänner zu kommen. Es gelang ihm auch. Er informierte Sie, damit Sie die Festnahme vorbereiten. Bei der ging allerdings etwas schief. Einer der Schieber schöpfte Verdacht, konnte seine Kumpane warnen. Es kam zu einem Schusswechsel.« Danas Stimme wurde leiser. »Ihr Kollege kam ums Leben. Sie wurden lebensgefährlich verletzt.«

Ellen schloss die Augen. Die Erinnerung überrollte sie. Laute Rufe, Hektik, Schüsse, Einschlagsgeräusche. Dann vermischte sich alles miteinander. Ellen spürte ihr Herz rasen, ihr wurde heiß. Sie atmete schneller. Vor ihren Augen verschwamm erst Dana, dann der Rest der Küche.

»Hier, trinken Sie«, klang plötzlich Danas Stimme dicht neben ihr. Ellen fühlte, wie ihr ein Glas Wasser in die Hand gedrückt wurde. Ihre Hand zitterte, als sie das Glas zum Mund führte. Dana griff nach Ellens Arm, führte ihn. Die andere Hand legte sie beruhigend auf Ellens Schulter. Ellen trank ein paar Schlucke.

»Geht's wieder?«, fragte Dana besorgt.

»Ja. Glaub schon.« Ellen stellte das Glas auf den Tisch.

»Soll ich weitermachen?«

»Ja.«

»Okay.« Dana setzte sich wieder. Ihr Blick lag prüfend auf Ellen. »Kranz machte Sie für die Panne verantwortlich. Er meinte, Ihr Ehrgeiz sei mit Ihnen durchgegangen, Sie hätten die Sicherheitsvorkehrungen vernachlässigt. Er zeigte mir Zeitungsausschnitte, die von einem erfolgreichen Schlag gegen die Autoschiebermafia berichteten, dabei den toten Kollegen und Sie als ›Helden‹ hervorhoben. Er meinte, darauf seien Sie aus gewesen – als Heldin dazustehen.«

Ellen senkte den Blick. »Ich habe mich nicht wie eine Heldin gefühlt, das können Sie mir glauben.«

Dana beugte sich vor. »Das tue ich.« Sie griff nach Ellens Hand. »Hören Sie …« Sie suchte Ellens Blick. »Ich kann mir nicht vorstellen, was in Ihnen vorging. Aber dass es kein Stolz war, da bin ich mir sicher.« Während sie das sagte, lag ein sanfter Ausdruck in ihren Augen. Ellen fühlte sich eigenartig, besonders als Dana jetzt ihre Hand streichelte. Sie schluckte.

»Und ebenso wenig war ich für die Panne verantwortlich«, sagte sie, um das verwirrende Gefühl zu verscheuchen. Vorsichtig zog sie ihre Hand zurück. »Kranz hat es aber vor den Kollegen so dargestellt. Und man hat ihm geglaubt, schließlich war er der Dienststellenleiter. In dieser Funktion ordnete er auch den Einsatz an. Übereilt. Hinterher behauptete er, ich hätte ihm unzureichende Informationen gegeben. Er schrieb es meiner angeblichen Unerfahrenheit zu.«

»Warum ließen Sie ihm das durchgehen?«

»Wer hätte mir denn geglaubt, dass der Chef mich hinhängt, um sich selbst aus der Affäre zu ziehen? Außerdem war ich so fertig ... Ich hatte genug mit mir zu tun.«

»Hat er Ihre Versetzung veranlasst? Wieso ist er so versessen darauf, Sie fertig zu machen?«

Ellen seufzte. »Die Geschichte ging noch etwas weiter. Während meiner Genesung musste ich zur Polizeipsychologin, Kranz' Frau. Britta und ich kamen uns näher. Näher als Arzt und Patient sollten ... Und er bekam es mit. Vorher ging es nur darum, sein Gesicht zu wahren. Aber jetzt wollte er mich weghaben, damit das mit mir und seiner Frau aufhört. Er gab mir die unbeliebtesten Jobs, versäumte keine Gelegenheit, mir immer wieder die verpatzte Autoschieberfestnahme unter die Nase zu reiben. Natürlich im Beisein der Kollegen. Bald wollte niemand mehr mit mir arbeiten. Meine Tätigkeit beschränkte sich auf Hilfsarbeiten, die auch ein Praktikant hätte erledigen können. Kranz hat mich permanent gemobbt. Und irgendwann bat ich tatsächlich um meine Versetzung. Es hatte keinen Sinn. Ich nahm meinen Jahresurlaub und den Rest unbezahlt, bis eine Stelle frei wurde.«

Dana zögerte. »Und Britta?«, fragte sie leise.

»Blieb bei Martin.«

Dana blinzelte irritiert. »Und trotzdem gibt er keine Ruhe?«

Ellen zuckte mit den Schultern. »Vielleicht hat er mitbekommen, dass sie mich angerufen hat. Vorgestern Abend war das.« Sie grinste schief. »Der Abend der Mülltüte.«

Dana verzog das Gesicht. »Erinnern Sie mich nicht daran. Aber das würde passen. Kranz rief mich gestern Vormittag an, um sich mit mir zu treffen. Und er wusste von meinem Artikel, in dem ich Sie ...«, kleiner Räusperer, »... ein wenig veralbert hatte. Er hatte Sie also weiterhin im Auge.«

»Dann hat er Britta erst recht beobachtet«, war Ellen überzeugt.

»Was wollte sie denn eigentlich?«, forschte Dana.

»Hören, wie es mir geht.« Ellen schüttelte den Kopf. »Ihr Gewissen reinigen. Ich habe am Ende einfach aufgelegt.«

»Ja, so sind die Frauen«, meinte Dana salopp. »Du schenkst ihnen dein Herz, weil du glaubst, sie lieben dich, aber sie nehmen es einfach und gehen damit fort. Und wundern sich noch, dass du keine Postkarte zu Weihnachten schickst.«

»Postkarten sind out, heute schreibt man E-Mails«, stellte Ellen trocken fest. Ein dankbarer Blick traf Dana. Es war nett von ihr, dass sie versuchte, sie aufzuheitern.

Dana lächelte schwach. »Ja, es ist ungerecht, das Ding mit den Gefühlen. Aber so ist es nun mal.«

Ellen seufzte. »Ich war gerade einigermaßen über Britta hinweg ... und dann ruft sie mich an. Übrigens auch heute, vorhin, gerade bevor Sie kamen.« Zu Ellens eigener Verwunderung sprudelte es jetzt förmlich aus ihr heraus. »Erzählte mir, wie leid ihr alles tut, dass sie sich schlecht fühlt. Sie! Was ist mit mir? Verdammt. Sie erwartet tatsächlich von mir, dass ich ihr das schlechte Gewissen abnehme.«

»Verstehe. Deshalb das abgerutschte Messer?«, riet Dana.

»Ja, als wäre ein gebrochenes Herz nicht genug«, schniefte Ellen. »Jetzt sorgt sie auch noch dafür, dass ich mich selbst verstümmele.«

Dana kicherte. »Sie sind süß, wenn sie bockig sind, wissen Sie das?« Gleich darauf entschuldigte sie sich. »Sorry. Das war unsensibel.«

Ellen winkte ab. »Schon gut. Sie sind eben keine Expertin in Sachen Einfühlsamkeit«, stichelte sie schwach zurück.

Danas Frage »Wie lange ist es her? Ich meine die Sache mit Britta?« brachte Ellen zurück in ihre Kummerwelt. Ein weiterer, tiefer Seufzer löste sich aus ihrer Brust. »Zwei Monate.«

Sie schloss für einen Moment die Augen. Bevor sie sie wieder öffnete, legten sich zwei Arme um sie, zogen sie hoch. Dana stand vor ihr, drückte sie vorsichtig an sich. »Und das alles in einer neuen Stadt, ohne Freunde, ohne jemanden zum Anlehnen«, flüsterte Dana neben Ellens Ohr. Ihre Hände strichen über Ellens Rücken.

Das tat richtig gut. So gut, dass Ellen es einfach geschehen ließ. Sie legte ihre Hände um Dana, spürte deren Wärme. Und auch das fühlte sich gut an. Dieses Gut-Gefühl war es wohl, das Ellen dazu verleitete, die Finger ihrer rechten Hand durch Danas Haarenden streifen zu lassen. Sie waren samtig weich.

»Besser?«, fragte Dana leise.

»Ja. Danke.«

Dana löste die Umarmung.

Ellen stand verlegen da, hob ihren in Krepp gewickelten Finger. »Ich glaube, es ist Zeit für einen Verbandswechsel.« Sie machte einen Schritt zur Spüle. Dana trat neben sie und griff Ellens Hand. Diesmal entzog Ellen sie ihr nicht. Dana wickelte das Krepp ab. Die letzte Lage klebte etwas am Finger fest. Als sie es vorsichtig ablöste, kam erneut Blut, aber nur noch wenig.

»Haben Sie irgendwo Pflaster?«

»Im Bad, rechter Schrank.«

»Ich hole es.«

Ellen wusch derweil den Finger. Wenig später legte Dana ein Pflaster auf die Schnittwunde. Ellen lächelte unsicher. »Auch besser«, sagte sie.

Dana lächelte zurück. »Schön.«

»Und Sie wollen wirklich nichts über diese Geschichte schreiben?«, fragte Ellen in die plötzlich entstandene Stille.

Dana blinzelte kurz. »Wie? Ach so. Nein.«

»Wieso nicht?«

»Ich lasse mich nicht gern benutzen. Kranz geht es doch nur darum, Ihnen eine reinzuwürgen.«

»Ja, und wenn er es mit Ihrer Hilfe nicht schafft, wird er sich an jemand anders wenden.« Auf Ellens Stirn bildeten sich Sorgenfalten.

»Keine Angst, das wird nicht passieren«, versprach Dana.

»Wie wollen Sie das verhindern?«

»Lassen Sie mich nur machen.«

»Warum sind Sie plötzlich so nett?«

Dana zögerte. »Ich möchte es Ihnen möglichst schwermachen, mich zu hassen.«

»Ach was«, wehrte Ellen matt ab. »Wer spricht denn von hassen.«

»Als ich kam, wollten Sie mir am liebsten den Hals umdrehen«, erinnerte Dana. »Ich hatte Glück, dass Sie gehandicapt waren.«

»Na ja, aber daran sind Sie selbst schuld«, verteidigte Ellen sich. »So wie Sie sich eingeführt haben.«

Dana legte ihre Hände auf Ellens Arme. »Ich will, dass wir aufhören, ständig zu streiten. Ich gebe zu, ich war nicht fair. Okay? Es tut mir leid.«

»Heißt das, dieser unglückselige Deal ist aus der Welt?«, fragte Ellen hoffnungsvoll.

Dana schmunzelte. »Nein, das wäre zu viel des Guten.«

Ellen schüttelte energisch Danas Hände ab. »Was ist das denn für eine Reue?«

»Es tut mir wirklich leid. *Deinetwegen*«, sagte Dana eindringlich. »Weil ich ... dich mag. Aber meinen Job muss ich trotzdem machen. Ich will es. Ich liebe es.«

»Letzteres glaub ich gern«, erwiderte Ellen ätzend. Dass Dana sie duzte, nahm sie hin. Ein Streit auch noch darüber würde einfach ihre Kräfte übersteigen.

Dana hob verzweifelt die Hände in die Höhe. »Ellen!«

»Ich kann darauf verzichten, dass du mich magst, wenn das sooo aussieht.«

Ihre Blicke trafen sich. Ellens enttäuscht, Danas ratlos.

»Ich habe genug von halbherzigen Entschuldigungen, die nur als Rechtfertigung dienen, dass man mich benutzt«, sagte Ellen.

Danas Stirn legte sich in Falten. »Du wirst mich doch wohl jetzt nicht mit Britta vergleichen.«

»Du wirst doch wohl jetzt nicht behaupten, das wäre etwas ganz anderes.«

»Aber natürlich ist es das. Ich spiele doch nicht mit deinen Gefühlen«, erwiderte Dana aufgebracht.

»Das tust du sehr wohl. Oder denkst du, es ist angenehm, unter Druck gesetzt zu werden?«, machte Ellen ihrem Ärger Luft.

»Das war doch gar nicht so ernst gemeint.«

»Woher sollte ich das denn wissen?«, rief Ellen. »Du warst sehr überzeugend.«

Dana schüttelte den Kopf. »Aber ich habe versucht, unser Verhältnis aufzulockern«, verteidigte sie sich. »Nur bist du ziemlich stur. Das macht es schwierig, dir näherzukommen.«

Nun war es Ellen, die verzweifelt die Hände hob. »Ja, was erwartest du denn?«

»Jedenfalls nicht diesen Vergleich, und dass du tust, als wäre ich ein Monster.« Nun wurde auch Dana lauter. »Was glaubst du, was dabei in *mir* vorgeht?«

»Ach, jetzt bin ich die Unsensible, oder was?«, fauchte Ellen.

»Nein, natürlich nicht. Es ist nur . . . ich habe auch Gefühle.«

»Ach ja? Und welche sind das?«, fragte Ellen mit vor Hohn triefender Stimme.

Dana holte Luft, aber es kam kein Wort über ihre Lippen. Dafür sah sie ungewohnt hilflos aus, verwirrt. Beinah so, als sei sie von der Antwort, die ihr auf der Zunge lag, selbst überrascht.

»Ja, da sagst du nichts mehr. Hätte mich auch gewundert«, schnaufte Ellen.

Plötzlich befand sie sich in Danas Armen. Nicht nur das – Danas Lippen pressten sich auf ihre. Ellen war so überrumpelt, dass sie einfach bewegungslos da hing. Sie wäre wohl auf den Boden gefallen, hätte Dana sie nicht gehalten.

Danas Ausbruch war so schnell vorbei, wie er gekommen war. Sie ließ Ellen los. Ellen taumelte leicht. Kaum stand sie wieder einigermaßen fest auf den Beinen, landete ihre rechte Hand klatschend auf Danas Wange. Wenige Sekunden später schmückte Danas Wange ein kreisrunder roter Fleck. Ellen hätte eigentlich ihre Freude daran haben können, doch stand ihr danach im Moment nicht der Sinn. Sie hatte damit zu tun, ihre immer noch wackligen Beine unter Kontrolle zu bringen.

Dana hingegen rieb sich die Wange. Vorwurfsvoll starrte sie Ellen an. Ihr Blick ließ keinen Zweifel daran, dass sie die Ohrfeige als ungerecht empfand. »Das war jetzt aber unnötig«, quetschte sie hervor.

»Das zu beurteilen, obliegt ja wohl mir.« Ellens Stimme zitterte. Sie konnte immer noch nicht fassen, was eben passiert war. Wie kam Dana dazu, sie zu küssen? »Ich möchte, dass du gehst.«

»Aber ...«, begann Dana in der Absicht zu widersprechen.

Doch Ellen schob sie in Richtung Küchentür. »Einfach den Gang lang. Der Ausgang ist nicht zu verfehlen.«

Dana trottete kopfschüttelnd davon. Die Wohnungstür wurde geöffnet und fiel wieder ins Schloss.

Ellen atmete tief durch. Was für ein verkorkster Abend!

Sie plumpste auf den Küchenstuhl. In ihrem Kopf herrschte Chaos, genauso wie in ihrem Inneren. Sie war ja von Dana schon so einiges gewohnt, aber das eben war ja wohl der Gipfel der Dreistigkeit gewesen. Was hatte Dana sich dabei gedacht? Dachte sie sich überhaupt etwas? Wahrscheinlich nicht, denn sonst hätte ihr der Verstand doch sagen müssen, dass sie mit dieser Aktion eindeutig zu weit ging. Aber Dana kannte einfach keine Grenzen, sie tat, was sie wollte, ohne Rücksicht auf andere. Diese Frau war verrückt. Ja, eindeutig! Und ausgerechnet sie, Ellen, musste ihr Opfer werden.

Das Klingeln an der Tür ließ Ellen zusammenschrecken.

Das konnte nur wieder Dana sein. Sie würde nicht öffnen! Nein, auf keinen Fall. Sie hatte genug für heute. Erst Britta, dann Dana. Schluss damit.

Es klingelte erneut.

Ellen hielt sich die Ohren zu. Nein, nein, nein!

Das Klingeln wurde zum Dauerläuten.

»Verdammt!« Ellen erhob sich ruckartig, lief zur Tür und riss sie auf. »Was denn?!«, blaffte sie Dana an.

»Du hast gewonnen.«

»Häh?«

»Du hast gewonnen«, wiederholte Dana. »Der Deal hat sich erledigt. Ich mache mein eigenes Ding, ohne dich zu nerven.« Sie zog eine Grimasse. »So weit, wie das geht. Und die Ohrfeige habe ich verdient.« Dana fuhr sich mit der Hand über die immer noch gerötete Wange. »Wenn auch nicht dafür, wofür ich sie bekommen habe.«

Ellen wusste nicht, was sie davon nun wieder halten sollte. Dana lenkte ein? Das tat sie doch nicht einfach so. Was steckte da jetzt wieder dahinter?

»Kann ich reinkommen?«, fragte Dana.

»Nein.« Ellen wollte die Tür schließen, doch Danas Hand drückte von außen dagegen und verhinderte das Zuklappen.

»Bitte«, kam es durch den Türspalt.

Ellen lehnte den Kopf an die Tür. Sie stöhnte genervt. Dann drehte sie sich wortlos um und ging zurück in die Küche, wo sie dem Broiler ihre ganze Aufmerksamkeit schenkte. Ein gemütlicher Abend hatte es werden sollen. Jetzt war er einfach nur chaotisch und verwirrend. Und sie hatte Hunger!

Dana erschien in der Küchentür. »Danke«, sagte sie.

Ellen erwiderte nichts.

Dana drückte sich nach wie vor im Türrahmen herum. »Ich bin wahrscheinlich ein wenig zu weit gegangen.«

Wahrscheinlich? Ein wenig? Egal, was Dana meinte, die Erpressung oder den Kuss – in beiden Fällen fand Ellen, dass diese Teile des Satzes völlig überflüssig waren. Allerdings wollte sie nicht fragen, worauf Dana sich bezog. Und schon gar nicht wollte sie darüber nachdenken, warum Dana sie aus heiterem Himmel küsste. Aus Spaß? Wollte sie sie provozieren? Was gab es noch?

Du denkst ja doch darüber nach, Ellen! Kopfschüttelnd schloss sie die Ofenklappe und nahm sich erneut das Gemüse für den Salat vor. Das Messer glitt schnell durch die Tomaten. Dicht am Finger vorbei!

Ellen fühlte plötzlich Danas Hand auf ihrer. »Lass noch ein paar Finger heil.«

Ellen hielt inne, schaute Dana aber nicht an. Die zog ihre Hand wieder weg.

Ellen schnitt weiter. Sie sagte immer noch kein Wort.

»Ich fand es eher lustig, dass du dich so angegriffen gefühlt hast«, gestand Dana jetzt.

Dana meinte also die Erpressung. Irgendwie war Ellen enttäuscht, ohne sagen zu können, worüber. Dass Dana den Kuss vergessen hatte? Albern!

»Du offenbar nicht.« Dana hängte ihren Kopf vor Ellens, schaute sie mit reuiger Miene und um Verzeihung bittend an. Ellen reagierte immer noch nicht. Dana nahm ihr das Messer aus der Hand und drehte sie zu sich. »Ich bin zu weit gegangen.

Es tut mir wirklich, wirklich leid. Ich bin eine furchtbare Nervensäge. Ich werde mich wahrscheinlich auch nicht ändern. Du musst also etwas Geduld mit mir haben. Okay?«

Ellen schaute Dana kühl an. »Wieso sollte ich?« Sie nahm Dana das Messer aus der Hand und wollte weiter schneiden.

Es gab ein kleines Handgemenge, an dessen Ende Dana das Messer zurückeroberte und mit Nachdruck beiseite legte. »Weil ich dich bitte«, sagte sie leise. »Das ist doch ein Anfang, oder? Ich bitte dich.«

Sie waren einander sehr nah. Ellen konnte die kleinen hellen Pünktchen in Danas Iris sehen. Sie glitzerten rätselhaft. Unberechenbar!

»Okay?«, flüsterte Dana.

Ellen fühlte, wie mit einem Mal ihr Herz schneller schlug. Schnell wandte sie sich von Dana ab, trat zum Herd und beugte sich zur Sichtscheibe hinab. Noch nie hatte ein Broiler in ihrem Ofen so viel Aufmerksamkeit genossen wie dieser. Als Ellen sich wieder aufrichtete, saß Dana am Küchentisch. Ihr Blick fragte ein weiteres Mal, bat.

»Ich weiß wirklich nicht, warum ich mir das antue«, stöhnte Ellen.

»Aber du tust es, ja?«

Ellen stieß einen Seufzer aus. Sie wies auf einen der oberen Küchenschränke.

»Da drin sind die Teller.«

Dana stutzte kurz, dann verstand sie, lächelte. »Danke.« Sie begann den Tisch zu decken.

Eine halbe Stunde, in der es zunehmend nach leckerem Broiler duftete, Ellen die restlichen Vorbereitungen traf und Dana abwartend am gedeckten Tisch saß, beäugten sie einander verstohlen. Sie wechselten nur ein paar kurze Sätze miteinander. Dann zog Ellen den fertigen Broiler aus dem Ofen.

Schon stand Dana neben ihr und nahm Ellen die Geflügelschere aus der Hand, wobei sie auf Ellens verletzten Finger deutete. »Du musst ihn dir nicht auch noch verbrennen. Ich mach das.«

Ellen überließ ihr das Gerät. Dafür verteilte sie den Salat in kleine Schüsseln. Als sie den Rotwein öffnen wollte, stand Dana erneut neben ihr und nahm ihr Flasche und Korkenzieher ab.

»Darf ich jetzt mit gar keinem Werkzeug mehr arbeiten?«, beschwerte sich Ellen.

»Heute nicht.«

»Aber essen darf ich selbst, ja?«

Dana schmunzelte leicht. »Sicher.«

Sie setzten sich.

»Danke für die Einladung«, sagte Dana.

»Schon gut.« Ellen langte nach einer Keule vom Teller.

»Und entschuldige wegen …«, Dana brach ab. »Ich bin manchmal ein wenig zu impulsiv.«

Ellen atmete einmal tief durch. »Ich hatte mich auf einen ruhigen Abend gefreut. Dann rief Britta an, dann kamst du.«

»Oh, das lief ja nicht nach Plan.« Dana stach mit der Gabel in ein Bruststück, hob es auf ihren Teller. »Und? Wer war schlimmer?«

Ellen schaute Dana nur an.

»Alles klar«, sagte Dana.

»Darf ich dich mal was fragen?« Ellen biss in ihre Keule.

»Nur zu.«

»Warum bleibt eine so besessene Journalistin wie du in einer Kleinstadt wie dieser hängen? Du könntest doch sicher längst irgendwo Chefredakteurin sein. Bei einer richtigen Zeitung. Nicht so einer Kleinstadtschmonzette.«

Dana gluckste. »Schmonzette.« Sie kaute genüsslich. »Die Erklärung ist ganz simpel. Ich will Artikel schreiben und nicht kontrollieren, administrieren und verwalten. Außerdem, was hast du gegen Kleinstädte?«

»Eigentlich nichts. Solange man freiwillig dort lebt.«

»Niemand zwingt dich, hierzubleiben. Du kannst dich woandershin versetzen lassen.«

»Ja, in ein, zwei Jahren. Mit einer guten Beurteilung. So lange hänge ich erst mal hier fest.«

»Dann tu doch einfach so, als wärst du gern hier. So schlecht ist es auch wieder nicht.« Dana unterbrach sich. Ihr fiel wohl auf, dass sie das nicht ernsthaft behaupten konnte, nachdem ausgerechnet sie Ellen so gepiesackt hatte. »Mal abgesehen von nervigen Journalistinnen«, fügte sie schuldbewusst hinzu.

»Nanu. Was wird das denn? Selbstkritik?«, spottete Ellen.

»Also dieser Broiler ist dir wirklich gut gelungen, richtig lecker. Du bist eine gute Köchin«, lenkte Dana ab.

»Danke.«

»Und eine wirklich gute Polizistin.«

»Das stimmt, aber woher willst du das wissen?«

»Das sieht man doch sofort.« Dana schnitt sich ein weiteres Stück von der Broilerbrust auf ihrem Teller ab und schob es in den Mund. »Dein routiniertes Vorgehen, die präzisen Fragen – du lässt dich durch nichts ablenken.«

Ellen schaute Dana mit zusammengekniffenen Augen an. Auf irgendwas steuerte die zu. Ellen konnte nur noch nicht sagen, was es war.

»Und deine psychologische Ausbildung scheint auch nicht übel. Du bist die erste, die es schafft, mir ein schlechtes Gewissen einzureden. Ich komme mir tatsächlich mies vor, weil ich dich so genötigt habe.« Dana lächelte Ellen reumütig an.

Ellen knabberte an ihrer Broilerkeule, wartete ab. Es würde sicher nicht mehr lange dauern, bis Dana auf den Punkt kam. Es sei denn, sie wollte ihr den ganzen Abend Honig um den Mund schmieren. Aber das konnte Ellen sich nicht vorstellen.

»Es ist nur, na ja, wie soll ich es sagen, ohne dass du es in den falschen Hals bekommst«, druckste Dana.

Jetzt war es wohl gleich soweit!

»Nun bin ich zwar geläutert, habe aber ein Problem«, rückte Dana endlich mit der Sprache heraus.

In aller Ruhe löste Ellen ein weiteres Stück Fleisch vom Hühnerknochen. Sollte sie jetzt etwa fragen, welches Problem?

»Du weißt ja, dass ich auf Infos angewiesen bin«, holte Dana unnötigerweise aus. »Sonst hätte ich ja gar nicht . . .« Sie wedelte mit der Gabel in der Luft herum. »Du weißt schon.«

»Ja, ja. Das Thema haben wir abgehakt.«

»Schon, aber . . .« Dana wand sich. »Erzählst du mir, was bei dem Verhör mit dem Jungen rauskam? Seid ihr im Fall Kessler weitergekommen?«

Das war es also. Ellen war nicht sehr überrascht. »Ich darf nicht über laufende Ermittlungen sprechen.«

»Ich weiß. Aber kannst du nicht eine Ausnahme machen?«

»Nein.«

»Ich habe dich immerhin auf Düpow aufmerksam gemacht. Damit schuldest du mir einen kleinen Gefallen.« Ellens düsterer Blick reichte aus, dass Dana sich beeilte hinzuzufügen: »Den ich natürlich schon mehr als einmal aufgebraucht habe.« Sie seufzte. »Nur ein klitzekleiner Hinweis? Eine ultrakurze Zusammenfassung«, bettelte sie.

»Also gut, auch wenn du es ganz sicher nicht verdient hast«, ließ Ellen sich erweichen. »Der Junge hat zugegeben, Gerstäcker überfallen zu haben. Aber mit unserem Fall hat er nichts weiter zu tun. Es war Gruber, der Kessler das Flunitrazepam verabreichte. Er hat ihn nach eigener Aussage anschließend splitterfasernackt im Stadtpark ausgesetzt. Wollte ihn lächerlich machen. Wie Kessler in den Fluss kam, wissen wir immer noch nicht. Gruber streitet ab, dass er dabei die Finger im Spiel hatte. So ist der Stand der Dinge.«

»Also Sackgasse.«

»Wir haben eine neue Spur. Aber darüber kann ich dir wirklich nichts erzählen.«

Dana schaute unglücklich drein. »Gar nichts? Nicht mal eine Andeutung?«

Ellen schüttelte resolut den Kopf. Dana setzte zu einem weiteren Überredungsversuch an, aber ein Klingeln unterbrach sie. Ellen entschuldigte sich kurz bei Dana und ging ins Wohnzimmer, wo sie das Telefon von der Basisstation nahm.

»Reuter.«

»Wieso ist dein Handy ausgeschaltet?«, überfiel Marco sie ohne Begrüßung – und auch ohne die Antwort abzuwarten: »Wir haben einen Brand.«

»Was haben wir mit Bränden zu tun?«, wunderte sich Ellen.

»Normal nichts. Aber in dem, was der Brand hinterlassen hat, wurde eine Leiche gefunden. Schlimm verkohlt.«

»Wo?«

»Das zukünftige Einkaufszentrum. Eine von Kesslers Baustellen.«

»Ach nee. Adresse?«

Marco nannte den Straßennamen.

»Ich bin in fünfzehn Minuten da.«

Ellen ging zurück in die Küche. »Tja, ich hoffe, du bist satt. Denn ich muss dich rausschmeißen.«

»Was ist passiert?«, erkundigte sich Dana.

»Es gab einen Brand, leider auch einen Toten.«

Dana war schon aufgesprungen, während Ellen noch sprach. »Ich komme mit.«

»Das ist ein Polizeieinsatz. Da hast du nichts verloren«, widersprach Ellen.

»Keine Sorge. Ich störe dich nicht. Ich werde nur mit den Feuerwehrleuten sprechen. Und dann ab in die Redaktion.« Dana schaute auf die Uhr, holte nun ihrerseits ihr Handy hervor und wählte eine Nummer. »Frank, ich komme in einer Stunde mit einem Bericht über einen Brand.«

Sie schaltete ab und nickte Ellen auffordernd zu. »Lass uns keine Zeit verlieren.«

Ellen verzichtete auf eine weitere Diskussion. Es würde sowieso nichts bringen. »Also gut. Aber wehe, du stehst uns im Weg.«

Marcos Augen bekamen die Größe von Untertassen, als er sah, wen Ellen da im Schlepptau hatte. Auch wenn Dana etwa zwanzig Meter vor ihm abbog, empfing er Ellen mit dem verwunderten Ausruf: »Du bringst *sie* mit?«

»Was sollte ich machen«, erwiderte Ellen schulterzuckend. »Sie ist mir einfach nachgefahren.«

»Wie nachgefahren?«, fragte Marco verdattert.

»Sie war gerade bei mir.«

»Was?«

»Frag nicht.« Ellen winkte ab. »Also, was haben wir?« Sie schaute sich um. Das zukünftige Shoppingparadies war nur ein großer Schatten in der Dunkelheit. Anzeichen eines Brandes konnte Ellen nicht ausmachen.

»Die Explosion fand im Keller statt. Dort wurden Schweißarbeiten an Rohrleitungen vorgenommen. Bei einer der Schutzgasflaschen muss ein Ventil undicht gewesen sein. Die Explosion hat die Decke teilweise einstürzen lassen. Die Feuerwehr hat sie abgestützt.« Marco wies zur Westseite des Gebäudes. »Wir müssen dorthin.«

»Wie wurde die Explosion denn ausgelöst? Wissen wir da schon was?«, erkundigte sich Ellen, während sie zum benannten Teil des Gebäudes gingen.

»Nein. Aber was kommt in Frage? Offenes Feuer, ein Funke, Fernzündung«, zählte Marco auf.

»Offenes Feuer? Ist dieses Schutzgas geruchlos?«

»Keine Ahnung. Schätze nicht.«

»Dann wird sich kaum jemand eine Zigarette neben der defekten Gasflasche anzünden«, stellte Ellen fest. »Genauer gesagt würde niemand in einem Raum bleiben, sobald er den Geruch wahrnimmt. Apropos Geruch ...« Ellen rümpfte die Nase. Sie standen am oberen Ende der Kellertreppe. Brandgeruch hing in der Luft. Die Wände der Treppe waren rußgeschwärzt. Ellen und Marco stiegen hinab, blieben aber auf der letzten Stufe der Treppe stehen. »Scheiße«, fluchten sie wie aus einem Mund. Der Fußboden des Kellers stand etwa zehn Zentimeter unter Wasser. Darin schwammen alle möglichen Kleinstteile. Im Gang rollten Feuerwehrmänner die Schläuche zusammen.

Einer der Kriminaltechniker kam ihnen entgegen. Ellen schaute neidisch auf seine Gummistiefel.

»Wo ist es?«, fragte Marco. Der Mann deutete auf die Tür am Ende des Ganges.

»Habt ihr schon was?«, erkundigte sich Marco.

»Der Schließmechanismus in der abgesprengten Tür zeigt, dass die zum Zeitpunkt der Explosion verschlossen war. Ich betone, nicht zugefallen, sondern richtig abgeschlossen. Das Opfer wurde mit Sicherheit im Keller eingesperrt. Ob durch Zufall oder Absicht, müsst ihr rausfinden.«

»Na dann«, sagte Ellen, krempelte ihre Hosenbeine hoch und verabschiedete sich mit einem bedauernden Blick von ihren Schuhen. Die würden sich von diesem Ausflug kaum erholen. Aber sie wollte nicht barfuß durch die schwarze Brühe laufen und einen Splitter oder Schlimmeres im Fuß riskieren. Ab sofort immer Gummistiefel im Wagen, gelobte sie sich.

Ellen tauchte langsam ihren Fuß in das schmutzige Wasser. »Bääh«, entfuhr es ihr dabei.

»Mimose«, spottete Marco. Er stakte tapfer durch die schwarze Drecksuppe dem Kellerraum zu.

»Angeber«, nölte Ellen hinter ihm.

Im Heizungsraum, oder dem, was davon übrig war, stiegen sie über Schutt und deformierte Eisenteile. Der Gerichtsmediziner war bereits vor Ort. Auch er trug Gummistiefel. »Wo haben Sie die her?«, fragte Ellen und wies auf das kniehohe Schuhwerk.

»Der Bauleiter war so freundlich.«

Toll, darauf hätte sie auch kommen können!

»Die äußere Hülle des Opfers ist vollständig verbrannt«, legte der Pathologe ohne Umschweife los. »Er oder sie war bewusstlos, als die Explosion stattfand, was man aus der Tatsache schließen kann, dass das Opfer ausgestreckt am Boden liegt. Bei einem Feuer nimmt der Mensch instinktiv eine gebeugte Körperhaltung ein und hebt die Arme vors Gesicht. So.« Er zeigte, was er meinte. »Aber selbst bei Bewusstsein hätte das Opfer keine Chance gehabt. Die Tür war ja wohl abgeschlossen. Und die Feuerwehr sagt, es gab einen großen Knall, gefolgt von einer Feuerwalze, die in Sekunden den Raum ausfüllte.«

Ellen schaute mit düsterer Miene auf die verkohlten Überreste der Leiche vor ihnen. »Abgeschlossene Tür, bewusstloser Körper, sieht nicht nach Unfall aus. Oder was meinst du?«

Marco neben ihr schluckte. »Der Fall beginnt mir Angst zu machen«, brummte er. »Erst Kessler und nun das. Was für ein kranker Typ macht so was?«

»Noch steht nicht fest, dass dieses Opfer und Kessler auf das Konto ein und desselben Täters gehen«, machte Ellen ihren Kollegen aufmerksam.

»Ist aber sicher auch kein Zufall, dass wir auf einer von Kesslers Baustellen stehen. Die beiden Morde stehen in irgendeiner Verbindung.«

»Vermutlich.«

Sie verließen den Leichenfundort, gingen schweigend den Gang entlang und die Treppe hinauf in die Nacht. Die frische Luft tat gut, konnte aber den bedrückenden Eindruck nicht wegwischen.

»Wir sollten mit dem Bauleiter sprechen, wenn er schon hier ist«, meinte Ellen. Sie schaute sich suchend um. »Wo könnte er sein?«

Marco ließ ebenfalls seinen Blick schweifen. Dann stieß er Ellen in die Seite und deutete auf einen Bauwagen, dessen Tür offen stand und aus dem Licht fiel. Sie setzten sich in Bewegung.

»Hallo«, rief Marco, als sie an der Tür ankamen, und klopfte lautstark.

»Kommen Sie rein«, rief es von drinnen.

Sie nahmen die provisorische Stufe und standen in einem etwa zehn Quadratmeter großen Raum. Viel stand nicht darin. Nur ein langer Tisch mit acht Stühlen. An der Wand hingen ein Projektplan, ein Grundriss des Einkaufszentrums und diverse andere Planungshilfen. Rechts ging ein zweiter, noch kleinerer Raum ab. Darin, soweit man ihn einsehen konnte, immerhin Platz für einen Schreibtisch mit Computer, einen Stuhl auf Rollen sowie einen kleinen Beistelltisch samt Faxapparat. Vermutlich das Büro des Bauleiters.

»Guten Abend«, grüßten Ellen und Marco den einzig Anwesenden, einen Mann Ende dreißig mit Oberlippenbart und kurzem, hellblonden Haar. Er saß allein an dem langen Tisch und trank aus einem Plastikbecher Kaffee.

»Sind Sie der Bauleiter?«, erkundigte sich Marco.

Ein Nicken war die Antwort. Sie setzten sich zu dem Mann.

»Lohmann«, stellte der sich vor und brummte: »Schöne Bescherung. Und das sechs Wochen vor der Abnahme. Jetzt muss der Prüfstatiker kommen, den Schaden begutachten, aufwendige Reparaturarbeiten werden folgen, Papierkram mit der Versicherung.«

»Ein Mensch ist umgekommen, Herr Lohmann«, erinnerte Ellen ihn.

»Ja ... Entschuldigen Sie.«

»Haben Sie eine Vermutung, wer da im Gebäude gewesen sein könnte, als es zur Explosion kam?«, fragte Ellen. Sie hielt sich vorerst zurück, fragte nicht sofort nach unangemeldeten Arbeitskräften. Zunächst wollte sie Lohmann ein wenig studieren.

»Nein.« Lohmann schüttelte mit dem Kopf. »Heute hat niemand länger gearbeitet. Das Gebäude war abgeschlossen. Ein Penner oder jugendliche Stromer kommen also nicht in Frage. Es sei denn, sie hätten eine Scheibe eingeschlagen.« Er schaute die Kommissare an. »Haben Sie Einbruchsspuren festgestellt?«

»Die Kollegen sind noch bei der Arbeit«, gab Marco Auskunft. »Wer hat denn nach Feierabend alles Zugang zu dem Gelände, speziell dem Gebäude?«

»Für die Kette am Tor des Geländes gibt es Schlüssel. Ansonsten ist da eine Codebox beim Eingang des Gebäudes. Die Handwerker haben den Code und können sich den Eingangsschlüssel jederzeit rausnehmen. Die Box ist unbeschädigt. Und der Schlüssel liegt drin. Ich habe nachgesehen.«

»Das heißt lediglich, falls der Täter ...«

»Täter?«, unterbrach Lohmann sie. »Was für ein Täter? Die Explosion war ein Unfall.«

»Es spricht einiges dagegen«, sagte Ellen und fuhr fort: »Also, falls der Täter den Schlüssel aus der Box benutzte, hat er ihn anschließend wieder zurückgelegt. Wie viele Schlüssel außer dem in der Box gibt es noch?«

»Ich habe einen Reserveschlüssel. Außerdem ist noch einer beim Architekten. Und natürlich hatte Kessler einen.«

»Den dürfte Gerstäcker jetzt haben«, schlussfolgerte Ellen. »Gibt es unterschiedliche Codes für die einzelnen Mitarbeiter?«, wollte sie wissen.

»Nein, nur einen.«

»Man kann also nicht feststellen, wer zuletzt den Schlüssel entnahm oder wann?«

»Das ist hier nicht Fort Knox. Nein. Es gibt keine Zeituhr. Der Code wird lediglich einmal die Woche geändert.«

»Das ist wenig hilfreich«, sagte Marco. »Wir brauchen die Namen aller Leute, die hier arbeiten.«

»Es sind nur noch ein paar Fliesenleger und Anstreicher am Werk. Ab und an ein Sanitätsinstallateur. Ich mache Ihnen eine Liste«, bot Lohmann an. »Dauert nicht lange. Ich könnte gleich ...« Er wies mit dem Kopf zum Computer.

Ellen nickte. »Ja, danke. Das wäre nett.«

Während Lohmann am Computer saß, rückte Marco näher an Ellen heran. »Wenn der Tote ein illegaler Arbeiter ist, werden wir seinen Namen kaum auf der Liste finden«, flüsterte er.

»Schon klar. Aber ich habe ein komisches Gefühl. Einen illegalen Arbeiter auf so spektakuläre Weise zu entsorgen, wäre doch idiotisch. Den würde man irgendwo still und heimlich loswerden wollen. So wie den Mann damals vor zehn Jahren.«

»Stimmt«, musste Marco zugeben.

Lohmann kam wieder, und sie unterbrachen ihr Gespräch. Der Bauleiter gab Ellen einen Zettel. Die bedankte sich. »Wir kommen morgen wieder auf Sie zu, Herr Lohmann.« Wenn sie nach der Obduktion hoffentlich wussten, wer da im Keller gestorben war. Dann würden sie auch über die illegalen Arbeiter sprechen. »Für heute war's das erst mal.«

Draußen hatten die Feuerwehrleute ihre Gerätschaften fertig zusammengepackt. Der erste der zwei Wagen fuhr bereits ab. Am anderen wurden gerade die letzten Klappen geschlossen. Ellen trat neben einen der Löschmänner. »Sagen Sie, wann ging eigentlich der Notruf in Ihrer Zentrale ein?«

»Neunzehn Uhr fünfundvierzig. Als wir hier ankamen, hatte sich der Brand bis in den Gang ausgebreitet. Gut, dass das Feuer kaum Nahrung fand, sonst wäre die Sache nicht so glimpflich abgegangen.«

»Glimpflich?« Für das Opfer war es nicht gerade glimpflich ausgegangen.

»Äh, ich meine ...«, stotterte der Mann.

»Schon gut.« Ellen winkte ab. Sie trat vom Wagen zurück. Jemand tippte ihr von hinten auf die Schulter. Sie drehte sich um und schaute in Danas dunkle Augen. »Ich fahre jetzt auch. Danke fürs Essen. Und mach dir keine Sorgen wegen Kranz.«

Ellen nickte verdattert. Mit gemischten Gefühlen schaute sie Dana nach, die zu ihrem Motorrad ging.

»Ihr duzt euch?« Das war wieder Marco.

Ellen fuhr herum, blinzelte verwirrt. »Äh, na ja, unter Frauen«, stotterte sie.

Marco kniff die Augen zusammen. »Ihr werdet doch wohl nicht Freundinnen?«

»Das glaube ich kaum.«

»Na, dann ist ja gut.«

»Wieso? Was wäre denn so schlimm daran?«

Marco grunzte komisch. »Dass ich ausgerechnet dir das erklären muss. Du hast doch am eigenen Leib zu spüren bekommen, wie sie ist. Es gibt nichts, was sie nicht zu einer Schlagzeile umfunktioniert. Glaubst du, sie nimmt dabei Rücksicht auf Freundschaften?«

Ellen zögerte. Bis gestern hätte sie noch mit einem klaren Nein auf diese Frage geantwortet. Aber Dana hatte ihr versprochen, gerade eben wieder, dass sie ihr Wissen über sie, Ellen, nicht benutzen würde.

Mit einer unwirschen Handbewegung beendete Ellen das Thema. »Ist doch egal.«

Ein forschender Blick Marcos traf sie. Er sagte nichts mehr, aber Ellen konnte in seinem Gesicht deutliche Verwunderung lesen.

7.

Den Sonntag verbrachte Ellen mit Hausarbeit. Sie kam dabei kaum voran. Gerade wischte sie ein und dasselbe Fensterbrett zum dritten Mal ab. Vor Ellens Augen tauchten immer wieder die Bilder des gestrigen Abends auf. Dana, die ihr aufmerksam zuhörte und versprach, Kranz' Attacke gegen sie auszubremsen. Dana, wie sie sie tröstend in die Arme nahm. Dana, die sie ungestüm küsste. Besonders diese Erinnerung hielt Ellen gefangen. Danas Lippen auf ihre gepresst. Ein Herz, das bis zum Hals schlug. Ihr eigenes Herz! Ellen runzelte unzufrieden die Stirn. Dana war eindeutig zu weit gegangen.

Aber Dana hatte sich auch entschuldigt und sogar diesen blöden Deal für ungültig erklärt. Ellen war zuversichtlich, dass damit mehr Ruhe in ihren Alltag einkehrte. Sie grinste in sich hinein. Sie hätte Dana früher diese Ohrfeige verpassen sollen. Die hatte ja eine durchschlagende Wirkung gehabt. Dana war geradezu geläutert, bettelte fast um Geduld und Nachsicht.

Na ja, nur um kurz darauf wieder in ihre übliche Rolle zu fallen: Fragen, Fragen, Fragen.

Dennoch fühlte Ellen eine Veränderung. Dana schien weniger aggressiv, sogar bereit, ein Nein zu akzeptieren. Vielleicht hatte sie sich deshalb hinreißen lassen, Dana ein paar Brocken Information hinzuwerfen. Nur unbedeutende Details natürlich.

Marcos Worte kamen Ellen in den Sinn. Seine Mahnung, Dana nicht zu trauen. Was glaubte er denn? Dass sie sich von Dana um den Finger wickeln ließ? So dumm war sie nun wirklich nicht. Natürlich wusste sie, dass Dana immer hinter irgendeiner Story herjagte und damit die Leute nervte. Aber Dana war keine Lügnerin. Soviel glaubte Ellen zu wissen. Hätte Dana die Absicht, Kranz' Story zu schreiben, hätte sie das gesagt. Das war eine von Danas hervorstechenden Eigenschaften: ihre verblüffende, fast gnadenlose Offenheit. Man konnte davon halten, was man wollte.

Und plötzlich war er da, der Gedanke: Sie ist auf ihre Art besonders.

Es folgte Entsetzen, dann vehementer Widerspruch.

Jetzt spinnst du aber, Ellen! Dana ist eine Prüfung des Schicksals, der du gerade noch mal entkommen bist! Was soll daran besonders sein?

Trotzdem konnte Ellen nicht verhindern, dass sich ein mulmiges Gefühl in ihrem Bauch festsetzte und immer dann besonders bemerkbar machte, wenn ihre Gedanken zu einer gewissen Person wanderten.

Der Montagmorgen kam verregnet daher. Ellen stierte abwesend auf das Bürofenster, an dem sich kleine Wasserrinnsale hinabschlängelten. Sie schreckte leicht zusammen, als Marco schwungvoll die Tür öffnete und eintrat. »Obduktions- und Laborbefunde«, verkündete er und hob zwei dünne, braune A4-Mappen hoch. »Was zuerst, die alte oder die neue Leiche?«

»Der Reihe nach«, entschied Ellen.

»Also zuerst die Waldleiche von vor zehn Jahren.« Marco schlug die erste Mappe auf. »Eine ansehnliche Anzahl von Knochenbrüchen, sehr wahrscheinlich herrührend von einem Sturz aus großer Höhe. Todesursache waren die inneren Blutungen, in Folge dessen. Der Mann hätte wahrscheinlich gerettet werden können, wäre er rechtzeitig in ein Krankenhaus gekommen.«

»War er schon tot, als man ihn vergrub?«

»Ja. Aber, halt dich fest, er wurde vorher medizinisch versorgt.«

»Was? Aber du sagtest doch eben ...«

»Vermutlich wurde der Mann zu einem Arzt in irgendeine kleine Praxis gebracht, einem nicht mehr praktizierenden Arzt mit begrenzten Möglichkeiten.«

»Wieso?«

Marco verdrehte die Augen. »Du stehst heute aber auf der Leitung. Schon vergessen? Fehlende Papiere, fehlende Versicherung«, erinnerte er lapidar.

Ellen grinste schief. Natürlich! Wo war sie nur mit ihren Gedanken? »Das heißt, die Theorie vom illegalen Arbeiter scheint sich zu bestätigen.«

»Absolut. Und das macht auch Sinn.«

»Ja?« Ellen sah keinen.

»Wir waren uns doch darüber einig, dass Kessler das Geschäft mit den Schwarzarbeitern wegen einer dummen Panne nicht aufgegeben hätte.«

»Ja.«

»Mit den Jahren hat er es wahrscheinlich sogar noch perfektioniert.«

»Ist anzunehmen.«

»Das Ganze ist heute also eine gut durchorganisierte Einheit«, stellte Marco fest.

»Hm.«

»Aber der mutmaßliche Kopf der Einheit ist tot!«

Stille.

»Du meinst ...« Ellen zögerte. Das war doch ziemlich weit hergeholt. Sie sprachen hier von Perleberg, nicht von Palermo! »Ein Machtkampf?«

»Warum nicht? Macht ist Geld. Und Geld ist immer ein gutes Motiv. Damit landen wir wieder bei Gerstäcker. Seine Position in Kesslers Firma macht ihn zum typischen aufstrebenden Nachfolger. Aber Kessler benutzt ihn nur für die Drecksarbeit und speist ihn mit Kleingeld ab. Will ihn sogar rauswerfen.«

»Nur haben wir gegen Gerstäcker keine Beweise«, erinnerte Ellen.

Marco schnaufte. »Ich weiß.«

»Was ist mit dem Brandopfer?«, wollte Ellen wissen.

Marco legte die erste Mappe auf seinem Schreibtisch ab. Mit

der anderen wedelte er in der Luft herum. »Du solltest dein Gefühl patentieren lassen«, sagte er dabei.

»Was steht drin?«, fragte Ellen ungeduldig.

Statt wie eben eine Zusammenfassung zu geben, reichte Marco Ellen die Mappe. Die schlug sie auf und begann zu lesen. Das Opfer hatte vor seinem Tod einen Schlag mit einem stumpfen Gegenstand auf den Hinterkopf erlitten, der zur Bewusstlosigkeit führte. Es erstickte an Kohlenmonoxid, hervorgerufen durch das Feuer. Bis dahin alles, wie der Doc schon vor Ort gesagt hatte. Wozu er nichts gesagt hatte, war die Identität – und hier kam eine kleine Überraschung.

»Eine Frau?« Ellen sah überrascht auf. »Gibt's nicht so viele von auf einer Baustelle. Eine Architektin vielleicht?«

Marco zuckte mit den Schulten. »Möglich.«

Ellen stand auf. »Fahren wir zur Baustelle. Zeit, dass wir dem Bauleiter etwas intensiver auf den Zahn fühlen.«

Die Tür zum Wagen des Bauleiters stand offen.

»Meine Anforderung beim Arbeitsamt war eindeutig«, hörten sie Lohmann sagen. »Sie lautete ›Anstreicher gesucht‹. Das ›in‹ habe ich nicht vergessen, sondern bewusst weggelassen. Es geht nicht gegen Sie persönlich, aber eine Frau auf 'ner Baustelle ...«

»In welchem Jahrhundert leben Sie denn?«, fragte eine Stimme, die Ellen nur allzu bekannt war. »Heutzutage sind Männer Kindergärtn*er* und Frauen eben Anstreicher*innen*. Es kann Ihnen doch egal sein, wer die Farbe an die Wände bringt.«

Ellen und Marco nahmen nacheinander die Stufe zum Bauwagen. Lohmann sah den eintretenden Kommissaren entgegen. »Ach, Sie schon wieder«, brummte er sichtlich gestresst. Ellen machte zwei Schritte in den kleinen Raum hinein und konnte nun der Frau, die den Bauleiter von ihrer Arbeitskraft zu überzeugen versuchte, ins Gesicht sehen. Sie hatte sich nicht getäuscht. Es war Dana!

Dana hatte die Überraschung, Ellen so unerwartet gegenüberzustehen, gut im Griff. Sie redete weiter auf Lohmann ein. »Aber nun bin ich schon mal hier. Warum probieren wir es nicht einfach?«, blieb sie hartnäckig. Dann wandte sie sich sogar an Ellen: »Was ist Ihre Meinung? Eine Frau in einem Männerberuf ist doch heutzutage nichts Ungewöhnliches mehr. Oder?«

»Scheinbar nicht, sonst hätte die Sachbearbeiterin im Arbeitsamt Sie ja nicht hergeschickt«, spielte Ellen mit.

»Eben!« Dana sah Lohmann herausfordernd an. »Außerdem reden wir hier über einen Ein-Euro-Job. Was glauben Sie, wie groß der Andrang dafür ist?«

»Also gut. Ein Tag Probe kann ja nichts schaden«, gab Lohmann sich geschlagen, griff nach seinem Handy und wählte eine Nummer. »Heinz, kannst dir deine neue Kollegin abholen. Zeig ihr alles. Und sag mir zum Feierabend Bescheid, ob sie was taugt.« Offenbar kam eine Frage vom anderen Ende. »Ja, *sie!*«, knurrte Lohmann gereizt. »Hast du ein Problem damit?« Falls Heinz eines hatte, behielt er es wohl für sich. Jedenfalls gab es keine weitere Diskussion. »Alles klar.« Lohmann steckte sein Handy wieder weg.

Die Blicke, die Marco, Ellen und Dana während des kurzen Gespräches miteinander getauscht hatten, waren ihm entgangen. Sonst hätte er sich wohl gewundert, warum Marco die Anstreicherin angegrinst und Ellen in deren Richtung hin nur milde mit dem Kopf geschüttelt hatte. Natürlich wussten die beiden Kommissare, was hinter Danas Auftritt steckte. Sie wollte den Job, um sich hier umhören zu können. Eine Explosion, eine Brandleiche – und das ausgerechnet auf einer Baustelle von Kessler. Das war ganz nach Danas Journalistinnenherz. Neuer Zündstoff, viel Raum für Spekulationen.

Ellen fragte sich, wie Dana von diesem Ein-Euro-Job erfahren hatte. Na, wahrscheinlich hatte sie jemanden im Arbeitsamt erpresst, dachte sie lakonisch. Wenn Dana hier rumschnüffelte, bestand allerdings die Gefahr, dass sie die Ermittlungen störte. Andererseits war es vielleicht gar nicht so schlecht, einen Maulwurf auf der Baustelle zu haben. Zur Abwechslung konnten sie Dana mal als Informationsquelle nutzen. Mit der Polizei redeten die Leute nicht gern.

Aber es gab bereits zwei Tote, Ellen! Was, wenn Dana zu neugierige Fragen stellte und in Gefahr geriet? Für den Täter spielte es keine Rolle, ob er zwei oder drei Morde beging. Für ihn war bereits nach dem ersten die Hemmschwelle gefallen. Sie musste

Dana klarmachen, wie gefährlich deren Recherche war. Nicht jetzt natürlich, sie wollte Dana ja nicht alles verderben – aber sie mussten reden, so schnell wie möglich.

Ellen schaute Dana nach, die von einem Mann in Malerkluft abgeholt wurde. Dessen skeptischen Blick lächelte Dana weg.

»Wir sind mit der Identität des Brandopfers ein Stück vorangekommen und hoffen, dass Sie uns mit dem Rest helfen«, sagte Marco neben Ellen, an Lohmann gewandt.

»Wenn ich kann«, meinte Lohmann.

»Das sollte nicht schwer sein. Sie müssen uns nur sagen, ob auch Frauen auf der Baustelle arbeiten. Außer der, die wir eben gesehen haben.« Marco grinste Ellen an.

Lohmann schaute Marco verdattert an. »Nein, keine.«

»Ganz sicher?«

»Ja.«

»Okay. Was ist mit Frühstücksservice, einer Pizzalieferantin oder so was?«

»Nicht, dass ich wüsste.« Lohmann stutzte. »Das ... war eine Frau, die da verbrannt ist?«, fragte er.

Ellen schien es, als sei er eine Spur blasser geworden. Die Information erschreckte ihn. Was aber keinen Sinn ergab angesichts dessen, was er ausgesagt hatte. Er musste also etwas verbergen.

»Herr Lohmann, Sie lügen«, sagte Ellen ihm direkt auf den Kopf zu.

»Aber nein.« Kopfschütteln. »Wieso sollte ich?«

»Das sage ich Ihnen, wenn wir den Fall aufgeklärt haben. Was nur eine Frage der Zeit ist, mit oder ohne Ihre Hilfe. Nur: Wenn sich dann herausstellt, dass Sie uns hier angelogen und die Ermittlungen behindert haben, bekommen Sie große Probleme.« Eine nette kleine Drohung half ja manchmal, dachte Ellen.

Doch Lohmann wiederholte nur: »Ich kann Ihnen nichts anderes sagen.«

»Na gut. Wir werden die anwesenden Arbeiter befragen.«

»Bitte. Tun Sie das.«

Ellen sah Marco an. Der zog aus seiner Jackeninnentasche ein zusammengefaltetes Stück Papier und ließ es auseinanderfallen.

»Herr Lohmann.« Marco räusperte sich. »Die Liste der Arbeiter, die Sie uns gegeben haben, ist die vollständig?«

»Ja, natürlich.«

»Sie scheint mir etwas kurz geraten. Es stehen nur ...« Marco zählte durch. »... zehn Namen drauf.«

»Sie haben ja gesehen, was man bekommt, wenn man das Arbeitsamt anruft«, erwiderte Lohmann zynisch.

»Ich dachte immer, auf so einer Baustelle trifft man hauptsächlich Angestellte von Handwerkerfirmen. Sie stellen Ihre Leute direkt ein?«, wunderte sich Marco.

»Ja, ist billiger.«

»Dann bedienen Sie sich sicher auch anderer billiger Alternativen, außer Ein-Euro-Jobbern. Personal aus dem Ausland zum Beispiel?«

Lohmann nickte. »Sind gute Leute. Fünfzig Prozent meiner Arbeiter sind Ausländer.«

»Und diese fünfzig Prozent sind alle angemeldet?«

»Selbstverständlich.«

»Schön, dann werde ich mal eben rausgehen und ein paar der Leute nach ihrer Arbeitserlaubnis fragen, während meine Kollegin hier mit Ihnen weiter spricht.«

Lohmanns Zunge fuhr nervös über seine Unterlippe. Sein »Bitte« geriet etwas kratzig.

»Schön.« Marco wandte sich zur Tür des Bauwagens, drehte sich aber noch einmal um. »Ich habe ein angeschlagenes Knie, wissen Sie. Immer, wenn ich irgendeinem armen Kerl hinterherrennen muss, bin ich den nächsten Tag unerträglich, wegen der Schmerzen. Ich sage das nur, weil ich nach dieser Verfolgungsjagd auch Sie verhören müsste, Herr Lohmann.«

Lohmanns Gesicht zeigte deutliche Unruhe, er sagte aber nichts.

»Also gut. Wie Sie wollen.« Marco verließ den Bauwagen.

Ellen beobachtete Lohmann schweigend. Seine Nervosität nahm unverkennbar zu. Jetzt nahm er sein Handy.

»Was tun Sie da?«, fragte Ellen.

»Ein paar Anrufe erledigen. Die Arbeit muss ja weitergehen.«

Ellen nahm ihm das Gerät aus der Hand und legte es auf den Tisch. »Ich fürchte, damit müssen Sie warten, bis mein Kollege zurück ist.«

»Aber ...«, setzte Lohmann zum Protest an.

»Wir müssen sichergehen, dass Sie niemanden warnen, Herr Lohmann. Das sehen Sie doch ein.«

Lohmann fiel auf einen der Stühle. Er brummte irgendetwas Unverständliches.

Sie warteten. Fünf Minuten, zehn, fünfzehn. Ellen schaute immer öfter durch das Fenster. Wo blieb Marco? Lohmann griff sich einen Ordner, blätterte darin herum. Um seine Unruhe zu verbergen, vermutete Ellen.

Endlich tauchte Marco wieder auf. Vor sich her schob er einen Mann um die fünfzig, kräftig, in Malermontur. Beide Männer sahen etwas mitgenommen aus.

»Das ist Pjotr«, schnaufte Marco. »Ich hoffe, wenn ich mal in seinem Alter bin, kann ich auch noch so gut rennen. Bis jetzt klappt's jedenfalls noch.« Marcos Blick lag vernichtend auf Lohmann. »Haben Sie mir vielleicht jetzt was zu sagen?«

Lohmann legte den Kopf leicht zur Seite. »Was meinen Sie?«

»Herr Lohmann. Schluss mit dem Spielchen«, sagte Marco. »Pjotr hat keine Arbeitspapiere, und ganz sicher ist er nicht der einzige illegale Arbeiter hier. Und Sie wissen das.«

»Ich habe mit den Personalangelegenheiten nichts zu tun«, behauptete Lohmann. »Ich stelle die Leute ein und sage ihnen, sie sollen ihre Papiere im Büro abgeben.«

»Ach nee. Wann ist Ihnen das eingefallen?«

Lohmann hob entschuldigend die Hände.

»Sie nehmen natürlich auch keine Barauszahlungen vor«, sagte Marco ätzend. »Die Löhne werden alle überwiesen.«

»Der eine oder andere holt sich mal einen Vorschuss bei mir ab.« Der Bauleiter brachte schon wieder ein überlegenes Lächeln zustande.

Marco schob Pjotr zum Tisch und bedeutete ihm, sich zu setzen. »Tja, dann fragen wir doch mal Pjotr, wie das hier so läuft. Ich habe ihm schon erklärt, dass wir die Steuerfahndung raushalten können, wenn er uns hilft. Wir interessieren uns hauptsächlich für die Explosion im Keller und das Opfer.«

Lohmanns Blick verfinsterte sich schlagartig. »Also gut, Sie haben gewonnen. Wir haben hier ein paar Arbeiter, die nicht angemeldet sind. Aber was hat das mit der Explosion zu tun?«

»Na also«, sagte Marco. »Geht doch. War ja 'ne schwere Geburt.«

»Allerdings«, fand auch Ellen. »Wie sieht es denn mit der medizinischen Versorgung aus, Herr Lohmann? Welche Hilfe bekommen diese Arbeiter, wenn sie einen Unfall haben?«

»Woher wissen Sie ...« Lohmann hielt inne, als er merkte, dass er sich verplappert hatte. »Das war doch nichts Schlimmes. Einer der Fliesenleger, ein Russe, hat letzte Woche statt der Fliese seinen Finger unter den Fliesenschneider gelegt, der Idiot. Überall war Blut, aber es sah schlimmer aus, als es war.«

Marco schaute Ellen an. Volltreffer, sagte sein Blick. »Was passierte mit dem Mann? Verstecken Sie ihn in irgendeinem abgelegenen Bauwagen und schicken ab und zu einen Kurpfuscher vorbei?«

»Quatsch. Wir haben seinen Finger in einer Tüte eingesammelt und ihn damit per Taxi ins Krankenhaus geschickt, wo sie das Ding wieder angenäht haben. Sagen Sie, was hat das mit dem Brand zu tun?«

Ellen gab Marco ein Zeichen, ging hinaus und rief die Unfallstation des örtlichen Krankenhauses an. Nach einigem Hin und Her bekam sie die Auskunft: Kein abgeschnittener Finger, kein russischer Fliesenleger.

Sie betrat den Bauwagen wieder. Kopfschüttelnd sah sie Marco an.

»Meine Kollegin sagt, der Mann kam nicht im Krankenhaus an«, übersetzte Marco.

»Ja, dann hat er es sich anders überlegt. Keine Ahnung. Das ist ja seine Entscheidung.«

Ellen schüttelte den Kopf. »Was für eine Geschichte versuchen Sie uns hier aufzutischen, Herr Lohmann? Sie wussten doch, dass der Mann nicht krankenversichert ist. Außerdem hätte man ihn im Krankenhaus gefragt, wie und wo es zu dem Unfall kam.«

Lohmann fuhr sich durchs Haar. »Ja, gut, Sie haben recht. Der Mann wollte einfach weg. Hat gesagt, er geht nach Hause, da hat er einen Freund, der Sanitäter ist. Was sollte ich tun? Ich bin nicht seine Mutter!«

Ellen dachte an ihren angeschnittenen Finger, wie der geblutet hatte. Sie stellte sich schaudernd vor, wie dieser Mann geblutet haben musste, dessen Finger abgetrennt war. »Niemand geht mit so einer Wunde einfach los«, sagte sie überzeugt. »Wahrscheinlich war er nach dem Unfall sogar ohnmächtig.«

»Nein, war er nicht. Er ist gegangen«, behauptete Lohmann steif und fest. »Stimmt's, Pjotr?«

Pjotr nickte zögerlich.

Die Befragung der anderen Arbeiter brachte Marco und Ellen auch nicht weiter.

Ich war an dem Tag krank.

Ich war gerade eine Zigarette rauchen.

Ich habe am anderen Ende des Gebäudes gearbeitet.

So und ähnlich lauteten die Antworten der Männer, die nach Marcos vorangegangener Einfangaktion noch anwesend waren. Und natürlich hatte auch niemand eine verdächtige Person auf der Baustelle, geschweige denn in der Nähe des Heizungskellers gesehen.

»Die halten alle dicht«, brummte Ellen auf dem Weg zum Wagen. »Niemand will sich mit dem Chef anlegen oder gar seinen Job verlieren.«

»Na ja, kann man auch verstehen«, brummte Marco zurück.

»Nein, kann man nicht«, widersprach Ellen hitzig. »Niemanden kümmert es, wie es diesem armen Schwein geht, das seinen Finger verloren hat. Ohne ärztliche Hilfe hat sich die Wunde garantiert entzündet. Er liegt irgendwo, hat höllische Schmerzen. Die Infektion und der Blutverlust sind eine lebensbedrohliche Kombination. Wer von denen denkt daran!«, machte sie ihrem Unmut Luft.

Marco zog den Kopf ein. »Schon gut«, sagte er. »Was machen wir jetzt?«

»Uns noch mal Gerstäcker vorknöpfen. Was sonst«, erwiderte Ellen seufzend.

Nur den Bruchteil einer Sekunde, kaum wahrnehmbar, lag Unbehagen auf Gerstäckers Gesicht. Dann hatte er sich im Griff, setzte ein freundliches Lächeln auf und erhob sich. »Ich dachte mir schon, dass Sie kommen«, empfing er die Beamten, bot ihnen Platz an und überraschte mit einem ungewohnten Redeschwall. »Ich bekam gerade einen Anruf von Herrn Lohmann. Ich bin fassungslos. Was ich da gehört habe – ich hatte ja keine Ahnung. Also, dass Karl ein Schlitzohr war, wusste ich natürlich. Doch so etwas ... Ich werde mich um die Angelegenheit selbstverständlich sofort persönlich kümmern und sie in Ordnung bringen.«

Ellen überraschte Gerstäckers Taktik wenig. Angriff ist die beste Verteidigung, und Tote können nicht widersprechen. Angesichts dessen, was Ellen hier hörte, konnte sie sich leicht ausmalen, welche Anweisung Gerstäcker dem Bauleiter gegeben hatte: Alles auf Kessler schieben. Wie das ging, demonstrierte er gerade. Genau dieses Szenario hatte Ellen befürchtet. Gerstäcker war aalglatt, sie bekamen ihn einfach nicht zu fassen.

»Sind Sie denn in Ihren Ermittlungen zu Karls Tod weitergekommen?«, fragte Gerstäcker in ihre Gedanken hinein.

»Sagen wir mal so«, brummte Marco. »Wir konnten schon einige Verdächtige ausschließen.« Er machte eine Pause. »Sie allerdings nicht.«

Gerstäcker runzelte die Stirn. »Aber wie ich schon sagte, ich profitiere nicht von Karls Ableben. Der größte Teil der Firma gehört jetzt Ben. Vielleicht sollten Sie ihn mal näher beleuchten.«

»Ja«, sagte Ellen. »Das ist uns auch schon aufgefallen ... dass Sie sehr eifrig sind, wenn es darum geht, anderen ein Motiv zu unterstellen.«

»Ich unterstelle niemandem etwas.«

»Nein. Sie sind nur bemüht, uns zu helfen. Nach unserer Erfahrung«, Ellen schaute zu Marco und nickte ihm kaum merklich zu, »sind es oft die Täter, die solch ein Verhalten an den Tag legen. Um von sich abzulenken.«

Marco hatte Ellens Wink sehr gut verstanden. »Es gibt sogar eine interne Polizeistudie«, behauptete er, »die sich eingehend mit diesem Thema beschäftigt und ein ziemlich genaues Profil solcher Täter zeichnet. Sie sind meist männlich, zwischen vierzig und sechzig, kultiviert und gebildet. Häufiger alleinstehend als in einer Partnerschaft. Sie lieben das Spiel, speziell das Risiko, und zeigen soziopathische Tendenzen. Aufgrund ihres psychoparadoxen Charakters halten sie sich für intelligenter als die Polizei.«

»Das ist ja sehr interessant«, erwiderte Gerstäcker ungerührt. Falls ihn das Schauspiel irgendwie beeindruckte, ließ er es sich nicht anmerken. »Haben Sie noch weitere Fragen an mich? Ansonsten würde ich Sie bitten zu gehen. Ich habe einen Termin.«

»Ja, ein, zwei Fragen sind da noch.« Ellen lächelte ungezwungen. »Wo waren Sie Samstagabend zwischen achtzehn und zwanzig Uhr?«

»Wieso fragen Sie das?«

»Ich bitte Sie. Es gab eine Tote auf einer *Ihrer* Baustellen. Es wundert mich, dass Sie hier so ruhig sitzen und nicht dort draußen sind.«

Gerstäcker schüttelte den Kopf. »Was kann ich dort tun, was ich nicht auch von hier aus könnte? Lohmann hat mich über den Schaden ins Bild gesetzt.«

»Über den Schaden ... So nennen Sie das?«

»Wie soll ich es sonst nennen, wenn durch einen technischen Defekt eine Explosion auf meiner Baustelle passiert? Es tut mir leid, dass dabei jemand starb. Aber ich kann es nicht ändern.«

»Es handelt sich wahrscheinlich um keinen technischen Defekt«, unterbrach Marco den Disput. »Und der Heizungsraum war zum Zeitpunkt der Explosion verschlossen, was dafür spricht, dass jemand das Opfer dort abgelegt und dann die Explosion ausgelöst hat. Also, wo waren Sie, Herr Gerstäcker?«

»Ich habe gearbeitet, hier im Büro.« Gerstäcker zuckte mit den Schultern. »Allein. Niemand kann es bezeugen. Ich schätze, da bin ich jetzt verdächtig.« Er lächelte jovial. »Deshalb halten Sie es sicher auch für ein Ablenkungsmanöver, wenn ich Ihnen sage, dass der beauftragte Architekt eine Assistentin hat. Ob die ihn allerdings auf die Baustelle begleitet, entzieht sich meiner Kenntnis.«

»Lohmann erwähnte keine Assistentin.«

»Tja, dann war sie wohl in letzter Zeit nicht auf der Baustelle.«

»Geben Sie uns den Namen des Architekten und seine Telefonnummer.«

»Gern.« Gerstäcker griff zu seinem Handy und drückte ein

paar Tasten. »Peter Wienert. 0171/262685840.« Ellen notierte alles – der Form halber. Doch wie Gerstäcker selbst erkannt hatte, hielt sie das Ganze tatsächlich für ein Ablenkungsmanöver. Sie bedeutete Marco, dass sie fertig waren. Das brachte hier nichts mehr, sagte ihr Blick. Marco nickte zustimmend.

Draußen im Treppenflur meinte Ellen: »Psychoparadoxer Charakter? Was ist das denn?«

Marco feixte. »Es sollte doch wissenschaftlich klingen. Meinst du, wir haben ihn nervös gemacht?«

»Sah leider nicht danach aus«, seufzte Ellen.

Ellen wollte kurz zu Hause vorbeifahren, um sich eine Kopfschmerztablette zu holen, bevor sie zu Dana in den Verlag fuhr. Dort hatte sie sich mit ihr für halb fünf verabredet, um Dana das Risiko ihres neuen »Jobs« auseinanderzusetzen. Dana hatte Ellen am Telefon ausgelacht, als die ihre Bedenken andeutete, aber nichts dagegen gehabt, dass sie in den Verlag kam. »Dem Besuch einer schönen Frau werde ich mich nicht verwehren.« Ellen war kurz irritiert gewesen, ging dann aber über die Bemerkung hinweg und murmelte nur: »Bis später dann.«

Jetzt eilte sie die Treppen zu ihrer Wohnung hinauf. Sie erreichte den Absatz zur zweiten Etage, bog um die Ecke, wollte die letzten Stufen schwungvoll in Angriff nehmen – und blieb wie angewurzelt stehen. Auf der untersten Stufe der Treppe zur nächsten Etage saß Britta. Sie erhob sich langsam.

»Ich habe die Kinder zu meiner Mutter gebracht. Ich werde nicht zu Martin zurückgehen«, sagte Britta.

Ellen starrte sie einige Sekunden wortlos an. Dann, als sei das wichtig, fragte sie: »Woher hast du meine Adresse?«

»Ich habe sie auf Martins Schreibtisch gefunden. Er spioniert dir hinterher.«

Das war keine Neuigkeit.

Es gelang Ellen, sich aus ihrer Erstarrung zu lösen und die letzten Stufen hochzusteigen. Sie schloss die Wohnungstür auf.

»Darf ich mit reinkommen?«, fragte Britta hinter ihr.

Ellen nickte, ohne sich umzusehen. Sie ging in die Küche, wo sie aus dem Kühlschrank eine Packung Apfelsaft nahm, sie öffnete und ein Glas eingoss. Dann nahm sie einen kräftigen

Schluck des kalten Getränkes und massierte ihre Schläfen, um den Druck dort loszuwerden. Kopfschmerztablette, erinnerte sie sich. Sie war gekommen, um eine Kopfschmerztablette zu nehmen. Die brauchte sie jetzt umso mehr. Ellen ging ins Bad zum Apothekenschrank. Sie nahm die Tablette gleich am Waschbecken und verharrte.

Was wollte Britta hier? Was bedeutete das: Sie würde nicht zurückgehen? Hieß das, wonach es sich anhörte? Woher diese plötzliche Entschlossenheit? War es überhaupt wirklich Entschlossenheit? Oder nur ein weiteres Versprechen, das Britta brechen würde, sobald es schwierig wurde?

»Ich habe einen Fehler gemacht. Das weiß ich jetzt«, sagte Britta, als Ellen zurück in die Küche kam. »Ich weiß es schon lange. Ich war nur zu feige, das zuzugeben.«

Ellens Gesichtsausdruck drückte pure Zurückhaltung aus. Was Britta veranlasste, zu beteuern: »Es tut mir leid, dass ich so lange gezögert habe. Das war dumm von mir.« Sie wurde leiser. »Ich hoffe, dass du mir verzeihen kannst.« Sie trat zu Ellen.

»Ehrlich gesagt, das weiß ich nicht«, erwiderte Ellen mit gemischten Gefühlen. Es hatte eine Zeit gegeben, da hatte sie auf genau diese Worte von Britta gewartet. Als sie noch in Berlin war. Jeden Tag, jede Stunde! Aber Britta war bei ihrem Mann geblieben, bei ihren Kindern, und hatte sie gehen lassen. Sie, Ellen, hatte nicht gebettelt. Vielleicht hätte sie das tun sollen. Aber es war ihr nicht richtig vorgekommen, Britta zu bedrängen. Sie sollte sich frei entscheiden. Und das hatte Britta getan.

»Ich verstehe, dass du überrascht bist. Ich überfalle dich ja quasi. Und natürlich erwarte ich nicht sofort eine Antwort von dir.« Britta kam näher. »Eine Chance ... Gib mir bitte eine Chance. Mehr möchte ich nicht.«

Brittas Augen schwammen; eine Träne löste sich und rann über ihre Wange, wo sie eine feuchte Spur nach sich zog. Der ersten folgte eine zweite und dieser weitere. Britta schluchzte. Sie schlang ihre Arme um Ellen. Ellen brachte es nicht fertig, sie wegzuschieben. Was Britta dazu ermutigte, ihre Lippen über Ellens streifen zu lassen. Ellen schmeckte das Salz von Brittas Tränen.

»Britta, nicht«, bat Ellen leise. Doch Britta hörte es entweder nicht oder wollte nicht aufhören. Ihr stärker werdendes Drängen sprach eher für Letzteres. Ellen trat energisch einen Schritt zurück und schüttelte Brittas Arme ab, die erneut nach ihr griffen. »Nein!«, sagte sie nachdrücklich.

»Ellen, ich liebe dich. Und du . . . liebst mich doch auch.«

»Ich will nicht, dass das von vorn anfängt«, wehrte sich Ellen. Brittas Sinneswandel wäre für sie vor wenigen Wochen noch der Inbegriff des Glücks gewesen. Doch in diesem Moment empfand sie nur Ratlosigkeit, beinah Abwehr. Wahrscheinlich war es der erlittene Schmerz, der sie so zurückhaltend sein ließ. »Mir ging es hundsmiserabel, als du mich alleingelassen hast. Noch einmal halte ich das nicht aus.«

»Ich werde dich nicht wieder verlassen«, versprach Britta.

»Wirklich?« Ellen brachte etwas mehr Abstand zwischen sich und Britta. »Du willst dein Leben von Grund auf ändern? Dich scheiden lassen, gegen Martin kämpfen, der versuchen wird, dir die Kinder wegzunehmen?« Sie sah Britta eindringlich an. »Deinen Eltern, die Martin vergöttern, deiner ganzen Umgebung sagen, dass sie das akzeptieren müssen? Und wenn sie das nicht tun, bist du stark genug, ihre vorwurfsvollen, verständnislosen Blicke zu ertragen und zu wissen, dass sie dein Tun missbilligen?«

»Wir leben im 21. Jahrhundert. Meine Familie wird damit klarkommen müssen. Und ich werde es auch.« Britta blieb fest. »Schließlich habe ich Freunde, die mich unterstützen werden.«

»Und wenn nicht?«

»Dann muss ich damit leben. Ellen, ich will dich!« Britta trat erneut an Ellen heran. »Du bist mir wichtiger als alle anderen.«

»Du denkst, du kannst deinen Kindern erklären, dass du jetzt eine Frau liebst. Aber Martin wird sie mit Lügen über uns vergiften, jedes Mal, wenn er sie sieht. Er wird eine Atmosphäre des Hasses schaffen. Du wirst irgendwann mir die Schuld daran geben.«

»Aber nein.«

»Ich hätte immer Angst davor.«

»Grundlos.«

Ellen seufzte. Verkehrte Welt, dachte sie dabei. Sie und Britta hatten diese Diskussion schon einmal geführt. Nur war sie,

Ellen, es da gewesen, der alle Hindernisse überwindbar schienen, und Britta diejenige, die nicht daran glaubte. Was war in der Zwischenzeit passiert?

Plötzlich fiel Ellen Dana ein und dass sie verabredet waren. Sie würden zwar nur eine fruchtlose Diskussion miteinander führen, aber Ellen erschien im Moment alles besser, als hier zu sein und eine Entscheidung fällen zu müssen. Auch wenn Britta eben sagte, sie erwarte kein sofortiges Ja oder Nein. Ellen fühlte sich unbehaglich.

»Du ... ich ... ich habe jetzt eigentlich gar keine Zeit«, begann sie zu stottern. »Ich muss ...« – eine verrückte Kleinstadtjournalistin vor sich selbst oder sonstwem schützen? »... noch mal los.«

»Darf ich hier auf dich warten?«, bat Britta.

»Äh, ja. Sicher. Fühl dich wie zu Hause.«

Britta lächelte weich.

Bevor Ellen die Wohnung verließ, ging sie noch einmal ins Bad. Dort drehte sie das kalte Wasser am Waschbecken auf und hielt ihr Gesicht unter den Hahn. Angenehme, frische Kühle traf ihre Schläfen. Leider auch ihr Haar in der Stirn und an den Seiten. Ellen griff nach dem Handtuch neben dem Waschbecken, um die nassen Strähnen trockenzureiben. Nun sah sie ziemlich zerzaust aus, wie ein Blick in den Spiegel verriet. Sie griff zum Kamm, um das Durcheinander zu ordnen. *Wie einfach das war*, dachte sie dabei. *Ein Kamm, und alles liegt wie es soll. Warum gibt es keinen Kamm für Gefühle?*

»Ah, da ist sie. Meine besorgte Beschützerin.« Dana zwinkerte Ellen zu. Der Spott in ihrer Stimme war gutmütig. Ellen glaubte sogar einen Anflug von Wärme in Danas Blick zu erkennen; doch während sie noch rätselte, ob das vielleicht nur Einbildung war, richtete Dana den Blick schon wieder auf den Schirm ihres Laptops, gefesselt von der Story, die sie gerade verfasste. »Danke übrigens, dass ihr beiden so gut mitgespielt habt. Ich dachte schon, ich würde auffliegen.«

»Keine Ursache. Hat irgendwie Spaß gemacht«, gestand Ellen wider Willen.

»Ich war kaum zehn Minuten bei meiner Malerrolle, da nahmen plötzlich gleich mehrere der Bauarbeiter die Beine in die Hand.« Dana kicherte, wurde aber umgehend wieder ernst. »Es geht um Schwarzarbeit, hab ich recht? War der Tote ein Schwarzarbeiter? Dann hatte er wesentlich mehr Pech als der Fliesenleger letzte Woche. Dem konnte die Ärztin helfen.«

Ellen wurde hellhörig. »Welche Ärztin?«

Dana setzte eine geheimnisvolle Miene auf. Sie holte ihr Handy hervor, tippte ein paar Tasten und zeigte Ellen das Display. Es war das Bild, das Dana ihr schon vor wenigen Tagen per SMS gesandt hatte.

»Simone Bergrath?«, fragte Ellen verblüfft.

»Genau. Na? Ist das 'ne Neuigkeit? Und ich teile sie mit dir!«

Ellen nickte. Danas Begeisterung teilte sie jedoch nicht – und das aus gutem Grund. »Dann könnte Simone Bergrath unsere Leiche sein.«

»Das war eine Frau?« Dana riss die Augen auf.

»Ja. Und was du sagst, passt zu unserer Theorie. Kessler beschäftigte illegale Arbeiter. Die Art, wie er mit dem Problem umging, wenn einer von denen einen Unfall hatte, entspricht seinen sonstigen Methoden. Er ließ den Betroffenen nur notdürftig behandeln. Erholte er sich, gut. Wenn nicht ...«

Danas Gesicht zeigte Entsetzen. »Ist das dein Ernst? Die lassen die Leute einfach sterben?«

»Sieht so aus.«

»Das ist ... ja der Hammer«, entfuhr es Dana. Offenbar war der erste Schreck vorüber, und die Routine, in Schlagzeilen zu denken, setzte ein.

»Wenn du das morgen in deinem Artikel schreibst, setzten sich die Verantwortlichen ab«, warnte Ellen. »Kessler ist tot, aber Gerstäcker und Lohmann sind wahrscheinlich ebenso beteiligt. Wir haben nur leider noch keine Beweise.«

Dana zwinkerte Ellen zu. »Vielleicht halte ich mich ja etwas zurück«, bot sie an. »Aber dazu müsste ich natürlich wissen, was ihr bisher habt. Nur damit ich nicht zufällig schreibe, was eigentlich niemand wissen soll.« Sie schmunzelte.

»Du kannst nicht anders, was?« Ellen schüttelte den Kopf. »Du hast wahrscheinlich schon im Sandkasten dem Nachbarsmädchen die Kuchenformen abgeschwatzt.«

Dana gluckste in sich hinein. »Nein, genaugenommen war es umgekehrt. Sie bekam meine und ich dafür einen Kuss. Später waren es die Legosteine. Als wir über meinen neuen Fußball verhandelten, den ich zu meinem fünften Geburtstag bekommen hatte, erkannte ich, dass sie mich gar nicht liebte, und machte Schluss. Sie war sowieso zu alt für mich, ging schon in die zweite Klasse.«

Ellen konnte sich trotz des eigentlichen Ernstes der Situation ein Lachen nicht verkneifen. »Du bist unmöglich.« Sie sah sich um. Wenn das hier länger dauerte, wollte sie sich lieber setzen. Das Sofa, das an der Wand stand, sah sehr einladend aus. Ellen fragte sich, welcher geschickten Verhandlung mit ihrem Chef Dana diesen Luxus wohl verdankte.

»Ja, ich weiß.« Dana wurde wieder ernst. »Und? Was habt ihr?«

»Lediglich ein paar alte Fotos und einen unbekannten Toten von vor zehn Jahren, der an inneren Verletzungen starb.« Ellen seufzte. »Eigentlich müsste ich dich bitten, deine verdeckte Recherche fortzusetzen, statt sie dir auszureden.«

»Aber das habe ich doch vor – sie fortzusetzen, meine ich. Erst recht nach dem, was ich jetzt weiß.«

Ellen runzelte die Stirn. »Dana, bitte, nur einmal – sei vernünftig und halte dich von dieser Baustelle fern.«

Dana schaute Ellen über ihr Laptop hinweg an. Ihr Blick sagte eindeutig, was sie von diesem Vorschlag hielt.

»Wir haben bereits zwei Tote«, erinnerte Ellen. »Stolperst du bei deiner Recherche über den Täter, kann das sehr gefährlich werden. Keine Story ist es wert, dass du dafür dein Leben riskierst.«

»Ich pass auf mich auf, versprochen.«

»Das ist viel zu unsicher.«

»Dann pass du doch auf mich auf.« Dana lächelte.

»Es ist nicht meine Aufgabe, übereifrige Journalistinnen zu bewachen.«

»Schade eigentlich.«

»Das ist nicht witzig, Dana. Wir reden hier über jemanden, der eine Frau bewusstlos schlug, in den Keller sperrte und diesen mit einer Explosion in Schutt und Asche legte. Willst du, dass dir dasselbe passiert?«

Dana verzog das Gesicht. »Natürlich nicht«, sagte sie.

»Dann, Schusterin, bleib bei deinen Leisten. Schreibe.«

»Aber ich kann nur schreiben, wenn ich recherchiere.«

»Nein, du kannst auch schreiben, ohne zu recherchieren. Du hast Phantasie. Erfinde was. Ich weiß, dass du das kannst.« Den kleinen Seitenhieb konnte Ellen sich nicht verkneifen.

Dana ging nicht darauf ein. »Ellen, du kennst mich noch nicht lange, aber ich glaube, doch so gut, dass wir diese Diskussion jetzt abbrechen können«, sagte sie lediglich.

Ellen schnaufte frustriert. »Das heißt, du machst weiter.«

»Ja, das heißt es. Aber ...« Dana griente. »Ich finde es schmeichelhaft, dass du dir Sorgen um mich machst.«

Ellen rollte die Augen. Das war jetzt eigentlich der perfekte Zeitpunkt, aufzustehen und zur Tür hinauszurauschen. Dennoch blieb sie sitzen.

Dana klimperte weiter auf ihrer Tastatur herum. »Im Übrigen handelt mein morgiger Artikel nicht von Schwarzarbeitern auf Baustellen. Das könnte meine Tarnung auffliegen lassen«, erklärte sie wie nebenbei. »Aber deine Informationen waren sehr interessant. Danke.«

»Phhh«, machte Ellen. Und da sie ja irgendwas sagen musste, wenn sie hier weiter das Sofa drückte, fragte sie: »Woran schreibst du denn?«

»Frank, was mein Chefredakteur ist, hatte vorige Woche die brillante Idee, eine neue Kolumne ins Leben zu rufen. ›Kleinstadthelden‹ soll sie heißen. Und ich muss diese Helden jetzt auftreiben. Jede Woche einen. Für die erste Ausgabe habe ich einen alten Kumpel angerufen, eine Sportskanone, Bergsteiger. Er hat mir von seinem nächsten geplanten Aufstieg erzählt. Na ja, viel Blabla um den Sieg über einen Fels. Ich für meinen Teil habe nie verstanden, warum Leute so was machen. Eine Kletterwand in der Sporthalle, okay, aber sein Leben in mehreren tausend Metern Höhe riskieren, ist doch bescheuert.«

»Ach, interessant«, hakte Ellen ein. »Findest du es schlauer, sich auf einer Baustelle einzementieren zu lassen?«

»Fang bitte nicht wieder damit an. Außerdem werden dort keine Fundamente mehr gegossen.«

»War ja auch nur ein Beispiel.«

»Okay, du hast recht«, räumte Dana ein. »Es ist wahrscheinlich genauso bescheuert. Ist wohl immer eine Frage des Standpunktes.«

»Den du ändern könntest«, versuchte es Ellen ein weiteres Mal.

Dana blieb stur. »Nein.«

»Ich werde auf deiner Beerdigung keine Träne vergießen«, versprach Ellen.

»Oh doch, wirst du«, war Dana sich sicher.

»Freudentränen«, knurrte Ellen.

Dana stand lächelnd auf, ging zu Ellen, setzte sich neben sie. Dabei zog Dana ihr Knie hoch, so dass sie sich drehen und Ellen anschauen konnte. »Glaub ich nicht«, sagte sie. »Du machst dir *echte* Sorgen um mich.«

»Quatsch. Wenn überhaupt, dann mache ich mir Sorgen um den ...«

»... Papierkram, den du hättest?«, unterbrach Dana Ellen grinsend. »Vergiss es. Das nehme ich dir nicht ab.«

Ellen drehte den Kopf, schaute Dana düster an, schwieg. Dann schaute sie wieder geradeaus. Dana schmunzelte vor sich hin. »Dein griesgrämiges Gesicht ist auch nur Tarnung. Damit kannst du mich nicht abschrecken.« Sie stand auf und ging in Richtung Schreibtisch. »Wenn ich dir so schrecklich auf die Nerven ginge, würdest du nicht hier in meinem Büro sitzen, sondern gemütlich zu Hause.«

»Na ja, so gemütlich ist es da im Moment nicht«, rutschte es Ellen heraus.

Dana blieb stehen. Sie drehte sich um. »Wieso? Stimmt was nicht mit deiner Wohnung? Ist die Heizung ausgefallen, das Wasserrohr geplatzt oder so was?«

Ellen zögerte. Sollte sie es Dana sagen? Beim letzten Mal hatte es ihr geholfen, mit Dana zu sprechen. »Nein, da sitzt Britta«, seufzte sie.

»Waaas?« Dana kam zu Ellen zurück. »*Die* Britta?«

»Ja.« Ellen nickte.

Dana plumpste neben sie. »Wow.« Sie nahm wieder ihre vorherige Sitzhaltung ein, so dass sie Ellen ins Gesicht sehen konnte. Und das tat sie sehr intensiv. »Aber du freust dich nicht besonders.«

»Ich bin völlig durcheinander. Sie sagt, sie will Martin verlassen.«

»Wow«, wiederholte Dana. Aber ihr »Und? Ist doch gut« klang irgendwie lahm. Genauso, wie Ellen sich fühlte.

Ellen starrte vor sich hin. »Ja, schon.«

»Aber?«, fragte Dana vorsichtig.

»Es fühlt sich ganz anders an als ich erwartet hätte. Ich habe nur Gründe aufgezählt, warum es nicht funktionieren wird. Argumente benutzt, die vorher ihre waren.«

»Du wolltest wahrscheinlich, dass sie dir widerspricht. Um deine Selbstsicherheit zurückzugewinnen. Sie hat doch widersprochen?«

»Allerdings. Sehr vehement sogar.«

»Na, dann ist doch alles in Ordnung.« Dana lächelte aufmunternd.

»Ich weiß nicht. Ich fange gerade an, mich wieder besser zu fühlen. Das soll so bleiben. Britta sagt, sie hat sich jetzt entschieden. Aber ich glaube, sie hat keine Ahnung, was da auf sie zukommt – auf uns.«

»Aber wenn ihr euch liebt, dann kann das doch kein Problem sein.« Dana zögerte. »Du liebst sie doch noch. Oder?« Ihre Stimme war leiser geworden.

Ellen seufzte. »Sie hat mich schon mal fallenlassen.«

»Es gibt keine Sicherheit, Ellen. Nie. Egal mit wem.«

»Ja, ich weiß.« Ellen schaute Dana an. »Was würdest du an meiner Stelle tun?«

»Das kann ich dir nicht sagen. Ich weiß nicht, was zwischen euch alles passiert ist. Du musst wissen, ob das zu kitten ist. Ob du es kitten *willst*.«

»Aber ich weiß es nicht.«

»Du musst dich ja nicht sofort entscheiden.«

»Das sagt Britta auch.«

»Na, siehst du.« Dana strich kurz über Ellens Hand.

Ellen lächelte Dana dankbar an. »Entschuldige, dass ich mich schon wieder bei dir ausheule.«

»Schon gut.«

Ellen gab sich einen Ruck. »Na, dann werd' ich jetzt mal los.« Sie stand auf. »Und du sei bitte vorsichtig«, erinnerte sie Dana. »Versprichst du mir das?«

Dana nickte vom Sofa her. »Na klar.«

Einer plötzlichen Regung folgend beugte Ellen sich zu ihr hinab. Ihre Lippen streiften Danas Wange. »Wehe, wenn nicht.«

Danas erstaunter Blick traf sie, als sie sich wieder aufrichtete. Sie antwortete Dana mit einem unsicheren Lächeln, dann verließ sie das Büro.

Zu Hause fand sie nur einen Zettel von Britta vor: »Ich bin im Hotel. Ruf mich an, wenn du bereit bist. Auch wenn du nicht bereit bist. Ruf mich bitte an! Meine Handynummer ist die alte.«

Ellen las den Zettel erneut. Dann legte sie ihn auf den Küchentisch.

Nein, das Wiedersehen mit Britta hatte sie sich ganz anders vorgestellt. Genaugenommen hatte sie aufgehört, es sich vorzustellen. Und nun war es plötzlich da.

8.

Nach einer unruhigen Nacht war Ellen zeitig im Büro. Zuerst rief sie erneut bei Simone Bergrath an. Aber wie schon am gestrigen Abend nahm niemand ab. Danach rief Ellen Gruber an. Der klang tief besorgt, weil, wie er sagte, von seiner Freundin jedes Lebenszeichen fehlte. Er gestand, mit sich gerungen zu haben, ob er sie vermisst melden sollte.

»Warum suchen Sie Simone?«, wollte Gruber wissen. »Haben Sie denn immer noch Fragen an sie?«

»Ähm, also genaugenommen wollte ich Frau Bergrath um eine DNA-Probe bitten«, redete Ellen sich heraus. »Und Sie auch«, fügte sie schnell hinzu. »Zu Vergleichszwecken.« Vielleicht war die Tote ja doch nicht Simone Bergrath. Die konnte auch einfach nur ein paar Tage verreist sein, ohne dass sie es jemanden gesagt hatte. So was kam vor. »Kann ich einen Kriminaltechniker zu Ihnen schicken? Sie haben doch sicher auch was von Frau Bergrath da. Eine Zahnbürste vielleicht, die sie benutzt hat.«

»Ja, sicher«, sagte Gruber verdattert.

»Danke.« Ellen legte auf und gab im Labor Bescheid. »Holt euch vom Doc eine Vergleichsprobe von Simone Bergrath. Gebt mir so schnell wie möglich das Ergebnis durch.«

So, das war erledigt. In zwei, drei Stunden würde sie Bescheid wissen. Falls die Tote Simone Bergrath war, schuldete sie Dana etwas. *Oder man betrachtete es einfach als eine Art Ausgleich* ... Ellen schmunzelte vor sich hin.

»Du siehst ja richtig zufrieden aus«, begrüßte Marco sie, einen dampfenden Kaffeebecher in der einen Hand und eine Tüte vom Bäcker in der anderen.

»Ich habe wahrscheinlich das Rätsel um die Identität des Brandopfers gelöst«, klärte Ellen ihn auf.

»Echt? Erzähl.« Marco fiel in seinen Stuhl, nachdem er Kaffee und Tüte auf dem Schreibtisch abgestellt hatte. Jetzt knisterte er lautstark mit der Papiertüte bei dem Vorhaben, an deren Inhalt zu gelangen.

»Simone Bergrath. Sie hat die illegalen Arbeiter verarztet. Auch den tollpatschigen Fliesenleger.«

»Sagt wer?« Marco schnupperte an dem Salamibrötchen, das er zutage gefördert hatte.

»Dana Wegener.«

Marco, den Mund schon geöffnet und bereit, genüsslich in das Brötchen zu beißen, klappten die Kiefer zusammen. »Bitte wer?«

»Du hast richtig gehört, unsere Aushilfsanstreicherin«, erwiderte Ellen. »Sie hat es geschafft, einem der Arbeiter die Information aus der Nase zu ziehen.«

»Das gibt's ja nicht. Diese ...« Marco biss nun endlich ab. »Dieses Teufelsweib«, sagte er anerkennend, während er kaute. »Und sie hat dich tatsächlich angerufen, um dir das zu sagen? Es geschehen noch Zeichen und Wunder.«

»Genaugenommen war ich bei ihr im Verlag, um ...« Ellen hielt inne.

»Um?« Marco wartete gespannt.

»Ich dachte, ich mache sie besser darauf aufmerksam, wie gefährlich es ist, sich da auf der Baustelle rumzutreiben. Ich wollte ihr ans Herz legen, ihre Aktivitäten dort einzustellen.«

Marco schaute Ellen an. Dann grinste er wie jemand, der erkannte, dass man ihn auf den Arm nahm. »Jetzt mal ernsthaft«, sagte er.

»Das *ist* mein Ernst.«

Marcos Grinsen verschwand. Er kniff die Augen zusammen und durchbohrte Ellen mit stechendem Blick. »Dir muss doch klar gewesen sein, dass das ein hoffnungsloses Unterfangen war.«

»Ja, schon. Aber ...« Ellen winkte ab. »Egal. Am Ende war es doch gut, dass ich da war, oder?«

»Wenn wir so das zweite Opfer identifizieren, ja.« Marco schüttelte den Kopf. Er nahm erneut einen Bissen. »Oh Mann, oh Mann, du und die Wegener, ihr seid mir ja ein Pärchen.« Ein großzügiger Schluck aus dem Kaffeebecher folgte.

Ellen runzelte die Stirn. »Was willst du damit sagen?«

»Ach, nichts.«

»Du hast doch selbst gesagt, es bringt nichts, auf sie loszugehen. Also habe ich mich arrangiert. Ist das verkehrt?«

»Nein.« Marcos Salamibrötchen wanderte erneut in seinen Mund. »Überhaupt nicht«, mampfte er. »Aber jetzt mal zurück zum Ernst des Lebens. Wie kommen wir an Gerstäcker ran? Der Kerl ist aalglatt, lässt alles von sich abprallen.«

»Wir brauchen einen Durchsuchungsbeschluss für sein Haus.«

»Mit welcher Begründung?«

»Nachdem wir sicher sind, dass zwischen Kessler und Gerstäcker nicht alles eitel Sonnenschein war, liegt doch die Vermutung nahe, dass sich die beiden in die Wolle bekamen«, sagte Ellen. »Du erinnerst dich – Kessler hatte Hämatome, die er sich zwei Tage vor seinem Tod zuzog. Also suchen wir nach Kesslers DNA und Kampfspuren.«

»Aber die beiden können sich sonstwo geprügelt haben. Und selbst wenn wir Spuren eines Kampfes auf Gerstäckers Grundstück finden – dass Gerstäcker Kessler getötet hat, ist damit nicht bewiesen.« Marco schob den letzten Rest Salamibrötchen in seinen Mund.

»Ich weiß«, sagte Ellen. »Aber wir müssen Gerstäcker unter Druck setzen, dann macht er vielleicht einen Fehler, der ihn verrät.«

»Hm. Zu blöd, dass das Wasser alle fremden DNA-Spuren an Kessler und seiner Kleidung unbrauchbar gemacht hat«, brummte Marco.

»Selbst mit solchen Spuren könnten wir nicht mit Bestimmtheit sagen, ob Kessler absichtlich ins Wasser geworfen wurde oder bei einem Streit gefallen ist«, erinnerte Ellen. »Mit einer guten Ausrede käme Gerstäcker mit unterlassener Hilfeleistung und einem blauen Auge davon.«

»Wir behaupten, ein Zeuge hat sich gemeldet«, schlug Marco vor. »Dann packt er schon aus.«

Ellen wackelte zweifelnd mit dem Kopf.

Marco schraubte sich aus seinem Stuhl hoch. »Okay, dann mach du mal den Schrieb für den Staatsanwalt. Ich bin bei den Kollegen von der Technik und schau, was die über die Brandursache rausbekommen haben.«

Ellen vermutete, dass im Labor eine gutaussehende Kollegin saß, denn ansonsten gab es keinen Grund, sich auf Verdacht auf den Weg zu machen. Marco würde kaum etwas erfahren, bevor der endgültige Bericht fertig war. Sie sagte aber nichts, sondern ließ ihren Kollegen ziehen und kümmerte sich um den Durchsuchungsbeschluss. Zwanzig Minuten später war Marco zurück – zu Ellens Erstaunen mit Neuigkeiten.

»Das Ventil einer der Schutzgasflaschen war abgeschlagen. Die Explosion wurde durch einen Brandbeschleuniger ausgelöst. Jemand hat Benzin unter der Tür durchgespült, es den Gang entlang wie eine Lunte ausgeschüttet und angezündet. Mannomann, da ist jemand nicht zimperlich gewesen.«

»Abgeschlagen womit? Hat man das Werkzeug gefunden?«

»Ja, ein Zimmermannshammer. Das Labor versucht, Fingerabdrücke zu sichern. Und als ich ging, kam gerade jemand mit den DNA-Proben von Gruber und der Bergrath.«

»Sehr gut. Dann fahren wir jetzt zu Gerstäcker. Vorher holen wir noch den Durchsuchungsbeschluss beim Staatsanwalt ab.«

Nur wenig später fuhren sie zurück zur Dienststelle. »Na ja, war sowieso nur 'ne geringe Chance, dass wir was finden würden.« Marco bremste ab, um das Holpern beim Überfahren der Dehnungsfugen zu vermindern. Ellen schaute aus dem Fenster. Die Eisenbögen der Brückenkonstruktion huschten an ihren Augen vorbei.

»Orange«, sinnierte Ellen. »So viel Mut zur Farbe findet man selten. Da hatte wohl ein vom Aktengrau gelangweilter Stadtangestellter einen Geistesblitz.«

»Eher ein schwuler Stadtangestellter«, feixte Marco. »Sieben Brücken führen in der Stadt über die Stepenitz. Vier davon sind kleine Fußgängerbrücken. Aber jede Brücke hat eine andere Farbe. Rot, Orange, Gelb, Grün, Hellblau, Indigo und Violett, wie die Farben im Regenbogen. Kauf dir mal einen Stadtführer.«

»Wozu, hab doch dich.«

Plötzlich stutzte Ellen. Was hatte Marco gesagt? Rot, orange, gelb, ... »Ach du Schande!« Sie starrte wie hypnotisiert auf das Brückengeländer. Das konnte doch nicht wahr sein!

»Was ist denn?«, fragte Marco.

»Halt an«, forderte sie Marco auf.

»Wieso?«

Sie hatten die Brücke überquert. »Halt an!«

Marco fuhr an die Seite und stoppte. Ellen stieg aus. Sie winkte Marco, es ihr gleichzutun. »Los, los, komm raus.« Sie stand entgegen der Fahrtrichtung auf der Straße und deutete zurück zur Brücke. »Schau hin.«

Marco schaute. »Ja, und?«, fragte er. »Was ist da?«

»Wir haben gerade eine *Eisen*konstruktion überquert!« Ellen wartete auf Marcos Reaktion. Der zuckte nur mit den Schultern. Ellen stöhnte. »Verstehst du? Eisen – Rostschutz.«

Endlich fiel der Groschen bei Marco. »Oh Mann!«, entfuhr es ihm. »Die gelben Farbreste in Kesslers Innenhand.«

»Genau.« Ellen spürte, wie Aufregung in ihr hochkroch. »Die Wunde in seiner Hand zog Kessler sich bei dem vergeblichen Versuch zu, seinen Sturz aufzuhalten. Er hielt sich an einem Geländer fest. Einem *gelben* Brückengeländer. Die gelbe Brücke ist der Tatort!«

»Ich Idiot«, fluchte Marco. »Die Brücke führt ganz in der Nähe des Stadtparks über den Fluss.«

Ellen bedeutete ihm, wieder in den Wagen zu steigen. Jammern nutzte nichts. Ja, es waren kostbare Tage vergangen. Tage, an denen die Spuren am Tatort vielleicht verwischt worden waren. Aber vielleicht auch nicht. Sie rief die KTU an.

Marco telefonierte ebenfalls. »Hm ... okay ... alles klar. Tschüss.« Er steckte sein Handy in die Tasche und sah Ellen an. »Das Brandopfer ist identifiziert. Es ist Simone Bergrath.«

Ellen seufzte. »Die Nachricht wird Gruber den Rest geben.«

»Ich habe mich krankgemeldet. Solange ich nicht weiß, was mit Simone ist, kann ich mich nicht auf den Dienst konzentrieren«, empfing Gruber sie. »Haben Sie sie gefunden?«

Ellen sah Marco an. Diesmal bist du dran, sagte ihr Blick. Marco schlug vor, ins Wohnzimmer zu gehen. Das ernste Gesicht, das er dabei machte, und die Tatsache, dass er im Wohnzimmer Gruber bat, sich zu setzen, sorgten für Anspannung im Raum.

»Herr Gruber, ich fürchte, wir haben schlechte Neuigkeiten«, begann Marco.

Gruber schluckte. Er ahnte, was kommen würde, das sah Ellen ihm an. Dennoch war es ein Schock für ihn, als Marco mit seinen Worten die Ahnung in Gewissheit verwandelte. Gruber beugte sich in seinem Sessel vor und hob die Hände vors Gesicht.

»Dieses Schwein«, presste er hervor. »*Er* hat ihr das angetan. Er ist genauso schlimm wie Kessler.«

»Wer?«, fragte Ellen.

»Gerstäcker«, knurrte Gruber. »Wer sonst? Sie wollte sich mit ihm treffen. Ich hätte darauf bestehen sollen mitzugehen, aber sie sagte, sie schaffe das allein. Ich solle mir keine Sorgen machen.«

Ellen und Marco tauschten unbemerkt einen Blick, nickten einander zu. Auch wenn die Umstände bedauerlich waren – endlich kamen sie vorwärts.

»Weshalb wollte Frau Bergrath sich mit Gerstäcker treffen?«, fragte Ellen.

»Sie ...« Gruber hielt inne, offenbar unschlüssig.

»Hatte es etwas mit den illegalen Arbeitern zu tun?«

»Sie wissen davon?«, fragte Gruber erstaunt.

»Ja. Wir wissen, dass Frau Bergrath für Kessler verletzte Illegale behandelte.«

Gruber nickte bestätigend. »Ja, aber Simone wollte da nicht mehr mitmachen. Sie hat es eigentlich nie gewollt.« Er fuhr sich durchs Gesicht. »Simone rutschte in die Sache rein, als sie mit Kessler zusammen war. Damit meine ich nicht die Wochen unserer Trennung. Sie war schon früher mit Kessler liiert, vor mir. Und sie kam nicht von ihm los.« Gruber lachte böse auf. »Nicht seines charmanten Wesens wegen, wie Sie sich ja denken können. Der Mistkerl hat sie erpresst. Er würde dafür sorgen, dass sie ihre Zulassung verliert.« Grubers Stimme zitterte vor Wut und Trauer. »Kessler war ein Fiesling durch und durch. Als Simone sich in mich verliebte, verweigerte sie trotz Kesslers Drohungen ihre Mitarbeit. Die Sache mit meinem Haus, in dem wir eine Gemeinschaftspraxis einrichten wollten, hat Kessler gemacht, um Simone zu zeigen, dass ihr Leben so oder so von ihm bestimmt wird. Ich wusste damals noch nichts von all diesen Dingen. Simone warnte mich zwar vor Kessler, aber über die Hintergründe schwieg sie. Um Kessler von weiteren Gemeinheiten abzuhalten, ging sie sogar zu ihm zurück.«

»Und als Kessler tot war, dachte sie, sie sei nun endlich frei«, riet Ellen.

Gruber nickte kraftlos. »Aber da hatte sie die Rechnung ohne Gerstäcker gemacht. Der sagte ihr knallhart, dass er jetzt Kesslers Position einnähme und alles unverändert weiterginge. Nichts änderte sich, nur die Person, die Simone erpresste. Erst da hat sie mir alles gebeichtet. Ich hätte sie nicht allein zu Gerstäcker fahren lassen dürfen.« Gruber starrte blicklos vor sich hin.

»Was wollte sie denn bei ihm?«

»Es gab schon wieder einen Unfall. Simone sagte, es würde das letzte Mal sein, dass sie da mitmachte. Das würde sie Gerstäcker klarmachen.«

Ellen hätte noch gern gewusst, wann genau es war, dass Simone Bergrath das erste Mal mit Kessler liiert gewesen war.

Vielleicht hatte sie ja Gruber gegenüber etwas über den Toten erwähnt, den Kessler vor zehn Jahren im Wald abgelegt hatte. Doch der Moment war denkbar schlecht geeignet, Gruber danach zu fragen. Er musste erst einmal zur Ruhe kommen, um klare Gedanken fassen zu können.

»Wir haben Gerstäcker«, freute sich Marco. Vielleicht war es auch die Freude, der gedrückten Stimmung in Grubers Wohnung entkommen zu sein.

»Nicht so überschwänglich«, dämpfte Ellen seinen Optimismus. »Wir haben auch hier keine Beweise. Lediglich die Aussage, dass das Opfer sich mit ihm treffen wollte. Die Aussage eines Dritten, der noch dazu auf Gerstäcker genauso schlecht zu sprechen ist, wie er es auf Kessler war. Gerstäcker wird behaupten, das Treffen mit Simone Bergrath hätte nicht stattgefunden.«

»Aber das ist doch völlig unglaubwürdig.«

»So?«

»Ja. Wer sonst, wenn nicht Gerstäcker, hatte einen Grund, Simone Bergrath zu töten? Dann noch ausgerechnet auf der Baustelle?«

»Ein illegaler Arbeiter zum Beispiel, der nach ihrer Behandlung ein Handicap zurückbehielt. Für einen solchen Mann ist Arbeitsunfähigkeit eine Katastrophe. Wenn ich Gerstäckers Anwalt wäre, würde ich so argumentieren. Und ich würde sagen, dass die Anhäufung von Indizienbeweisen keine Fakten ersetzt.«

»Ja, was muss denn noch alles passieren?«

Unter anderem diese Frage Marcos war es, die Ellen ein komisches Gefühl im Magen bescherte. Dass Dana sich auf dieser verdammten Baustelle herumtrieb, gefiel ihr gar nicht. Sie würde noch mal mit Dana reden. Sicher war sie abends wieder im Verlag.

Auf dem Weg zurück ins Büro erreichte Marco und Ellen die Nachricht vom Labor, dass die Farbprobe vom Brückenlack mit den Farbspuren, die in Kesslers Risswunde gefunden worden waren, übereinstimmte. Des Weiteren hatten die Techniker die Stelle gefunden, an der Kessler sich verletzt hatte. Blut und Haut klebten an ihr. Direkt daneben dunkle Stofffasern. Die genaue Analyse aller Proben würde bis morgen Mittag dauern. Aber wenn die Fasern nicht zu Kesslers Sachen passten, dann mussten sie von der Kleidung der Person stammen, die Kessler über das Brückengeländer »geholfen« hatte. Denn ein versehentlicher Stoß war an dieser Stelle ausgeschlossen. Der Aufprall auf das Wasser in Kombination mit Kesslers angeschlagenem Zustand hatte sehr wahrscheinlich zu einer Ohnmacht geführt.

»Morgen früh holen wir vom Staatsanwalt einen neuen Durchsuchungsbeschluss. Gerstäcker wird uns nicht mehr los«, grunzte Marco zufrieden.

Ellen wusste, dass Britta auf sie wartete. Sie wusste auch, dass sie das Treffen nicht ewig hinauszögern konnte. Aber sie fühlte sich noch nicht in der Lage dazu. Mehr noch, sie hatte den ganzen Tag erfolgreich alle Gedanken daran verdrängt.

Außerdem ist es jetzt wichtiger, zu Dana zu fahren. Sie musste noch mal mit ihr reden. Sie irgendwie von dieser Baustelle fernhalten. Jetzt, wo durch Grubers Aussage feststand, dass Gerstäcker gefährlich war, höchstwahrscheinlich mordsgefährlich, wäre es fatal, wenn er Dana auf der Baustelle begegnete. Er würde doch sofort vermuten, dass Dana ihm auf der Spur war. Und wer wusste, was er dann tat.

Ellen seufzte. Das Problem war, Dana würde sich natürlich erneut weigern, auf sie zu hören. Und sie konnte Dana nicht sagen, wer ihr Hauptverdächtiger war, damit sie sich wenigstens verdrückte, falls der auftauchte. Verdammt!

Ellen parkte den Wagen vor dem Verlag.

»Kann ich Ihnen helfen?«, fragte ein untersetzter Mann, als sie das Büro betrat. »Ich bin Frank Veit, der Chefredakteur.«

»Ich möchte Frau Wegener sprechen.«

»Dana kommt in etwa einer halben Stunde. Wollen Sie warten?« Veit musterte Ellen. »Sind Sie nicht die neue Kommissarin? Sie sind doch vor ein paar Tagen hier reingestürmt und ...«

»Ja«, unterbrach Ellen den Mann mit einem Blick, der sagte: Unnötig, diese Episode aufzufrischen. »Aber heute habe ich keine Mordgedanken«, versicherte sie.

Veit lachte. »Na, dann können Sie in Danas Büro raufgehen.

Die Polizei wird ja wohl nichts mitgehen lassen.«

»Danke.« Ellen ging den ihr mittlerweile bestens bekannten Weg. In Danas Büro sah sie sich unschlüssig um.

Ein Mädchen kam herein. Sie hielt einen Hefter in der Hand. »Dana nicht da?«, fragte sie.

»Kommt gleich«, erwiderte Ellen.

»Okay, ich lasse das hier auf ihrem Schreibtisch. Sie muss nur noch unterschreiben.« Das Mädchen ging an Ellen vorbei, legte die Mappe ab und huschte wieder hinaus.

Ellen schlenderte gelangweilt zum Schreibtisch. Lupfte neugierig den Aktendeckel etwas. Vertragsklauseln blickten sie an. Ellen wollte den Deckel schon fallen lassen, als ihr ein Name ins Auge sprang. Kranz.

Ellen stutzte und hob den Deckel ganz an. Bis sie erfasste, dass dieser Vertrag dem Verlag eine Story sicherte, die er von Martin Kranz für 500 Euro kaufte, verging nur eine halbe Minute. Zu begreifen, dass Dana sie komplett belogen hatte, dauerte länger.

Mach dir keine Sorgen wegen Kranz, hatte Dana gesagt. Mehrmals hatte sie versichert, sie würde die Geschichte nicht benutzen. So sah das also aus, wenn Dana ein Versprechen gab. *Und du machst dir Sorgen um sie. Du Idiotin!* Ellen hatte Mühe, nicht vor Wut gegen das Schreibtischbein zu treten.

In dieser Stimmung war sie auch noch, als Dana die Tür zum Büro aufstieß und Ellen ein munteres »Schön, dich zu sehen« zuwarf.

Ellen, die am Fenster stand, drehte sich um. Ihr Blick war düster.

Danas Lächeln verrutschte bei diesem Anblick. Ellen sah die Fragezeichen in Danas Gesicht. Habe ich was angestellt, stand vor ihnen.

»Ist alles in Ordnung? Du schaust drein, als wäre jemand gestorben?«, versuchte Dana mit einem Scherz ihre offensichtliche Unsicherheit zu überspielen.

Ellen antwortete nicht.

Dana ging langsam auf Ellen zu. »Ist es wegen Britta? Ist sie wieder weg?« Dana hob die Arme, wollte Ellen tröstend umarmen.

»Bleib ja von mir weg!«, grollte Ellen.

Danas Arme verharrten in der Luft. »Was?«

Ellen schüttelte den Kopf. »Wie kann man nur so falsch sein.«

Dana schluckte ob der Kälte in Ellens Worten. Sie ließ die Arme sinken. »Was meinst du?«

»Stell dich nicht dumm.« Ellen ging zum Schreibtisch, griff die bewusste Akte und warf sie Dana hin. Mehrere Seiten flatterten zu Boden. Dana bückte sich, hob sie auf, sah drauf. »Der Vertrag, mit dem wir Martin Kranz die Rechte an seiner Story abkaufen.« Sie zuckte ratlos mit den Schultern. »Ja. Und?«

Ellen kam auf Dana zu. »Ja, und?«, wiederholte sie. »Wie abgebrüht bist du eigentlich? Du hattest versprochen, nichts darüber zu schreiben. Und jetzt kaufst du die Story!«

»Aber doch nicht, um sie zu veröffentlichen, sondern nur um Kranz kaltzustellen!« rief Dana. »Was denkst du denn?«

Ellen atmete heftig. In ihren Augen blitzte Wut. Danas Worte hatten sie jedoch deutlich aus dem Konzept gebracht.

»Ich kaufe die Rechte an der Geschichte, habe aber nicht die Absicht, sie zu schreiben«, erklärte Dana nun. »Der Vertrag überlässt es mir, ob ich meine Rechte ausübe. Hier.« Sie drückte Ellen den Vertrag in die Hand. »Seite 2, Paragraph 9. Sollte Kranz sich an einen andere Zeitung wenden, bekommt er eine saftige Klage an den Hals.«

Ellen nahm die Blätter und legte Seite zwei obenauf. Ihre Augen wanderten über die Zeilen. Ein kurzer Blick zu Dana, dann wieder auf das Papier. Noch einmal lesen.

Dana wartete.

Endlich schaute Ellen auf. »Das soll ich dir glauben?«

Dana stöhnte. »Wenn du mir nicht glaubst, kannst du den Vertrag ja einfach zerreißen.«

»Dann lässt du einen neuen schreiben.«

Dana verlor die Geduld. »Jetzt reicht's«, schnaufte sie. »Du bist ja schlimmer als die Inquisition. Wenn du so davon überzeugt bist, dass ich eine Lügnerin bin, kann ich es auch nicht ändern.« Sie ging an Ellen vorbei zu ihrem Schreibtisch, setzte sich und tat demonstrativ beschäftigt.

Ellen stand unentschlossen da. Dana wirkte nicht wie jemand, dem man auf die Schliche gekommen war. Ihre Entrüstung war echt, in ihr brodelte der Ärger.

Ellen ging zur Couch, sank in das Polster und seufzte ausgiebig. Sie legte den Vertrag neben sich. Beobachtete Dana schweigend. Dana hingegen würdigte sie keines Blickes.

»Es tut mir leid«, sagte Ellen nach einer Weile.

Dana ignorierte Ellen. Sie tippte weiter auf der Tastatur. Mit ziemlich hartem Anschlag.

»Ich kann verstehen, dass du sauer bist«, versuchte Ellen es erneut. »In meinem Beruf sollte ich wissen, dass die Dinge nicht immer so sind, wie sie scheinen.«

Dana schaute stumm auf, senkte dann wieder den Blick.

Ellen zog ihre Füße aufs Sofa und legte die Knie zur Seite, so dass sie bequem saß. »Heee«, machte sie. »Komm schon. Ich hab mich entschuldigt. Außerdem bist du selbst schuld. Du weißt genau, warum.«

Dana lehnte sich in ihrem Stuhl zurück. Sie gönnte der Tastatur eine Schonzeit. »Vergiss es. Das Ding vom Anfang ist abgegessen. Vorbei. Du kannst mir diesen Fehler nicht immer wieder unter die Nase reiben«, sagte sie. »Dein Problem ist auch nicht meine kleine Erpressung, die du, nebenbei gesagt, mit verschuldet hast.«

»Was? Also jetzt ...«

»Jetzt hörst *du* mir mal zu«, unterbrach Dana Ellens Einwurf. »Dein Problem ist nämlich folgendes. Britta hat dir wehgetan. Du bist verletzt und wütend. Und deine Umwelt muss das ausbaden. Seit wir uns kennen, bist du mehr oder weniger mies drauf. Du beißt mürrisch um dich und provozierst grundlos. Du bist frustriert wegen dem, was du mit Britta erlebt hast. Das verstehe ich, aber alles hat seine Grenzen. Lass deinen Frust nicht länger an mir aus.«

Ellen schluckte. Das waren harte Worte. Und sicher hätte sie sie nicht so einfach hingenommen, hätte Marco nicht Ähnliches gesagt, und zwar ohne von Britta zu wissen! Er hatte es etwas anders ausgedrückt, netter – hatte gesagt, sie sei angespannt, ihre Haltung voller Argwohn und Abwehr. Aber er meinte wohl dasselbe wie Dana. Also biss Ellen die Zähne zusammen und schluckte ihren Widerspruch hinunter.

Dana schaute Ellen abwartend an. »Du sagst ja gar nichts«, wunderte sie sich.

»Ich muss darüber nachdenken. Und ich muss über mich und Britta nachdenken. Die Aufschiebetaktik bringt nichts«, erwiderte Ellen leise.

Dana kroch wieder in ihr Laptop. »Ja, tu das«, sagte sie.

Ellen spielte gedankenversunken mit ihrer Augenbraue. »Eigentlich sollte ich gar keine Zweifel haben. Ich sollte mich wahnsinnig freuen und jetzt bei ihr sein. Oder?« Dana erwiderte nichts. Also redete Ellen einfach weiter, mehr zu sich selbst als zu Dana. »Wochenlang habe ich auf einen solchen Schritt von Britta gewartet. Bis zu dem Moment, wo ich die Türen des Umzugswagens schloss und der sich in Bewegung setzte, wäre ich jederzeit bereit gewesen, Brittas Zögern zu verzeihen. Doch dann, mit jedem Kilometer, den ich mich von Berlin und damit Britta entfernte, zerbrach ein Stück Gefühl für diese Frau. Jetzt liegt es in hundert kleinen Teilen in mir.« Ellen machte eine Pause. »Aber es ist noch da! Und es ist stärker als ich dachte«, sagte sie dann leise. »Denn sonst würde dieses Wiedersehen nicht so weh tun.« Sie seufzte. »Was würdest du an meiner Stelle tun?«

Dana sah auf. »Ich kann dir keinen Rat geben«, sagte sie leise.

»Britta ist ins Hotel gegangen, um mich nicht unter Druck zu setzen. Das ist ziemlich rücksichtsvoll von ihr«, dachte Ellen laut.

»Eher dumm«, meinte Dana. Auf Ellens verwunderten Blick hin schlug sie die Augen nieder. Ellen begriff: Die Bemerkung war Dana nur rausgerutscht.

»Dumm?«

»Ich ... also ich meinte ...« Dana brach verlegen ab.

»Ja? Was meintest du?«, forschte Ellen lächelnd.

»Ich würde das nicht tun ... wenn ich sie wäre.«

»Und was würdest du tun?«

»Ich ... das behalte ich lieber für mich.«

»Das muss ja was ganz Fürchterliches sein, wenn du dich so dafür schämst«, stichelte Ellen jetzt.

»Eigentlich nicht.«

»Na also, dann raus damit.«

Dana zögerte immer noch. Schließlich stand sie auf, kam zu Ellen, setzte sich neben sie auf das Sofa. »Also gut«, sagte sie. »Aber erinnere dich, dass du unbedingt wissen wolltest, was es ist.«

»Das klingt jetzt irgendwie unheimlich«, lachte Ellen. Und spürte gleichzeitig eine merkwürdige Nervosität.

Dana signalisierte Ellen mit dem Zeigefinger, dass sie näher kommen sollte, weil sie ihr etwas ins Ohr flüstern wollte. Ellen beugte sich lächelnd vor. Dana machte sich einen Jux mit ihr, wieder mal typisch. Als Danas Wange weich die ihre berührte und Danas Arm sie vorsichtig umgriff, dachte Ellen sich nichts dabei. Das plötzliche Kribbeln in ihrem Bauch war dennoch überraschend.

»Wirst du auch nicht weglaufen?«, fragte Dana an ihrem Ohr.

Ellen gluckste. »Wieso denn weglaufen?« Das Kribbeln im Bauch nahm zu, ohne das Ellen sagen konnte, warum.

»Ich würde *das* tun«, hauchte Dana jetzt. Ihre Lippen wanderten von Ellens Ohr zu deren Mund. Den schwachen Laut des Erschreckens, der Ellen entfuhr, begrub Dana unter einem anhaltenden Kuss. Sie zog Ellen an sich. Ellen wehrte sich nicht dagegen. Obwohl der Druck von Danas Lippen sanft war, hielt er sie gefangen. Ellen schloss die Augen. Ihr Herz schlug so schnell, dass das Blut in ihren Schläfen pochte, und in ihrem Bauch setzte sich eine Ameisenarmee in Gang, lief über Hügel, auf, ab, auf, ab. Danas Hand strich Ellens Rücken entlang. Ellen unterdrückte ein Seufzen. Danas Kuss wurde intensiver, und es fiel Ellen immer schwerer, an sich zu halten, war ihr schließlich unmöglich. Ein Verlangen brach in ihr durch, und noch bevor Ellen sich fragen konnte, was gerade mit ihr passierte, drängte sie Dana mit jeder Faser ihres Körpers entgegen. Ihr Mund öffnete sich, ließ Danas Zunge ein, spielte mit ihr, alles andere vergessend.

So plötzlich wie Ellens Begehren aufgeflammt war, so plötzlich schoss ihr der Gedanke durch den Kopf: *Was machst du, Ellen?*

Abrupt zog sie sich zurück, sprang vom Sofa auf, lief zum Fenster und starrte blicklos hinaus. »Es ...« Erstaunt hielt sie inne, denn ihre Stimme war nur ein Krächzen. Sie räusperte sich. »Es hätte genügt, zu sagen, was du meinst. Eine Demonstration war nicht nötig.«

»Doch«, sagte Dana in Ellens Rücken. »Denn so ist es deutlicher.«

Ellen drehte sich um. »Was meinst du?«

»Ich glaube, ich habe mich in dich verliebt.«

Ellen sah Dana ungläubig an. Schüttelte den Kopf.

»Das ist kein Scherz«, versicherte Dana. »Ich wollte dir auch mehr Zeit lassen. Und mir. Damit wir uns daran gewöhnen. Aber jetzt habe ich Angst, dass du mit Britta in den Sonnenuntergang fährst.«

Ellens Blick ruhte missbilligend auf Dana. »Kannst du *einmal* ernst bleiben?«

»Tschuldigung«, murmelte Dana. Pause. »Was sagst du?«

»Was soll ich denn sagen? Ich bin überrascht.« Ellen hob hilflos die Hände und seufzte. »Ich bin noch nicht soweit, etwas Neues anzufangen. Ich weiß ja nicht mal, ob ich das Alte beenden will.«

Dana stand auf, kam zu Ellen, hob ihre Hand und strich sanft über Ellens Wange. »Dafür küsst du ziemlich entschlossen.«

»Hör bitte auf«, bat Ellen leise. Sie erschrak selbst, wie unglücklich sie dabei klang. »Dass ich mich offensichtlich nicht unter Kontrolle habe, macht die Sache nicht einfacher.«

»Passiert dir das öfter?«, fragte Dana.

»Was?« Ellen blinzelte irritiert.

»Dass du auf diese Art die Kontrolle verlierst?«

»Gott sei Dank nicht«, sagte Ellen mit ehrlicher Erleichterung. Sie stutzte, weil sie Danas blitzende Augen bemerkt hatte. »Was geht jetzt schon wieder in deinem Kopf vor?«

Dana lächelte nur, ohne darauf einzugehen. »Weshalb bist du eigentlich hergekommen?«, fragte sie stattdessen.

Ellen winkte ab. »Ich wollte noch mal versuchen, dich zu überreden, dass du dich von dieser vermaledeiten Baustelle fernhältst.«

»Du machst dir Sorgen um mich«, stellte Dana fest.

»Natürlich. Ich würde mir auch Sorgen um das Ampelmännchen machen, wenn ich von ihm wüsste, dass es drauf und dran ist, unseren Täter zu provozieren und sich damit in Schwierigkeiten zu bringen.«

Dana schmunzelte. »Okay. Morgen noch und dann mache ich da Schluss. Zufrieden?«

»Warum morgen noch?«

»Weil du mich mit dem Ampelmännchen verglichen hast.«

»Dana, ernsthaft.«

»Das ist mein Ernst.« Dana zwinkerte Ellen zu. »Aber wir können ja verhandeln. Ich habe dir doch von meiner Sandkastenfreundin erzählt ...«

Ellen erinnerte sich sehr wohl, was Gegenstand dieser Verhandlungen gewesen war. Sie grinste. »Ja, ja. Aber endete diese junge Liebe nicht mit einer bitteren Enttäuschung?«

»Du sagst es. Deshalb suche ich immer noch nach der Richtigen.«

»Na, wenn du immer noch mit dieser Methode arbeitest, wundert mich das nicht«, frotzelte Ellen. »Du solltest da vielleicht mal was ändern.«

»Du meinst, ich soll mir Frauen suchen, die es nicht auf meinen Kram, sondern wirklich auf mich abgesehen haben?«

»Genau.«

»Aber wie finde ich das raus, ohne sie zu küssen?« Danas Augen durchdrangen Ellen. »Und was, wenn sich dann eine, die es mir angetan hat, nicht küssen lassen will?«

Ellens Grinsen verschwand. Sie schluckte angesichts des undefinierbaren Ausdrucks in Danas Augen. »Dann solltest du das wohl akzeptieren.«

Dana neigte den Kopf leicht zur Seite. »Aber es gibt Anzeichen, dass sie mich auch mag. Vielleicht muss ich nur hartnäckig sein. Immerhin hat sie mir diesmal keinen Handabdruck ins Gesicht gesetzt, sondern schien für einen Moment sogar durchaus willig.« Danas Gesicht näherte sich Ellens. Ellen ahnte, was passieren würde, wenn sie nicht auswich. Sie konnte es in Danas Augen sehen. Die machten keinen Hehl aus ihrer Absicht. Ellen spürte ihr Herz schneller schlagen. Noch war es möglich, die Sache zu beenden.

Aber Ellen tat nichts, um es zu beenden. Sie wartete. Und allein das Warten darauf, dass Danas Lippen die ihren berührten, verursachte ein wohlig schauriges Ziehen im Magen. Das Auftreffen von Danas Lippen auf ihren löste ein Brennen in Ellen aus, auf das sie trotz allem nicht gefasst war. Erneut flammte das Verlangen in ihr aus dem Nichts auf. Und es brauchte mehr, um auch nur annähernd gestillt zu werden. Viel zu langsam, viel zu vorsichtig erforschten Danas Lippen die ihren. Ellens Arme legten sich fest um Danas Taille, pressten ihren Oberkörper an sich. Ellens Mund suchte Danas Hals, den Ansatz ihrer Schultern, den Nacken. Jetzt schob sie ihre Hände zwischen sie beide, berührte durch den Stoff von Danas Bluse deren Brüste, spürte Danas Herz rasen. Da die Knöpfe an Danas Bluse sich Ellens zitternden Fingern widersetzten, ließ sie kurzerhand von ihnen ab, schlüpfte mit der Hand in Danas Hosenbund und dort unter den dünnen Stoff des Oberteils.

»He, he. Warte mal. Was wird das?«, japste Dana überrascht.

»Wieso?«, keuchte Ellen. Danas Haut fühlte sich weich und warm an. Heiß. Sie atmete heftig. »Was hattest *du* denn vor?«

Dana hielt Ellens Hand fest. »Weiß nicht, aber auf alle Fälle wollte ich mir etwas Zeit dabei lassen.« Sie senkte ihre Lippen wieder auf Ellens, strich sanft darüber, streichelte sie mit der Zungenspitze. Doch Ellen konnte sich nicht zurückzuhalten. Nur wenige Sekunden dauerte es, bis sie Dana erneut in Besitz nahm.

»Du bist eine Frau mit Extremen«, stieß Dana außer Atem hervor. »Entweder scheuerst du mir eine oder frisst mich förmlich auf.«

»Was ist dir lieber?«

»Eindeutig Letzteres«, murmelte Dana. »Nur verstehe ich es nicht ganz. Was ist mit Britta?«

Ellen hielt inne. Ihre Hände fielen herab. Sie fühlte sich wie mit dem sprichwörtlichen Eimer kalten Wassers übergossen. Britta! Die hatte sie total vergessen. Wie war das möglich? Ellen trat automatisch einen Schritt von Dana zurück. »Was soll mit ihr sein?«, fragte sie unbehaglich.

»Na ja, was wirst du ihr sagen?«

Ellen hob zu einer Antwort an, stockte. »Ich weiß es nicht.«

»Nicht?«

»Nein.«

»Aber . . . was war das dann eben?«

Ellen fuhr sich durchs Haar und seufzte. Das war eine sehr gute Frage. Was war das eben gewesen? »Ich weiß es nicht.«

Dana runzelte die Stirn. »Du weißt nicht gerade viel.«

»Scheint so«, konnte Ellen nicht umhin zuzugeben.

Dana ordnete ihre in deutliche Schieflage gekommene Kleidung. »Dann solltest du wohl erst mal versuchen, Klarheit zu bekommen.«

Ellen seufzte. »Ja.« Das war unbedingt notwendig. Es genügte schließlich, dass sie sich wegen Britta in einem Gefühlschaos befand. Da brauchte sie kein zweites mit Dana. »Dann geh ich wohl besser«, murmelte sie.

Dana nickte nur.

9.

Ellens erster Gedanke beim Aufwachen ähnelte ziemlich genau dem letzten, mit dem sie sich gestern in den Schlaf gequält hatte: *Wie konntest du nur so die Kontrolle über deine Gefühle verlieren?*

Natürlich war es Danas Schuld! Sie hatte sie provoziert! Regelrecht überrumpelt mit ihrem Kuss. Typisch Dana! Immer einen lausigen Trick auf Lager.

Ellen warf sich auf die Seite und zog die Bettdecke bis an die Ohren.

Was dachte Dana jetzt bloß von ihr? Wahrscheinlich war sie bereits halbtot vor Lachen, weil sie, Ellen, derartig die Beherrschung verloren hatte.

Warum, warum, warum? Was war los? Trick hin oder her, Ellen – Dana hat dich nicht gezwungen, sie zu küssen. Du hättest einfach nein sagen können. Stattdessen bist du über Dana hergefallen, als gäbe es kein Morgen.

Ellen zog sich die Bettdecke jetzt vollends über den Kopf. *Oh Gott!*

Eine Weile lag sie so. Schließlich schob sie träge die Bettdecke zur Seite und schlurfte ins Bad. Vielleicht würde eine ausführliche Dusche das Wirrwarr in ihrem Inneren wegspülen. Sie betrat die Duschkabine, drehte das Wasser auf, versuchte sich zu entspannen. Die Erinnerung daran, dass Dana bei dem Ganzen gestern auch etwas die Kontrolle verloren hatte, half ihr dabei. Das kam davon, wenn man andere Leute überrumpeln wollte! Warum musste Dana auch so dick auftragen.

Und wenn sie das gar nicht getan hatte? Ellen schluckte. *Ich glaube, ich bin in dich verliebt,* hatte Dana gesagt. Aber doch nicht ernst gemeint. Oder doch? Und kam das Prickeln auf der Haut möglicherweise nicht vom Wasserstrahl, sondern von dem Schauer, der ihr bei dem Gedanken über die Haut lief, dass es so sein könnte? Ellen stellte hektisch das Wasser ab.

Nein! Das Prickeln war verschwunden. Was auch sonst!

Sie hüllte sich in ein kuscheliges Badetuch. Mit einem zweiten Handtuch trocknete sie sich die Haare. Mitten beim Zähneputzen glaubte sie ein Geräusch zu hören. War das die Türklingel?

Ellen stellte die elektrische Zahnbürste ab, lauschte.

Im Flur schlug der Summer an.

Ja, das war sie. Hastig spülte Ellen sich den Mund aus, warf sich ein Hemd über und eilte in ihren Badeschlappen durch den Flur. Wer konnte das sein, so früh am Morgen? Ellen öffnete die Wohnungstür und schluckte.

Britta!

Schweigend trat Ellen zur Seite, ließ ihre Besucherin eintreten und hoffte, dass ihr das schlechte Gewissen nicht zu sehr ins Gesicht geschrieben stand. Natürlich hätte sie sich bei Britta melden müssen. Aber nach dem Gefühlschaos mit Dana hatte sie sich dazu gestern Abend nicht in der Lage gesehen.

Britta schaute Ellen eindringlich an. »Lässt du mich sitzen?«, fragte sie leise.

Ellen biss sich auf die Unterlippe.

»Bekomme ich wenigstens einen Begrüßungskuss?« Britta machte einen Schritt auf Ellen zu, streifte deren Lippen. »Gut siehst du aus«, flüsterte sie dabei.

»Du auch«, erwiderte Ellen automatisch.

Britta lächelte. »Ich dachte, wir frühstücken vielleicht zusammen und reden ein bisschen.« Sie hob eine Papiertüte hoch. »Frische Brötchen«, sagte sie.

»Okay«, stimmte Ellen zu. »Ich zieh mich schnell fertig an.«

Brittas Augenbrauen hoben sich. Wegen mir nicht, sagte ihr Blick.

Ellen verschwand im Bad. Als sie wiederkam, hatte Britta Kaffee gekocht und den Tisch gedeckt. Britta wies lächelnd mit der Hand auf den Platz ihr gegenüber. Auf Ellens Teller lag bereits ein fertig zubereitetes Käsebrötchen.

»Du magst doch Käse am liebsten. Mit Gürkchen drauf.« Britta lächelte. »Hat sich doch nicht geändert?«

»Nein«, erwiderte Ellen. Wenn Britta in Berlin bei ihr übernachtete, hatte sie am Morgen auch das Frühstück vorbereitet. Muttertier! Antrainierter Trieb, andere zu versorgen, hatte Britta schmunzelnd erklärt. Ellen hatte sich gern verwöhnen lassen.

An diesem Morgen empfand sie Brittas Fürsorglichkeit allerdings als absolut fehl am Platz. Schließlich hatte Britta sich wochenlang keine Gedanken gemacht, wie es ihr ging ... und nun diese Umsicht. Ellen wollte gerade eine entsprechende Bemerkung machen, als ihr auffiel, dass Britta nervös ihre Hände knetete. Sie benutzte die gewohnte Routine, um ihre Nervosität zu überspielen! Ellen verkniff sich ihren Kommentar. *Außerdem bist du wütend auf Britta und deshalb in ungerechter Stimmung. O-Ton Dana!*

Dana. Ellen seufzte in sich hinein. Sie sollte nicht immer an diese Frau denken, die ihr nur Schwierigkeiten machte. Erst im Job und nun auch noch im Kopf. Genauer gesagt im Bauch, wo Ellen dieses Ziehen fühlte, wenn sie an Danas Küsse dachte.

»Ich weiß, ich habe deine Gefühle verletzt«, begann Britta jetzt, zaghaft lächelnd. »Aber immerhin, wie es aussieht, sind da noch Gefühle für mich. Stimmt doch, oder?«

Ellen sah Britta an. Ja, sie hatte noch Gefühle für sie. Warum auch immer.

»Dann muss es doch möglich sein, dass wir die letzten Wochen, in denen ich mich zugegebenermaßen falsch verhalten habe, überwinden und noch mal von vorn anfangen«, fuhr Britta fort. Ihre Stimme klang bittend.

»Mit überwinden meinst du vergessen?«

»Ja.« Britta legte ihre Hand auf Ellens. »Lass uns all das vergessen.«

»Das ist nicht so einfach.«

»Ich weiß, dass das nicht einfach für dich ist. Du bist verletzt und sicher auch wütend auf mich. Zu Recht. Ich habe auch keine Entschuldigung für mich. Außer Angst. Einer diffusen, nicht greifbaren, aber sehr starken Angst. Vor allem möglichen und besonders Martin. Um meine Kinder. Aber jetzt bin ich entschlossen, mich dagegen zur Wehr zu setzen. Schließlich bin ich eine emanzipierte Frau. Und gemeinsam mit dir ... ich weiß, dass wir das schaffen.« Brittas Stimme war immer eindringlicher geworden. »Es kann doch nicht sein, dass von unserer Liebe nichts übrigbleibt! Auch wenn sie noch nicht lange dauerte, war sie das Intensivste, das ich jemals erlebt habe. Ellen, bitte!«

Ellen atmete tief durch. »Für mich war es auch eine sehr intensive Erfahrung«, gestand sie ein. »Ist es noch ...«

Britta erhob sich, kam um den Tisch zu Ellen und ging neben ihr in die Hocke. »Na, dann ist doch alles gut.« Sie stand wieder auf, wobei sie Ellen zu sich hochzog und einen Arm um sie legte. »Wie so viele Beziehungen brauchen wir einfach eine zweite Chance.« Brittas Lippen legten sich auf Ellens, verschlossen zärtlich ihren Mund. Ellen spürte ihr Herz heftig klopfen. Brittas Hände strichen sanft Ellens Seiten entlang, schlangen sich um ihre Taille. »Ich mach alles wieder gut. Versprochen.«

Brittas Kuss steigerte sich zu einem leidenschaftlichen Ausbruch. Ellen ließ sich in Besitz nehmen, auch wenn sie sich ein wenig unwohl dabei fühlte. Aber das war sicher nur ein Rückstand aus der Trennungszeit, negative Gefühle, die der Vergangenheit angehörten.

»Diesmal machen wir es besser«, hauchte Britta in Ellens Ohr.

»Wir«? In Ellen regte sich Widerspruch. Ihrem Wissen nach war nicht sie es gewesen, die einen Rückzieher aus der Beziehung gemacht hatte. Aber das war alles vergangen.

»Ich freu mich so«, flüsterte Britta zärtlich. »Wenn du erst zurück in Berlin bist, nehmen wir uns eine gemeinsame Wohnung.«

»Ja.« Zurück nach Berlin. Das wär's. Nur leider gab es dort keinen Job mehr. »Oder ihr kommt hierher«, sagte Ellen aus diesem Gedanken heraus. »Für Kinder ist so 'ne Kleinstadt ja auch viel besser. Geringere kriminelle Gefährdung, du weißt.«

»Ja, aber dann müssten die Jungs die Schule wechseln. Das geht nicht.« Britta strich sanft über Ellens Wange.

»Hm. Wir warten einfach bis zum Schuljahreswechsel.«

»Max und Marvin haben alle ihre Freunde in Berlin. Ich auch. Und du doch auch.«

»Meine Kollegen waren meine Freunde«, erinnerte Ellen. »Aber am Ende waren nicht viele übrig.«

Britta löste sich etwas von Ellen. »Martin lässt nicht zu, dass ich und die Kinder wegziehen. Niemals.«

Ellen trat einen Schritt zurück. »Reden wir jetzt wieder über Martin und die Kinder?«

»Nein.« Britta seufzte. »Jaaa«, räumte sie schließlich ein. »Aber die Kinder gehören zu mir. Und Martin ist nun mal ihr Vater.«

»Werden sie unser Zusammenleben bestimmen?«

»Aber nein!« Britta hob die Hände.

»Doch. Natürlich werden sie das«, sagte Ellen. »Zumindest zu einem großen Teil. Und das sollte für mich kein Problem sein.« Sie sank zurück auf ihren Stuhl. »Ist es aber.«

»Na ja, du musst dich erst an den Gedanken gewöhnen. Du bist keine Mutter.« Britta hockte sich wieder neben Ellen und legte die Hand auf ihren Arm.

»Aber ich muss eine sein, irgendwie, wenn wir zusammen sind«, stellte Ellen fest.

Britta nickte. »Ja. Doch das wird schon«, sagte sie zuversichtlich. Ein Grinsen folgte. »Man gewöhnt sich dran.«

Ellen lächelte schief. »Sicher«, sagte sie. Zögerte. »Aber es sind Martins Kinder«, fügte sie grüblerisch hinzu.

»Dafür können sie nichts«, verteidigte Britta ihren Nachwuchs.

»Natürlich nicht. Trotzdem.«

Britta erhob sich, stützte sich mit beiden Händen auf den Frühstückstisch und sah Ellen mit verkniffenen Augen an. »Was soll das? Wenn du nicht mit mir zusammen sein willst, schieb als Grund nicht meine Kinder vor.«

Ellen hob überrascht die Augenbrauen. »Wie kommst du darauf, dass ich ...«

»Glaubst du, ich merke das nicht?«, fragte Britta beleidigt.

»Was merkst du?«

»Wie distanziert du bist.«

Ellen seufzte. »Nach dem, was passiert ist – was erwartest du?«

Brittas angespannte Haltung lockerte sich. Ihre Hände griffen nach Ellens Oberarmen und zogen Ellen erneut hoch. Sacht strich Britta durch Ellens Haar. »Ich weiß ja, dass es schwer für dich sein muss«, lenkte sie ein. »Was hältst du davon, wenn wir ein paar Tage Urlaub machen und wegfahren. Nur wir zwei.« Ihre Stimme nahm einen verführerischen Ton an. Sie küsste Ellen zärtlich. »Dann reden wir in Ruhe über alles. In entspannter Atmosphäre, ohne Druck. Okay?« Ihre Finger spielten sanft mit Ellens Ohrläppchen.

»Ich kann keinen Urlaub nehmen. Ich habe gerade eine neue Stelle angetreten.«

»Ach, komm schon. Nur ein paar Tage.«

»Wie soll ich das denn machen?«

»Ein Wochenende«, bettelte Britta dicht neben Ellens Ohr. »Irgendwo auf dem Land, in einem lauschigen Hotel oder einer romantischen Hütte. Wir verbringen die ganze Zeit im Bett.«

Wozu müssen wir dann wegfahren, ging es Ellen durch den Kopf. Und sie verstand sich selbst nicht. Brittas Vorschlag war perfekt. Genau das, was sie sich so lange gewünscht hatte! Er kam etwas später als erhofft, aber besser spät als nie. Warum sträubte sie sich auf einmal? Weil sie mitten in einem Fall steckte? Marco war durchaus in der Lage, ihn weiterzuführen. Er und die anderen Kollegen. Und wenn sie es etwas geschickt anfing, eine familiäre Angelegenheit vorschob, würde sie sicher zwei Tage freibekommen.

Brittas Gesicht war nun genau vor Ellens. »Wie hört sich das an, Schatz?«

»Sehr verlockend«, gestand Ellen. Ihr Mund senkte sich auf Brittas vertraute, weiche Lippen, liebkosten sie zärtlich und anhaltend. Bis Britta sie öffnete und mit ihrer Zunge die Ellens einfing. Es war wieder wie am Anfang. Die erste zarte Berührung zwischen ihnen. Und doch hatte Ellen das Gefühl, es fehle etwas.

Quatsch, Ellen, was soll denn fehlen?

Vielleicht war »fehlen« das falsche Wort. Es war ... verschwunden, ja, das traf es besser.

Verschwunden? Was meinst du denn damit?

Keine Ahnung.

Dann verscheuch diese konfusen Gedanken und genieße die Frau in deinen Armen.

Genau das tat Ellen jetzt. Mit der Folge, dass sie zu spät zur Arbeit kam. Und das nicht nur, weil sie sich ein zweites Mal duschen und anziehen musste.

Während der Fahrt zum Büro und auch, als sie den Gang zum Büro entlangeilte, fühlte Ellen sich schuldig. Wie früher als Kind, wenn sie was ausgefressen hatte. Warum fühlte sie sich so? Es war doch alles in bester Ordnung. In allerbester sogar. Britta war wieder da, sie hatten sich versöhnt, sie würden eine Lösung für ihre Probleme finden. Und wegen der halben Stunde Verspätung brauchte sie nun wirklich kein schlechtes Gewissen zu haben.

»Da bist du ja endlich«, begrüßte Marco seine Kollegin, als die durch die Tür trat. »Ich hab schon den Durchsuchungsbeschluss für Gerstäckers Haus beantragt.«

»Sehr gut«, murmelte Ellen, ging zu ihrem Schreibtisch, schaltete den Computer an und sah ihren Eingangskorb durch.

»Mit ein bisschen Glück lösen wir den Fall in den nächsten Stunden«, freute sich Marco.

»Hm.«

»He, du wirst endlich diese Nervensäge los!«

»Was?«, fragte Ellen zerstreut.

»Na, Dana!«

»Ach so, ja.«

Ellen blätterte abwesend in Grubers Vernehmungsprotokoll. Dessen Aussage vor Gericht würde kaum reichen, Gerstäcker etwas anzulasten. Und wenn sich Simone Bergrath tausendmal am Abend mit Gerstäcker getroffen hatte – ein Beweis, dass der ihr auch nur irgendwas angetan hatte, war das nicht. Blieb zu hoffen, dass sie bei Gerstäcker wirklich das passende Kleidungsstück finden würden, das ihn mit Kesslers Brückensturz in Verbindung brachte. Sonst war Marcos Freude verfrüht.

Die Spinett-Melodie kündigte Miss Marple an und damit einen Anruf auf Ellens Handy. »Du musst sofort zur Baustelle kommen!«, hörte Ellen Dana mit sich leicht überschlagender Stimme sagen. Die Tatsache, dass Dana auf jede Einleitung verzichtete, unterstrich die Dringlichkeit.

»Was ist passiert?«, fragte Ellen alarmiert.

»Dieser russische Fliesenleger ist hier aufgetaucht und verlangte von Lohmann zehntausend Euro Schmerzensgeld. Kurz darauf brauste Gerstäcker an. Nach kurzem Streit zog er dem Mann mit Schmackes eins über den Schädel. Der arme Kerl liegt bewusstlos in Lohmanns Container. Ihr müsst euch beeilen. Gerstäcker hat mich gesehen, wie ich durchs Fenster des Bauwagens guckte.«

»Was?« Ellen sprang entsetzt auf. »Wo bist du?«

»In der Nähe der Baustelle.«

»Bleib weg von da, hörst du!«

»Ja, ja.«

Noch während Ellen ihr Handy zuklappte, winkte sie Marco zu, sich zu erheben. »Schnell, es gibt Arbeit.«

Marco schnappte sich seine Jacke. »Was ist denn?«, wollte er wissen.

Ellen erzählte es ihm auf dem Weg zum Wagen.

»Hab ich's nicht gesagt?« Marco grinste. »Sie kann sogar nützlich sein.«

Ellen drückte das Gaspedal durch. Dennoch dauerte es fast zehn Minuten, bis sie auf der Baustelle ankamen. Ellen und Marco sprangen gleichzeitig aus dem Wagen. Sie liefen direkt zum Bürocontainer des Bauleiters.

Der war menschenleer! Kein Gerstäcker, kein Lohmann, kein Russe.

Marco und Ellen sahen sich an.

»Wo sind die alle hin?«, fragte Dana hinter ihnen.

Die Kommissare drehten sich um.

»Ich hatte dir doch gesagt, bleib weg von hier«, tadelte Ellen Dana.

Dana ging nicht darauf ein. Sie trat in den Container und deutete auf eine Stelle neben dem Tisch. »Hier hat Gerstäcker den

Mann niedergeschlagen, mit einem der Fliesenmuster, die auf dem Tisch lagen.«

»Fliesen?«, wiederholte Ellen. Sie sah keine. Auch keine Scherben auf dem Fußboden.

»Die haben ganz schön schnell aufgeräumt«, meinte Dana. »Wer weiß, wo sie den Russen hinbringen. Ihr müsst eine Fahndung rausgeben.«

»Wir suchen erst mal die Baustelle ab.«

»Wonach?« Das war Lohmann, der, mehrere Papierrollen unter den Arm geklemmt, sein Büro betrat. Er nahm den Helm vom Kopf. »Vielleicht kann ich helfen.«

»Nach einem Mann, der hier vor zwanzig Minuten niedergeschlagen wurde«, beantwortete Marco die Frage trocken.

Lohmanns Gesicht drückte Verwunderung aus. »Wovon reden Sie? Gab es eine Schlägerei unter den Männern? Und was machen Sie hier?« Er sah Dana an. »Die Mittagspause ist vorbei. Ihr Platz ist jetzt bei Ihrer Malerrolle.«

Dana schniefte nur.

»Wo kommen Sie her?«, wandte Ellen sich an Lohmann.

Der legte die Papierrollen ab. »Man muss ständig alles kontrollieren. Die Leute schlampen rum, das glauben Sie nicht«, sagte er dabei.

Dana schob sich an Ellen vorbei und fixierte den Bauleiter mit ihrem Blick. »Herr Lohmann, wo ist der Mann, der vor einer Dreiviertelstunde zehntausend Euro von Ihnen verlangte, woraufhin Sie Gerstäcker anriefen?«

»Bitte was?«, tat Lohmann, als wisse er nicht, wovon Dana sprach. »Haben Sie zu viele Farbdämpfe eingeatmet?«

Dana schüttelte langsam den Kopf. »Kommen Sie mir nicht so. Sie standen während Gerstäckers Gewaltausbruch daneben. Ich habe alles durch das Fenster gesehen, und Sie wissen das. Gerstäcker hat den Mann bewusstlos geschlagen. Wo ist Gerstäcker? Was haben Sie mit dem Mann gemacht?«

»Bringt Gerstäcker ihn gerade an einen abgelegenen Ort, wo er das Problem aus der Welt schaffen will? Wenn er den Mann umbringt, sind Sie der Mittäterschaft schuldig«, mischte Marco sich ein.

Das zeigte Wirkung. Lohmanns Blick wurde unruhig.

Ellen setzte sofort nach. »Wollen Sie ins Gefängnis gehen, Herr Lohmann? Beihilfe zum Mord! Da gibt es keine Bewährung. Die Haftstrafe beläuft sich auf mindestens zehn Jahre.«

Lohmanns »Ich weiß nicht, was Sie von mir wollen« klang schon äußerst wacklig.

»Aber was sind schon zehn Jahre.« Marco machte eine wegwerfende Handbewegung. »Die gehen schnell vorbei. Haben Sie Familie, Herr Lohmann?«

»Ja.«

»Wie viele Kinder?«

»Zwei. Sechzehn und zwölf Jahre.«

Marco schnalzte mit der Zunge. »Zwei pubertäre Jugendliche. Na, das schafft Ihre Frau locker allein. Es reicht ja, wenn Sie zur Hochzeit der Kinder wieder draußen sind. Man wird Sie freudig erwarten.«

Lohmanns Stirn legte sich in tiefe Falten. »Schon gut. Es reicht. Ich hab's verstanden.« Er rieb sich die Schläfen. »Gerstäcker ist verrückt, glauben Sie mir. Der Mann hat völlig unberechenbare Ausraster. Ich habe nichts getan.«

»Gerstäcker kann den Russen kaum allein hier rausgetragen haben«, stellte Marco fest.

Lohmann schluckte. »Er hat mich gezwungen, das zu tun.«

»Was zu tun?«

Lohmann zögerte. »Ich musste ihm helfen, den Russen in den Kofferraum seines Wagens zu verfrachten«, gestand er dann. »Am hellichten Tag! Was Gerstäckers Wahnsinn ja wohl deutlich macht.«

»Was wissen Sie über die Tat an Frau Bergrath?«

»Frau Bergrath?« Lohmann schluckte erneut. »Sie war die Frau im Heizungskeller?«

Ellen nickte.

»Das wusste ich bis jetzt nicht. Ich schwöre. Ich habe damit nichts zu tun.«

»Sie müssen trotzdem mit uns aufs Revier kommen und noch einige Fragen beantworten.«

Lohmanns Gesicht verdüsterte sich. »Wie Sie meinen.«

»Und du kommst auch mit«, wandte sich Ellen an Dana.

»Ich?«

»Ja, du. Du musst eine offizielle Aussage zu Protokoll geben.« Zu Marco sagte sie: »Ich denke, wir ordern die Spurensicherung her.«

»Und schreiben Gerstäcker zur Fahndung aus«, ergänzte Marco.

Während Marco mit Lohmann im Verhörraum sprach, saßen Ellen und Dana sich im Büro gegenüber. Dana hatte ihre Aussage bereits gemacht.

»Ich habe nachgedacht«, sagte Ellen. Ihr Blick lag auf Dana.

»Und was ist dabei rausgekommen?«

»Du bist eine unbequeme Zeugin für Gerstäcker. Wie er mit solchen Leuten umgeht, hast du selbst gesehen. Lohmann verbleibt in U-Haft, da ist er sicher. Aber du ... du wirst Polizeischutz bekommen.«

Dana lächelte. »Übertreibst du jetzt nicht? Ich fahre einfach nach Hause, schließe gut ab und fertig.«

»Nein.«

»Aber warum sollte Gerstäcker mir was tun wollen? Ihr habt jetzt meine Aussage. Daran kann er nichts mehr ändern. Er wird sein Heil in der Flucht suchen!«

Ellen beugte sich in ihrem Sessel vor, stützte die Ellenbogen auf den Tisch und verschlang die Finger ihrer Hände ineinander. »Möglich, aber sicher können wir nicht sein. Genauso gut kann er auf die Idee verfallen, dich zu zwingen, deine Aussage zurückzunehmen.«

»Wieso?«

»Seine Verteidigungsstrategie besteht darin, anderen seine Schweinereien in die Schuhe zu schieben. Diesmal ist sicher Lohmann der Sündenbock. Bei den beiden steht ein Wort gegen das andere. Nur deine Aussage wichtet die Sache gegen Gerstäcker. Also keine Widerrede. Du bekommst Polizeischutz. Wenn du dich weigerst, verhafte ich dich.«

»Das tust du nicht.«

»Oh doch.« Ellen nickte nachdrücklich.

Dana verdrehte die Augen. »Also gut«, gab sie nach. »Meinetwegen.«

Ellen stand auf. »Ich werde gleich beim Chef nachfragen, wer frei ist. Warte hier.«

Zehn Minuten später kam Ellen zurück. Sie nickte Dana zu. »Alles klar, wir gehen.«

»Du bist der Polizeischutz?« Dana lächelte zufrieden. »Das hättest du doch gleich sagen können. Also dann, auf in den Verlag, ich habe eine Story zu schreiben.«

»Wir werden nicht in den Verlag fahren, sondern zu dir nach Hause. Du wirst da ja wohl auch Computer und Internet haben.«

»Schon, aber ...«

»Je weniger belebt der Ort ist, an dem du dich aufhältst, desto sicherer ist es«, unterbrach Ellen Dana.

Dana zuckte mit den Schultern. »Wenn du meinst.«

Danas Wohnung war völlig anders, als Ellen sie sich vorgestellt hatte. Sie hatte mit vielen Bücherregalen gerechnet, praktischen Vierkantmöbeln, Ledersofa, Fernseher, fertig. Die warmen Farben und Formen, die perfekt miteinander harmonierten, überraschten sie. Sie vermittelten sehr viel Gemütlichkeit.

»Na, hast du dich umgesehen?« Dana reichte Ellen eine Tasse Kaffee.

»Nett hast du es«, sagte Ellen.

»Überrascht?«

»Ein wenig.«

Dana machte eine ausholende Handbewegung. »Setz dich doch. Oder tu, was man sonst so tut, wenn man Polizeischutz gibt. Ich werde an meinen Computer gehen.« Sie verschwand in ihrem Arbeitszimmer.

Ellen trat an die Balkontür und schaute aus dem Fenster. Gerstäckers Wagen – ein dunkelgrüner BMW, wie sie von Marco durch die Fahndungsausschreibung wusste – war nicht zu sehen. Aber Gerstäcker würde wohl auch kaum direkt vor Danas Haus parken. Ellen runzelte die Stirn. Im Grunde konnte sie nichts weiter machen als warten.

Nachdem Ellen einige Minuten in der Wohnung hin- und hergelaufen war und jedes Mal, wenn sie an Danas Arbeitszimmer vorbeikam, deren fragenden Blick auffing, sah sie ein, dass sie sich besser irgendwo setzen sollte. Sonst machte sie Dana nur nervös. Also nahm Ellen die Zeitung, die sie auf dem Küchentisch erspäht hatte, mit ins Wohnzimmer und setzte sich dort auf das Sofa. Ein paar Minuten später streckte sie sich darauf aus. Als die Zeitung durchgelesen war und nichts Ellens Gedanken mehr in Anspruch nahm, suchten die sich ein neues Beschäftigungsfeld. Und meinten offenbar, bei Britta seien sie auf eine Goldmine gestoßen. Gerade so, als wäre nicht alles klar, was sie und Britta betraf.

Britta und sie würden zurück nach Berlin gehen, eine wundervolle Beziehung haben, ein gemeinsames Leben, eine Familie. Sie würde vielleicht keinen Job mehr bei der Behörde bekommen, aber sie könnte eine Detektei eröffnen, sich selbständig machen. Das wäre doch mal was! Sie bräuchte nur Fälle anzunehmen, die sie interessierten. Personenschutz, verdeckte Ermittlungen, Recherchen verschiedenster Art. Sie wäre unabhängig!

Ja, wenn alles läuft wie im Märchen, Ellen. Mach dir nichts vor. Du wirst untreuen Ehemännern hinterherspionieren, der Prellbock in Mietstreitigkeiten und Nachbarstreits sein und für Firmen kontrollieren, ob Mitarbeiter wirklich krank sind oder blaumachen. Willst du das?

Ellen seufzte. Nein, das wollte sie nicht. Aber sie müsste über solche Aufträge froh sein, denn sonst ginge ihr nach spätestens drei Monaten Selbständigkeit das Geld aus. Es gab bereits jede Menge etablierte Detekteien auf dem Markt, mit denen sie als Einzelperson nicht ernsthaft konkurrieren konnte.

Bliebe immerhin die Alternative, sich von einer dieser etablierten Detekteien anstellen zu lassen. Was ja auch keine schlechte Lösung wäre. Und sie hätte dann auch viel mehr Zeit für Britta und die Kinder, als wenn sie sich selbständig machte.

Britta und die Kinder. Ellen seufzte erneut. Sie kannte Britta seit drei Monaten, und ja, sie liebte sie, aber eigentlich, wenn sie ehrlich war, ging ihr das Ganze gerade etwas zu weit. Warum sollte sie, Ellen, wegen der Kinder zurück nach Berlin?

Aber du wolltest doch gar nicht in die Kleinstadt, Ellen!

Ja, aber nun bin ich hier, und so übel ist es nun auch wieder nicht.

Wie würde das Zusammenleben mit Britta überhaupt aussehen? Mit zwei Kindern. Würden die die neue »Mutter« überhaupt akzeptieren? Und dann war da noch Martin. Jede Menge

Schwierigkeiten waren vorprogrammiert. Würde ihre Liebe das aushalten?

Aber das ist gar nicht der Punkt, Ellen. Und das weißt du.

Der Punkt war, sie sollte nicht darüber nachdenken, ob ihre Liebe das aushielt. Der Punkt war, dass sie zweifelte. Man sollte nicht zweifeln, wenn man liebte. Man sollte glauben, jubeln, und im Bauch sollte es vor Aufregung kribbeln. Sie fühlte im Bauch nur ein unangenehmes Ziehen.

»Mist!«, murmelte Ellen vor sich hin. Das lief irgendwie in die verkehrte Richtung. Aber wieso? Nach dem ersten Schock beim Wiedersehen mit Britta hatte sich doch alles zum Besten entwickelt. Mehr konnte sie nicht verlangen! Was passte denn jetzt nicht?

Ist doch egal was, es passt eben nicht!

»Das macht man also, wenn man Polizeischutz gibt. Auf dem Sofa liegen und die Decke anstarren.«

Ellen hob den Kopf und erspähte Dana, die mit lächelndem Gesicht im Türrahmen lehnte. »Schon fertig mit deinem Artikel?«, fragte sie zurück.

»Nein, ich wollte nur mal nach dir sehen.«

Ellens Kopf sank zurück auf die Sofalehne. Dana kam zu ihr und setzte sich in den Sessel gegenüber. »Du siehst müde aus.«

Ellen lächelte schwach.

»Na ja, ist ja kein Wunder«, meinte Dana. »Neue Stadt, verzwickter Fall, plötzliches Auftauchen der Ex.« Sie lehnte sich zurück. »Ganz schön viel auf einmal.«

»Du hast was vergessen«, sagte Ellen.

»Was?«

»Die nervige Journalistin, die immer und überall dabei ist.«

Dana kratzte sich gespielt verlegen am Kopf.

»Na ja«, meinte Ellen. »Man gewöhnt sich dran.« Sie legte ihren linken Arm unter den Kopf und schaute in Danas Richtung.

Dana blickte ernst. »Wirklich?«

»Wer hätte das gedacht, was?« Ellen seufzte.

Danas Blick ruhte auf Ellen. »Was ist los?« Sie legte den Kopf zur Seite. »Du wirkst irgendwie, ich weiß nicht, neben der Spur.«

Ellen schloss für einen Moment die Augen. »Ja, so fühle ich

mich auch«, sagte sie, als sie sie wieder öffnete. »Ich glaube, die Sache wächst mir über den Kopf.«

»Der Fall?«

»Britta.«

Dana rückte sich im Sessel zurecht. »Britta?«

»Ich ... wir haben uns versöhnt.«

»Oh.«

»Ja.«

»Schön.« Dana lächelte mit zusammengepressten Lippen. »Und was ist das Problem?«

»Es fühlt sich ganz anders an als früher.«

»Wie anders?«

»So, wie wenn ein Gewicht alles nach unten zieht.«

Das Klingeln an der Haustür unterbrach Ellen. Dana stand auf und wollte in den Flur gehen, doch Ellen erhob sich eilig vom Sofa und legte ihre Hand auf Danas Schulter. »Warte«, hielt sie sie auf. »Ich gehe.«

»Das ist sicher nur der Bote vom Verlag. Er bringt mir ein paar Archivunterlagen, die ich angefordert habe.«

»Ich sehe lieber trotzdem nach.«

Es war der Bote. Ellen ließ ihn eintreten, und er und Dana verschwanden in ihrem Arbeitszimmer. Für Ellen begann eine neue Runde des Wartens. Sie rief Marco an und erkundigte sich nach dem aktuellen Stand der Dinge.

»Wir haben den Russen gefunden«, erzählte der.

»Wo?«

»Erinnerst du dich an das Foto, das Ben Kessler uns gab?«

»Ja.«

»Das Labor konnte die zweite Person mit einem speziellen Programm erkennbar machen. Das war nicht irgendein Fahrer, das war Gerstäcker! Also bin ich zu dem Waldstück gefahren. Da lag der Russe, ganz in der Nähe des Fundortes des anderen Leichnams, unter Ästen und Laub. Der Notarzt sagt, das Schädeltrauma ist lebensgefährlich. Ist nicht sicher, ob der Mann durchkommt.«

»Und Gerstäcker?«

»Weiterhin flüchtig. Wir versuchen sein Handy zu orten. Aber er muss es ausgeschaltet haben.«

»Verdammt.«

»Wie läuft es bei euch?«, erkundigte Marco sich.

»Alles ruhig.«

»Schön. Denn der Chef sagt, du sollst machen, dass du an deinen Schreibtisch kommst.«

Ellen fluchte leise in sich hinein. »Autsch«, entfuhr es ihr jetzt laut. »Ich bekomme gerade starke Zahnschmerzen. Mein Weisheitszahn macht Probleme. Werde besser zum Zahnarzt gehen, sicher muss der Zahn gezogen werden. Mit Schmerzmitteln vollgepumpt nehme ich den Rest des Tages lieber frei.«

Marco feixte. »Verstehe. Und was ist morgen?«

»Das findet sich schon.«

»Übertreib es nicht«, warnte Marco.

»Danke für den Rat. Wir bleiben in Verbindung«, beendete Ellen das Gespräch.

»Was ist passiert?« Dana kam ins Zimmer gelaufen. »Hast du dir was getan?«

Ellen schaute sie fragend an. »Wieso?«

»Hast du nicht gerade ›autsch‹ gerufen?«

»Falscher Alarm«, winkte Ellen ab. »Alles in bester Ordnung. Ich geh mal raus und schau mich um.« Die frische Luft würde ihren Kopf durchpusten und die unnützen Gedanken verscheuchen. »Du schließt hinter mir ab und öffnest niemandem, bis ich wieder da bin. Klar?«

»Ellen, mal ganz ehrlich, das ist doch idiotisch. Gerstäcker kommt niemals hierher.«

»Die Diskussion hatten wir schon. Was kann es denn schaden, Vorsicht walten zu lassen? Marco koordiniert die Suche nach Gerstäcker, und wir warten in aller Ruhe, bis die erfolgreich abgeschlossen ist.«

»Ich habe keine Lust, tagelang hier eingesperrt zu sein.«

»So lange wird es nicht dauern.«

Dana schüttelte den Kopf. »Dann bring wenigstens was zu Essen mit, damit wir später was zum Abendbrot haben. Ich bin auf Besuch nicht eingestellt. Hab nur Reste im Kühlschrank.«

»Mach ich.« Ellen ging an Dana vorbei in den Flur.

»Etwas, bei dessen Zubereitung du dich nicht verletzen kannst«, rief Dana ihr hinterher.

Ellen drehte sich um. »Pommes und Fischstäbchen?«

Dana lachte. »Vergiss die Remoulade nicht.«

Marco rief an. Die erneute Haussuchung bei Gerstäcker brachte erst mal nur viel Arbeit fürs Labor, welches nun einen Berg Kleidungsstücke von Gerstäcker untersuchte. Alles, was dunkelfarben und aus einer Baumwoll-Polyamid-Mischung war. Ellen hoffte inständig, dass das passende Kleidungsstück zu den Fasern, die am Brückengeländer gefunden worden waren, dabei war.

»Wann kommt eigentlich deine Ablösung?«, fragte Dana, während sie die Pommes Frites in den Ofen schob.

Ellen öffnete die Packung Fischstäbchen; sie hatte ihre Ankündigung wahr gemacht. »Ich ruf nachher mal in der Dienststelle an.«

»Du weißt es nicht?«

»Ist das so wichtig?«

»Nö. Ich frag ja nur.«

Später, nach dem Essen – sie saßen gemeinsam im Wohnzimmer und spielten Backgammon –, meinte Dana wie nebenbei: »Es gibt gar keine Ablösung, stimmt's?«

Ellen sah kurz auf, senkte den Blick wieder und schob ihren Stein weiter. »Nein.«

»Stimmt nicht?«

»Nein, es gibt keine.«

»Also gibt es auch keinen Polizeischutz.«

»Nicht genehmigt worden«, sagte Ellen kurz angebunden.

Dana würfelte, setzte, sah Ellen abwartend an. Ellen machte schweigend ihren Wurf und die dazugehörigen Züge. So spielten sie eine Weile wortlos.

Schließlich brach Ellen das Schweigen. »Ich habe einen Freund und Kollegen verloren, weil ich wider besseres Wissen und auf Druck meines Vorgesetzten die Vorsicht außer Acht ließ. Das passiert mir kein zweites Mal.«

Dana spielte ruhig weiter. »Vielleicht bist du aufgrund dieser Erfahrung aber auch übervorsichtig«, meinte sie. »Ich weiß, dass dir die Erinnerung an dieses Erlebnis immer noch auf der Seele liegt. Ist es nicht möglich, dass du zu ängstlich bist?«

Ellen schaute erneut kurz zu Dana auf, sagte aber nichts, sondern spielte weiter.

»Ich meine, das liegt doch nahe, oder?«, fragte Dana.

»Willst du mir damit sagen, ich bin nicht in der Lage, eine Situation richtig zu beurteilen?«

Dana griff nach Ellens Hand, hielt sie fest und wartete, bis Ellen sie anschaute. »Diese spezielle möglicherweise nicht.«

Sie sahen einander an. Bis Ellen schließlich den Blick senkte. Sie seufzte. »Kann sein, dass du recht hast.« Sie zog ihre Hand aus Danas und lehnte sich zurück. »Aber was soll ich dagegen tun?«

»Im Moment musst du gar nichts dagegen tun. Ich habe nichts gegen deine Gesellschaft, wie du weißt. Nur . . .«

»Nur?«

»Was wird Britta dazu sagen?«

»Gar nichts. Sie wird denken, ich arbeite lange.«

»In dem Glauben willst du sie lassen?«

Ellen verzog gequält das Gesicht. »Du weißt doch, Britta ist Psychologin. Wenn ich ihr erzähle, was mich abhält, nach Hause zu kommen, wird sie mich sofort wieder therapieren wollen. Und ehrlich gesagt habe ich darauf nicht die geringste Lust. Ich habe auch so genug, was mir im Kopf rumschwirrt.« Ellen langte nach ihren Würfeln und schüttelte sie in der Hand.

»Es ist deine Entscheidung«, sagte Dana.

»Ja.« Ellen warf die Würfel. »Sag mal, ginge es . . .«, druckste sie, während sie unentschlossen ihren Stein vor und zurück schob. »Kann ich heute Nacht auf deinem Sofa schlafen?«, fragte sie schließlich, den Blick fest auf das Spielbrett geheftet.

Danas Augenbrauen hoben sich überrascht. »Was? Aber . . . willst du denn gar nicht nach Hause?«, wunderte sie sich. »Ihr habt euch doch versöhnt, du und Britta.«

»Ja, schon«, räumte Ellen kleinlaut ein.

»Nun lass dir nicht jedes Wort aus der Nase ziehen!«

»Britta denkt jetzt, ich gehe mit ihr zurück nach Berlin, und wir werden eine moderne Familie.«

Ein durchdringender Blick traf Ellen. »Du willst das nicht?«

»Nein!« Es war das erste Mal, dass Ellen es aussprach.

Dana schloss für einen kurzen Moment die Augen. »Und warum sagst du ihr das nicht?«, fragte sie vorsichtig.

»Weil dann wieder alles von vorn losgeht. Die ganze Diskussion. Das Gefühlschaos.« Ellen schaute endlich auf. Sie machte ein miesepetriges Gesicht. »Oder ich muss Britta sagen, dass aus uns nichts wird.«

»Und das willst du auch nicht«, stellte Dana leise fest.

»Ich habe ihr wochenlang das Gefühl gegeben, sie sei feige. Jetzt nimmt sie ihren Mut zusammen, entscheidet sich für mich, und ich soll ihr sagen, ich habe mich geirrt?«

»So etwas kann vorkommen.«

»Sie hat ihr Leben, ihre Familie für mich ins Chaos gestürzt.«

»Das hat sie doch wohl auch für sich getan«, meinte Dana.

»Aber sie wäre niemals auf die Idee gekommen, wäre ich nicht gewesen.«

»Na, dann geh mit ihr. Mit reinem Gewissen und schlechtem Gefühl im Bauch.« Danas Stimme klang genervt.

»Dana!«

»Das ist nun mal die Alternative.«

»Gibt es keine andere Möglichkeit? Irgendein Zwischending?«

»Nein. Gefühle kennen keine Kompromisse.«

Ellen schaute Dana überrascht an. Diesen Satz aus dem Mund der Frau zu hören, die sonst für alles eine ironische Bemerkung auf Lager hatte, mutete sonderbar an. Danas Blick dabei legte sich merkwürdig schwer auf Ellens Herz. Er erinnerte sie an ein Gefühl, das dort schlummerte und möglicherweise auch etwas damit zu tun hatte, warum sie an sich und Britta zweifelte.

Möglicherweise, Ellen? Es schreit dir geradezu ins Gesicht, nur stehst du da und verschließt Augen und Ohren.

Aber das war doch absolut verrückt. In so kurzer Zeit. Und ausgerechnet Dana! Sie stritten sich andauernd, meistens über völlig überflüssige Dinge, und nur weil Dana sie geküsst und gesagt hatte, sie hätte sich in sie verliebt ... nein, überhaupt, sie sagte, sie *glaubte*, sie hätte sich in sie verliebt. Was hieß das? Sie *glaubte*. Dass sie sich erst noch darüber klarwerden wollte? Und dann doch herausfinden würde, dass sie sich irrte? So wie sie, Ellen, sich mit Britta geirrt hatte? Vielleicht war sie aber auch nur verwirrt. Ihre Gefühle foppten sie. Sie konnte sich doch unmöglich in Dana verliebt haben!

»Deshalb ist es ja so kompliziert mit der Liebe«, sagte Dana jetzt.

Ellen sah Dana an.

»Was würdest du an meiner Stelle tun?«, fragte sie mit belegter Stimme.

»Herausfinden, was ich will.«

»Ja, aber wie?«

Dana schüttelte bedauernd den Kopf. »Keine Ahnung. Du bist doch Kriminalistin. Ist es nicht deine Spezialität, schwierige Fälle zu lösen?«

»Ja, aber normalerweise betreffen diese Fälle nicht mich selbst. Und normalerweise sind keine Gefühle involviert. Deshalb ist es ein besonders schwieriger Fall.«

»Unlösbar?«

»Im Moment kommt es mir so vor.«

Dana seufzte. »Ein Grund mehr, nach Hause zu gehen. Dadurch, dass du hier auf dem Sofa schläfst, löst sich dein Problem ganz bestimmt nicht.«

»Aber ...«

Dana stand auf. »Komm schon, sei kein Feigling.«

Ellen erhob sich ebenfalls, wenn auch widerwillig. »Du hast recht. Verstecken bringt nichts«, lächelte sie Dana unglücklich an. »Aber du rufst mich an, sollte es hier irgendein Problem geben. Schon bei dem Verdacht auf ein Problem! Versprich mir das.«

»Ich versprech's.«

Ellen ging zögernd in den Flur und nahm ihre Jacke von der Garderobe. Ihr Blick wanderte zu Dana, die in der Wohnzimmertür stand. »Besser noch, du rufst mich jede volle Stunde an, damit ich weiß, es ist alles in Ordnung.«

Dana schüttelte milde den Kopf. »Wie soll ich denn dabei schlafen? Oder du?«

Ellen stand betreten da.

»Nun geh schon. Ich schließe hinter dir ab.«

»Und du lässt dich nicht aus der Wohnung locken! Nicht durch Lärm im Hausflur oder sonstwas. Nicht mal, wenn eine Feuer ausbricht. Du rufst erst mich an.«

»Ellen, es ist gut. Ich bin schon groß.«

»Ja, aber leider nicht vernünftig.«

Dana kam auf Ellen zu und schob sie sacht zur Tür. »Mehr als du glaubst.« Ihre Augen schimmerten dunkel.

10.

Wir müssen Gerstäcker das Wasser abgraben. Keine Flucht ohne Geld. Lassen wir sein Konto sperren«, schlug Marco vor. »Was meinst du?«

Ellen kaute abwesend auf ihrer Unterlippe. Ihre Gedanken weilten beim gestrigen Abend mit Britta. Schon auf der Fahrt von Dana nach Hause hatte Ellen gemerkt, wie sich etwas in ihr sträubte. Und als sie die Haustür hinter sich ins Schloss drückte und Britta sie freudestrahlend begrüßte, fühlte sie sich auf unerklärliche Art eingeengt. Beinah gefangen. Was sie, das gestand Ellen ein, maulfaul werden ließ. Aber wer redete schon gern, wenn er sich so fühlte. Dann war man einfach mit sich selbst beschäftigt. Britta hatte immer wieder versucht, die Barriere zu überwinden. Fragte erst, wie es auf Arbeit lief, dann, ob es irgendein Problem gab, schließlich, was Ellen die Petersilie verhagelt hatte. Dann gab Britta auf, murmelte »dann eben nicht« und schaltete den Fernseher an. Woraufhin Ellen sich noch schlechter fühlte. Sie wollte nicht abweisend sein. Aber was sollte sie sagen? Dass sie sich beinah bei Dana auf der Couch versteckt hätte?

»Ellen?«

Das hätte Britta doch total verletzt. Sie wollte Britta aber nicht verletzen.

»Ellen!«

Marcos Stimme holte Ellen endlich aus ihrer Erinnerung. »Was?«, fragte sie lustlos.

»Was meinst du?«

»Wozu?«

»Dass wir Gerstäcker austrocknen.«

»Häh?«

»Ihm den Geldhahn zudrehen. Alle Quellen versiegen lassen. Privat und Firma. Eine Flucht ohne Cash ist zum Scheitern verurteilt. Untertauchen funktioniert auch nicht ohne Bares.«

Ellen nickte. »Ja, gute Idee. Falls der Kerl nicht irgendwo ein paar Euros gebunkert hat.«

»Schon vergessen? Gerstäcker hat Geldprobleme, also garantiert alle Reserven aufgebraucht. Wenn die EC-Karte nichts mehr hergibt, wird er seine Frau kontaktieren, und dann schnappen wir ihn. Einen Versuch ist es zumindest wert.«

»Okay«, stimmte Ellen zu. »Dann machen wir das so. Wir sperren prophylaktisch seine Konten und überwachen Frau Gerstäcker. Ich übernehme freiwillig die Nachtschicht. Da ist die Chance am größten, dass Gerstäcker auftaucht.«

»Genau. Aber glaub nicht, dass ich dich da allein warten lasse.«

Auch gut. Lieber eine Nacht im Auto neben Marco als noch so eine Nacht neben Britta. Als sich in der eigenen Wohnung als Fremde zu fühlen.

Du fliehst vor ihr? Vor Britta, der Frau, die du liebst?

In Ellens Magen drehte sich etwas quälend um sich selbst. Es war ähnlich wie vor ein paar Wochen, als Britta sie gehen ließ, und doch ganz anders. Damals hatte Ellen sich enttäuscht und müde gefühlt, aber dennoch an einem Punkt, den sie als Neuanfang betrachtete. Jetzt und hier fühlte sie sich nur schlecht. Sie befand sich in einer Situation, in die sie nie hätte geraten können – eigentlich. Nicht, wenn sie Britta liebte. Nur fühlte es sich in Ellens Bauch nicht wie Liebe an, wenn sie an Britta und eine gemeinsame Zukunft mit ihr dachte. Eher nach: Das habe ich so nicht gewollt.

Dana hatte recht, dachte Ellen. Sie war feige. Überhaupt ... Dana.

Ellen seufzte. Sie konnte nicht ernsthaft behaupten, die Spannungen zwischen Dana und ihr seien durchweg der Situation geschuldet gewesen. Dass Dana sie so aufregen konnte, hatte noch eine andere Ursache. Sie hatte sich nur geweigert, diese zu akzeptieren.

Ich habe mich in Dana verliebt!

Das musste auch der Grund sein, warum ihre Gefühle für

Britta sich geändert hatten. Dass Britta sie hatte gehen lassen, spielte natürlich auch eine Rolle. Aber gäbe es Dana nicht, das erkannte Ellen in diesem Moment ganz klar, würde sie, wenn auch vielleicht mit leichtem Zögern, mit Britta gehen.

Ich bleibe in Perleberg kleben wegen einer Frau, die mich ständig zur Weißglut bringt? Na prima, Ellen. Ist es das, was du willst?

Und warum nicht! Mit Dana wurde es niemals langweilig. Diese Frau wich keinem Streit aus – unvernünftigerweise auch keiner Gefahr. Mit ihr fühlte man sich nicht im Alltag begraben! So gern, wie Dana stritt, lachte sie auch. Sie war intelligent und schlagfertig. Diese Frau musste man lieben!

Das Klingeln des Telefons ließ Ellen zusammenzucken. Sie griff automatisch nach dem Hörer, der ihr vor Schreck über die eben gewonnenen Erkenntnisse gleich wieder aus der Hand fiel.

»Ups«, machte Ellen und griff erneut nach dem Hörer. »Reuter«, meldete sie sich.

»Aua, was für ein Geräusch«, beschwerte sich Dana. »Was ist los bei dir?«

»Alles in Ordnung«, versicherte Ellen. »Und bei dir?«

»Ich habe ihn an der Angel!«, platzte Dana heraus.

Etwas zusammenhanglos, wie Ellen fand, weswegen sie fragte: »Wen?«

»Na, Gerstäcker, wen sonst?«

Ellen war sofort alarmiert. »An der Angel? Wie …«

»Gerstäcker rief mich an«, unterbrach Dana sie. »Er will sich mit mir treffen, um mir seine Story zu verkaufen. Für fünftausend Euro.«

Mit jedem Wort, das Dana sprach, wuchs in Ellen das Entsetzen. Deshalb vergaß sie im ersten Moment sogar zu widersprechen. Dana fuhr ungebremst fort: »Ich treffe mich mit ihm, und dann könnt ihr, du und dein Kollege, ihn festnehmen.«

»Du bist verrückt«, fand Ellen endlich ihre Sprache wieder.

Dana lachte. »Ein bisschen vielleicht, aber das ist doch *die* Gelegenheit. Für uns *alle!*«

»Dana, Gerstäcker will dir keine Story verkaufen. Der will die einzige Belastungszeugin aus dem Weg räumen«, machte Ellen Dana klar.

»Das weiß ich doch. Deshalb rufe ich dich ja an! Damit ihr das

Treffen überwacht. Ich mache den Lockvogel.«

»Das kommt überhaupt nicht in Frage«, lehnte Ellen rundheraus ab. »Das ist viel zu gefährlich.«

»Ellen, glaubst du ernsthaft, du kannst mir das ausreden?«

Ellen stöhnte. Nein, das glaubte sie nicht. Wenn Dana erst mal so eine abstruse Idee ausgebrütet hatte, brachte sie, nach allen bisherigen Erfahrungen, niemand mehr davon ab.

Was beschwerst du dich, Ellen? Eben fandest du es doch noch toll. Niemals Langeweile!

»Gerstäcker gibt mir noch Bescheid, wann und wo«, berichtete Dana weiter. »Sicher macht er das sehr kurzfristig, um zu vermeiden, dass ich euch informieren kann. Es wird also schwierig, euch am Treffpunkt zu postieren. Er wird schon dort sein und alles beobachten. Er sagte, ich solle die fünftausend besorgen und mich bereithalten.«

»Dana, könntest du nicht *einmal*«, Ellen schielte zu Marco, senkte die Stimme, »nur *mir zuliebe*, auf die Sache verzichten?«

Marcos Kopf schoss hoch. Sein Blick ein einziges Fragezeichen, starrte er Ellen an. Ellens Augen warnten ihn: Sag jetzt bloß nichts! Marcos Kopf fuhr wieder ein. Seine Ohren dagegen, da hielt Ellen jede Wette, standen auf höchster Empfangsstufe. Wenn sie es gekonnt hätten, hätten sie sich noch wie Radarschüsseln ausgerichtet, um ja nichts zu verpassen.

Dana war am anderen Ende für einen Moment verstummt. Ellen hoffte inständig, Dana dachte darüber nach, die Sache sausen zu lassen. Sie würden Gerstäcker schon irgendwann zu fassen bekommen. Es war nur eine Frage der Zeit. Das Risiko war also nicht notwendig.

»Was hast du gesagt?«, fragte Dana jetzt. Ihre Stimme klang ungewohnt sanft.

»Ich habe dich gebeten, auf das Treffen mit Gerstäcker zu verzichten«, sagte Ellen.

»Das meine ich nicht. Das andere, den Nebensatz.«

Ellen seufzte. »Bitte, mir zuliebe«, wiederholte sie und bemühte sich gar nicht erst, Marcos Lauschlöffeln zu entkommen.

Pause.

»Sorry.« Danas Bedauern klang ehrlich. »Mein Chefredakteur drängelt zu sehr. Ich brauche jetzt endlich die Story. Und ›Täter unter gefahrvollem, persönlichem Einsatz gestellt‹ klingt eben besser als ›Nach mehrwöchiger Ringfahndung endlich ein Erfolg‹. Ich melde mich wieder, sobald Gerstäcker von sich hören lässt.«

Ellen stöhnte genervt. Sie wartete auf das leere Geräusch in der Leitung. Doch die Verbindung stand noch. »Übrigens«, meldete sich Danas Stimme wieder. »Es waren zwar drei Worte, aber nicht ganz die richtigen.«

Aufgelegt.

Ellens Hand sank samt Hörer herab. Typisch Dana. Rief einfach so an und überfiel sie mit einem ihrer verrückten Vorhaben. Ohne darauf Rücksicht zu nehmen, dass sie sie damit in höchste Unruhe versetzte. Und dann sagte sie auch noch so etwas! *Nicht ganz die richtigen Worte!* Erwartete Dana etwa, dass sie ihr am Telefon eine Liebeserklärung machte?

»War das Dana Wegener?«, erkundigte Marco sich betont nebenbei.

»Ja. Wieso?«

»Ach, nur so«, tat er unschuldig. »Was wollte sie denn?« Irgendetwas hing noch in der Luft. Etwas in der Art wie »Was sollte sie dir zuliebe denn lassen?« und ein passendes Feixen dazu. Doch Ellens gereizter Unterton hielt Marco von jeder Form der Stichelei ab.

»Sie will sich mit Gerstäcker treffen«, knurrte Ellen. »Er hat sie angerufen und so getan, als wolle er ihr eine super Story liefern.«

»Und das glaubt sie?!«

»Nein, aber sie will sich trotzdem mit ihm treffen und den Lockvogel spielen. Anschließend will sie groß darüber schreiben. Die ist total verrückt.«

»Aber das ist doch toll! Soll sie nur. Wir versehen sie mit einem Mikro und machen den Sack zu.«

»Und was ist, wenn Gerstäcker den Braten riecht? Nein, nein, die Sache ist zu gefährlich!«

»Na und? Dana Wegener liebt die Gefahr!« Marco grunzte komisch. »Um nicht zu sagen, sie sucht sie förmlich.«

Ja, den Eindruck hatte Ellen auch. Leider. Noch vor wenigen Tagen hätte sie ganz sicher genauso reagiert wie Marco. Aber jetzt machte ihr der Gedanke, Dana könnte etwas passieren, Angst. »Das heißt ja nicht, dass wir ihren Leichtsinn noch unterstützen müssen«, brummte sie daher.

Marco sah die Sache pragmatisch. »Wollen wir den Fall nun abschließen oder nicht?«

Natürlich wollten sie das.

»Was mir Sorgen macht«, sann Marco. »Was passiert, wenn Gerstäcker sich gar nicht mehr bei Dana Wegener meldet, sondern ihr auflauert? So würde er auf Nummer sicher gehen, was das Verhindern unserer Anwesenheit angeht. Am besten, wir schicken gleich einen Techniker zu Dana, der sie verkabelt. Damit nichts schiefgeht.« Er war schon voll und ganz dabei, die weitere Vorgehensweise abzustecken.

Ellen blickte düster drein. »Nichts schiefgeht? Es gibt keine Garantie dafür.« *Und deshalb werde ich auf keinen Fall hier im Büro sitzen bleiben.* Ellen stand abrupt auf. Dabei bekam ihr Stuhl einen Schubs, so dass er nach hinten gegen den Aktenschrank rollte. »Ich fahre sofort zu ihr.«

Marco hob die Hand. »He, he, ruhig.« Er sprang auf und kam zu Ellen. Mit der einen Hand griff er nach der Rückenlehne ihres Stuhles und zog ihn heran. Mit der anderen Hand drückte er Ellen mit Nachdruck auf selbigen hinunter. »Setz dich. Lass uns einen kühlen Kopf bewahren. Gerstäcker wartet sicher bis zum Abend, bevor er was unternimmt. Er braucht Zeit, was zu planen. Und so, wie du gerade drauf bist, machst du unseren Lockvogel nur nervös. Das hilft weder ihr noch uns.«

Ellen fügte sich notgedrungen. Marco hatte recht. Und, wie es aussah, im Moment die besseren Nerven. Sie hingegen benahm sich völlig unprofessionell. Wenn sie das nicht die nächsten hundert Jahre unter die Nase gerieben bekommen wollte, musste sie sich jetzt zusammenreißen. »Okay. Ich ruf Dana an, dass ein Techniker kommt.« Damit wählte sie Danas Handynummer.

»In Ordnung. Ich bin zu Hause«, sagte Dana, nachdem sie zugehört hatte. »Und?«, fragte sie. »Kommt da noch mehr?«

Die Frage schien zusammenhangslos. Doch Ellen wusste genau, was Dana meinte: Dana wollte wissen, was sie erwarten konnte. *Ob* sie etwas erwarten konnte. Genau das fragte Ellen sich auch. Wollte sie sich in eine neue Beziehung stürzen, Hals über Kopf, ohne nachzudenken? Dana und sie gaben nicht gerade ein harmonisches Paar ab. Würden die Unterschiede, die Konflikte, die im Moment noch aufregend und spannend waren, nicht schnell zu einer Belastung werden? Sie konnte sich ihres Gefühls für Dana doch gar nicht sicher sein. Sie beide kannten sich ja kaum. Es war eine gewisse Anziehung vorhanden, ja, aber es war doch noch viel zu früh, um von Liebe zu sprechen. Sie sollten die Sache etwas langsamer angehen. Es bestand doch auch gar kein Grund zur Eile.

»Gib mir etwas Zeit«, bat Ellen.

»Ich weiß nicht. Ich fühle mich irgendwie wie der Trostpreis. Das ist ein mieses Gefühl.«

Ellen schielte zu Marco. Der war auffallend intensiv mit dem Lesen einer Akte beschäftigt und tat, als interessiere ihn nichts anderes. »Nein, ich meinte, lass *uns* etwas Zeit.«

Ellen wartete. »Was sagst du dazu?«, fragte sie, weil Danas Antwort ausblieb.

»Kommt drauf an.«

»Worauf?«

»Ob Britta noch da sein wird.«

Ellen suchte nach einer Antwort. Ihr Zögern wurde prompt mit dem Abbruch der Verbindung quittiert. »Verdammt«, murmelte sie.

Marco studierte nach wie vor hochkonzentriert seine Akte.

Angesichts der veränderten Lage konnte Ellen wenigstens den vorher abgelehnten Personenschutz durchsetzen. Ein Kollege wurde abgestellt und vor Danas Wohnung postiert. Dann begann das Warten.

Am Nachmittag sah der Chef vorbei, erntete stummes Kopfschütteln auf seine Frage, ob es Neues gebe, und schickte Ellen und Marco nach Hause. »Gerstäcker wird sich mit Frau Wegener kaum im nachmittäglichen Berufsverkehr treffen. Viel zu viele Menschen, unüberschaubar für ihn, ob und wo wir unsere Leute postiert haben. Machen Sie ein paar Stunden Pause. Schonen Sie Ihre Kräfte für die Nacht. Um sieben wieder hier.«

Das hielt Ellen für eine gute Idee. Sie fuhr nach Hause. Als sie die Tür zu ihrer Wohnung aufschloss, schaute Ellen zuerst auf die Garderobe. Britta war da.

Sie saß in der Küche am Esstisch, vor sich ihr Laptop. Als Ellen im Türrahmen erschien, schaute Britta auf und klappte den Schirm herunter. »Gut, dass du kommst. Wir müssen reden.« Ihr Blick ruhte düster auf Ellen.

»Ja«, erwiderte Ellen nur. Sie setzte sich. Eigentlich hatte sie sich einen schönen Kaffee machen und etwas essen wollen. Einfache Dinge tun, um sich zu beruhigen, damit ihre Sorge um Dana nicht zu sehr die Macht über sie ergriff. Daraus wurde offensichtlich nichts. Britta wollte reden. Ellen konnte sich denken, worüber, und fand den Zeitpunkt denkbar ungünstig.

»Was war gestern mit dir los?«, begann Britta auch schon.

Ellen spielte einen Moment lang mit dem Gedanken, dem Gespräch auszuweichen. Aber vielleicht war es das Beste, es einfach hinter sich zu bringen. Einfach würde es natürlich nicht werden. Ellen wartete ein paar Atemzüge, um sich zu sammeln. Auf keinen Fall wollte sie unsicher wirken; das würde nur zu einer endlosen Diskussion führen.

»Ich fühle mich unwohl. Ich fühle mich von dir zu etwas gedrängt, was ich nicht will«, erklärte sie endlich ihr Befinden.

»Du willst nicht zurück nach Berlin?«

»Nein.«

Britta dachte nach. »Na ja, dann ... warten wir damit. So weit ist es ja nicht von hier nach Berlin. Eine Fernbeziehung ist zwar kompliziert, aber ...«

»Ich will auch keine Fernbeziehung«, unterbrach Ellen sie.

Stirnrunzeln. »Wie hast du dir das dann gedacht?«

Ellen schaute betreten vor sich hin. »Ich kann das nicht, Britta«, würgte sie hervor. »Ich würde mich wie ein Fremdkörper zwischen dir und deinen Kindern fühlen.«

Bedrückende Stille.

Eine Minute später Brittas dumpfe Stimme. »Was soll das heißen?« Ihr Gesicht sagte Ellen, dass Britta wirklich noch nicht begriffen hatte, was gerade passierte.

»Britta, ich kann nicht mit dir zusammen sein«, flüsterte Ellen fast unhörbar.

Britta blinzelte verwirrt. »Was?«, fragte sie tonlos.

Ellen schloss kurz die Augen. »Es tut mir leid«, murmelte sie, den Blick immer noch gesenkt. Sie fühlte sich außerstande, den Schmerz in Brittas Augen anzusehen.

Erneute Stille.

Ellen wartete. Sie hatte gesagt, was zu sagen war, und fühlte sich nun, trotz einer gewissen Bedrückung, erleichtert. Egal wie Brittas weitere Reaktion ausfallen würde, umstimmen lassen würde Ellen sich nicht.

»Und dafür habe ich meine Ehe aufgegeben?«, fragte Britta jetzt. »Für ein ›Es tut mir leid‹?«

Ellen hob den Blick. Brittas Augen schwammen verdächtig. Ellen musste schlucken. Sie wusste genau, was in Britta vorging. Schließlich hatte sie vor wenigen Wochen ähnliche Worte von ihr gehört und sich wie zerschmettert gefühlt.

»Bist du dir eigentlich im Klaren darüber, was ich für dich getan habe?« Brittas Stimme hob sich eine Nuance.

Ellen seufzte. Natürlich wusste sie, dass Britta ihr Leben für sie umgekrempelt hatte. Nicht zuletzt deshalb fiel es Ellen ja so schwer, Britta zu sagen, dass es umsonst war. Aber, wie hatte Dana gesagt, Britta hatte diesen Schritt ja wohl auch für sich getan. Sie wollte diese Veränderung auch, diesen Neuanfang. So gesehen war nichts umsonst. Das würde auch Britta noch erkennen. Später, wenn sie Abstand gewann.

»Martin wird mir das ewig aufs Butterbrot schmieren.«

»Was?«

»Ich habe auf dich gebaut, Ellen. Du kannst mich jetzt nicht im Stich lassen!«

Wie bitte? Ellen blinzelte irritiert. Sie hatte mehr mit Beschwörungen gerechnet wie: Ich liebe dich! Bleib bei mir! »Wie kommst du jetzt auf Martin? Ich denke, du hast dich von ihm getrennt.«

»Wir haben uns eine Auszeit genommen. Ich habe ihm gesagt, ich brauche etwas Abstand, um zu mir zu finden.«

»Auszeit?«, echote Ellen. Das hieß doch nichts anderes, als dass Britta mit ihr lediglich eine Probezeit geplant hatte. Und danach? Wollte sie die Vor- und Nachteile abwägen oder das Los entscheiden lassen? Ellen war derart schockiert über Brittas Eröffnung, dass ihr die Worte fehlten.

»Du kannst doch nicht erwartet haben, dass ich mein Leben

sofort und radikal ändere«, lautete Brittas Erwiderung.

Doch, davon war sie ausgegangen.

»Ich muss doch erst sehen, wie es mit dir und den Kindern klappt. Alles andere wäre unverantwortlich. Und offensichtlich hast du ja nicht mal Lust, die beiden überhaupt kennenzulernen.« In Brittas Stimme schwang jetzt ein deutlicher Vorwurf mit.

Ellen starrte die Frau vor sich verdattert an. Britta meinte das ernst. Und Ellen fragte sich, wie gut sie Britta eigentlich kannte. Britta hatte sie tatsächlich die ganze Zeit in dem Glauben gelassen, sie hätte sich von Martin getrennt.

Das habe ich doch nicht falsch verstanden, ich bin doch nicht doof.

»Das wäre wohl auch zu früh, denn offensichtlich kenne ich *dich* nicht mal«, erwiderte Ellen lahm. »Jedenfalls weit weniger als ich dachte.«

»Ach, bin ich jetzt wieder die, die an allem schuld ist?«

Ellen schüttelte den Kopf. Dass das Gespräch unangenehm werden würde, hatte sie gewusst. Diese Wendung kam allerdings unerwartet. Britta war viel weniger verletzt als vielmehr beleidigt.

»So hast du dir unsere Beziehung vorgestellt? Du holst mich zurück nach Berlin, wir wohnen bei euch, und dein Leben geht weiter wie bisher? Zwischendurch kommt Martin vorbei und holt die Kinder zum Ausflug ab?«

»Ja. Wie sonst?«

»Und wenn es nicht klappt, wechselst du mich wieder gegen Martin aus?«

»Das spielt doch keine Rolle. Wenn es nicht klappt, klappt es nicht. Was danach kommt, ist unabhängig davon.«

»Und wie lange, dachtest du, soll diese Testphase dauern? Eine Woche? Einen Monat? Drei Monate?«

»Ich dachte an sechs Wochen«, erwiderte Britta prompt.

Ellen nahm es fassungslos hin. Sie wusste nicht, ob sie lachen oder weinen sollte. »Warum willst du es überhaupt versuchen?«

»Weil ich dich liebe natürlich.«

Wirklich? »Wie kannst du dann so pragmatisch an die Sache rangehen?«

»Pragmatisch? Ich würde sagen, alltagstauglich. Ich trage nun mal eine Verantwortung für meine Kinder. Ich versuche lediglich, sie und dich unter einen Hut zu bringen. Was ist daran jetzt verkehrt? Das schließt doch die Romantik zwischen uns nicht aus. Im Gegenteil.« Brittas Hand griff nach Ellens, ihr Daumen streichelte Ellens Handrücken.

Ellen seufzte. Vielleicht verstand sie Britta ja auch deshalb falsch, weil sie sich in diesem Szenario nur als Rädchen im Getriebe sah. In Brittas Getriebe wohlgemerkt. Romantik nicht ausgeschlossen. Na toll. Sie wollte aber mehr. Sie wollte Zärtlichkeit und Leidenschaft, Herzklopfen, bis ihr schlecht davon wurde, Gespräche bis in die Nacht, Pläne schmieden ausgehend von *gemeinsamen* Träumen.

Brittas Welt war eine ganz andere als ihre, Ellens. Als sie Britta gebeten hatte, mit ihr zu kommen, hatte sie dennoch geglaubt, in dieser Welt leben zu können, es zu wollen. Damals meinte Ellen es wirklich ernst. Dieses Damals war noch nicht sehr lange her, und deshalb war es auch so schwierig, Britta klarzumachen, dass sich die Situation geändert hatte.

Es sei denn, du nennst ihr den wahren Grund, Ellen. Vielleicht konnte Britta die Dinge eher akzeptieren, wenn sie erfuhr, dass sie einfach zu lange gezögert hatte. Dana war aufgetaucht und hatte sie, Ellen, aus ihrer Lethargie gerissen. Danas Energie, ihre Spontanität, ihr Widerspruchsgeist, ihre Leidenschaft. Das alles war auf sie übergegangen. Sie wollte sich aus dieser Lebendigkeit nicht wieder verabschieden, um alltagstauglich unter einen Hut mit wem auch immer gebracht zu werden.

»Ich habe jemanden kennengelernt. Und ich glaube, ich habe mich verliebt.« Ellen zögerte nur kurz, dann fügte sie hinzu: »Ich glaube es nicht, ich weiß es. Und deshalb komme ich nicht mit dir. Weder für sechs Wochen noch sonstwie.«

Brittas Daumen lag plötzlich unbeweglich auf Ellens Handrücken. Dann zog sie abrupt ihre Hand weg. »Wie bitte? Und das sagst du mir erst jetzt? Warum hast du dann mit mir geschlafen?«

»Ich . . . war mir nicht richtig klar darüber. Da noch nicht.«

»Das ist gerade mal zwei Tage her!«

»Ich kann es nicht ändern. Ich dachte, ich sehne mich nach

dir, aber eigentlich ...«

»Stopp! Sag es nicht.« Brittas Augen bohrten sich durch Ellen. »Sag nicht, du hast mit mir geschlafen und dabei an sie gedacht.«

»Nein, das habe ich nicht. Wirklich nicht«, versicherte Ellen hastig. »Als ich mit dir schlief, wollte ich das. Mit *dir*. Weil ich dachte, dann ist alles wie am Anfang. Aber ich fühlte danach, dass etwas fehlte. Eigentlich fühlte ich es schon davor.«

Brittas Augen durchdrangen Ellen immer noch. Die unerbittliche Schärfe in ihnen war jedoch gewichen. »Ich verstehe. Glaube ich. Es war da also bereits zu spät für uns.«

»Ja. Nur wusste ich es noch nicht. Ich fühlte es, aber ich brachte es noch nicht mit Dana in Zusammenhang. Ich habe auch wirklich keine Ahnung, wie ich mich in sie verlieben konnte. Sie ist arrogant und nervig. Und trotzdem kann sie zuhören, ist einfühlsam, wenn man es am wenigsten erwartet. Sie überrascht mich immer wieder mit neuen Eigenschaften.«

»Ihr kennt euch ja auch noch nicht lange, nehme ich an.«

»Nein. Aber ich will sie kennenlernen. Und ich weiß, sie wird mich immer wieder überraschen. Und wenn sie mich nicht mehr überrascht, werde ich jede ihrer Gewohnheiten kennen. Und ich kann sie damit aufziehen. Auf ihre Blicke dabei freue ich mich jetzt schon.«

»Ellen!«, brummte Britta.

»Sorry.« Ellen biss sich auf die Unterlippe. Wie konnte sie hier vor Britta sitzen und so euphorisch über Dana sprechen ... Das war wirklich rücksichtslos.

»Deine Augen leuchten, wenn du über sie sprichst, weißt du das?« Britta runzelte die Stirn.

Ellen senkte verlegen den Blick.

Britta seufzte. »Nun, kann ich heute Nacht noch hier bleiben, oder soll ich besser wieder ins Hotel gehen?« Sie lächelte unglücklich. »Ich möchte jetzt nicht nach Hause fahren. Ich muss nachdenken.«

Ellen sah Britta an. »Worüber? Was du jetzt machst?«

»Ja.«

»Aber ich dachte ...«

»Ich nehme meine Auszeit. So oder so. Martins Eifersucht ist unerträglich. Letztendlich führte sie dazu, dass ich ihn betrog. Vielleicht macht er ja die Therapie, zu der ich ihm geraten habe. Mit der Zeit – wer weiß. Aber ich glaube eher nicht. Ich ... bin noch zu durcheinander.«

»Natürlich kannst du hier übernachten.« Ellen stand auf, beugte sich zu Britta und küsste ihre Wange. »Du kannst auch noch länger bleiben, wenn du willst.«

»Nein, nur heute Nacht noch.«

»Wie du meinst. Ich muss nachher wieder los. Bin nur hergekommen, um mich etwas frisch zu machen und was zu essen.«

»Soll ich dir schnell ein paar Spiegeleier machen?«

»Das wäre toll. Aber ...«

»Das lenkt mich ab«, beantwortete Britta Ellens unausgesprochene Frage. »Kaffee dazu?«

»Danke.«

Zwanzig Minuten später saß Ellen geduscht und umgezogen wieder am Küchentisch, genoss das Spiegelei auf Toast und schlürfte Kaffee. Britta saß ihr schweigend gegenüber. Sie aß nichts, sondern nippte nur ab und zu an ihrer Kaffeetasse. »Erinnerst du dich noch daran, wie du das erste Mal in mein Büro kamst?«, fragte sie irgendwann in die Stille hinein.

Ellen sah auf. »Ja, natürlich. Du warst auf deiner Couch eingeschlafen. Ich habe mich in deinen Stuhl gesetzt und gewartet.«

»Du hast mich betrachtet. Als ich die Augen aufschlug, sah ich direkt in zwei dunkelgrüne Smaragde. Und du hast mich weiter angesehen.«

»Und du mich.«

»Ich hätte ewig so liegen können und dich anschauen.«

»Hast du aber nicht. Du bist plötzlich wie von der Tarantel gestochen aufgesprungen.«

»Weil ich mir albern vorkam, diesen Wunsch zu haben. Ich spürte sofort, dass er eine Bedrohung für mein Leben ist.« Britta lächelte traurig. »Abends lag ich wach und dachte: Was habe ich für ein Leben, dass mich ein solch schöner Moment erschreckt.«

Ellen musste schlucken. Britta tat ihr leid. Sie wirkte sehr verloren, wie sie ihr gegenübersaß und mehr oder weniger mit sich selbst im Zwiegespräch stand.

»Seitdem habe ich mir eine Menge Fragen gestellt. Aber jedes Mal lande ich dabei irgendwann bei meinen Kindern, und dass ich nicht einfach tun und lassen kann, was ich will. In diesem Moment fühle ich mich gefangen. Und im nächsten schäme ich mich dafür. Ich liebe Marvin und Max, wie kann ich mich da durch sie gefangen fühlen?«

»Ich denke, es ist Martin, der dich einengt, niemand anders. Such dir jemanden, der schöne Momente in dein Leben bringt, und genieße sie.«

Brittas Blick lag schwer auf Ellen. »Etwas in der Art habe ich versucht. Das ist offenbar nicht so einfach.«

»Nein, einfach ist es nicht«, murmelte Ellen.

»Und wenn sich niemand findet?«

»Wenn du erst weißt, was du wirklich suchst, wirst du es auch finden.«

Britta lächelte matt. »Das sagst du nur, um mich aufzumuntern.«

Ellen lächelte zurück. »Ja. Und weil ich dir wirklich wünsche, dass es klappt.«

Marco trommelte seit einer halben Stunde immer wieder staccato auf der Schreibtischplatte. Ellen, auch ohne Marcos Einlagen schon nervös genug, drohten jeden Moment die Nerven zu versagen. Von Minute zu Minute fiel es ihr schwerer, ruhig zu bleiben. Zum x-ten Mal stand sie auf und ging im Raum auf und ab.

Als endlich ihr Handy seine Miss-Marple-Melodie klingelte, stürzte sie zum Schreibtisch. »Ja«, meldete sie sich mit angehaltenem Atem.

»Er hat immer noch nicht angerufen«, sagte Danas Stimme. »Vielleicht hat er es sich anders überlegt.«

Ellen atmete einmal tief durch. »Warum sollte er? Er braucht das Geld.«

»Warum wartet er dann so lange? Es ist schon halb elf. Dunkler wird es nicht.«

»Wir können nichts machen außer warten.«

»Ich bin müde.«

»Dann leg dich doch hin.«

»Ich könnte eh nicht schlafen.«

»Hast du deine Tür abgeschlossen?«

»Ja. Und dein Kollege sitzt auf meiner Couch.«

»Gut.«

»Ich könnte mir etwas Schöneres vorstellen.« Pause. »Jemand anders.«

Ellens Herz schlug eine Spur schneller. »Möglicherweise wäre dieser Jemand zu abgelenkt, um seinen Job machen zu können.«

Dana gluckste. »Ich würde jedenfalls alles in meiner Macht Stehende dafür tun.«

»Das wäre aber sehr leichtsinnig«, tadelte Ellen mit sanfter Stimme.

Marcos Räuspern ließ Ellen zu ihm schauen. Er machte ein deutliches Zeichen, das Gespräch zu beenden. Natürlich. »Wir müssen die Leitung frei machen. Ich ... wir reden später, okay? Sei vorsichtig.«

Sie klappte ihr Handy zu und schaute Marco schuldbewusst an.

»Ich glaube, ich bin dabei, das Rätsel zu lösen«, meinte der lakonisch. »Hast es spannend gemacht.«

»Rätsel?«

»Was du für einen Typen bevorzugst ... na ja, Typ. Typ Frau. Es ist doch das, was ich glaube, das es ist?«

Ellen musste sich zusammennehmen. Sie wollte vor ihrem Kollegen nicht schwachsinnig grinsen. Aber so etwas Ähnliches würde unweigerlich passieren, wenn sie ihrem Gefühl nachgab. »Hast du ein Problem damit?«, fragte sie nur kurz.

»Mache ich den Eindruck?«, antwortete Marco mit einer Gegenfrage.

»Eigentlich nicht.«

»Na also.«

Der Anruf kam eine halbe Stunde später, und er lief auf Marcos Festnetzapparat auf. Er nahm ab, hörte konzentriert zu, nickte ein, zwei Mal und legte wieder auf. »Das war unser Kollege. Es geht los. Gerstäcker hat Dana Wegener auf die Baustelle des Einkaufszentrums geordert. Sie soll auf das zukünftige

Parkdeck fahren und dort warten.«

»Mist«, fluchte Ellen, während sie nach ihrer Jacke schnappte und ihrem Kollegen folgte, der schon in der Tür stand. »Von dort aus kann er ziemlich gut beobachten, was sich in der Umgebung abspielt.«

»Aber so ein Parkdeck ist ziemlich groß«, warf Marco ein. Während sie im Laufschritt zum Wagen eilten, analysierte er die Situation. »Er hat zwar die freie Fläche im Blickfeld, doch, egal an welcher Ecke des Daches er steht, nur zwei Seiten im Einblick. Er wird auf alle Fälle die Seite mit der Einfahrt zum Parkdeck im Auge behalten. Wir können uns also auf der entgegengesetzten Seite dem Gebäude nähern.«

»Aber nicht im Wagen. Den könnte er hören«, sagte Ellen.

»Schon klar. Wir teilen uns auf. Einer von uns bleibt im Wagen beim Empfangsgerät und hört mit, was zwischen Gerstäcker und Dana gesprochen wird. Der andere schleicht sich über den Treppenaufgang an die beiden ran, für den Notfall.«

»Notfall«, wiederholte Ellen und fand, dass Marco diesen Teil des Einsatzes etwas zu locker betrachtete. Die Situation war doch folgende: Ein Zugriff auf dem Parkdeck war unmöglich, weil sie sich Gerstäcker nicht unbemerkt nähern konnten. Sobald Gerstäcker sie sah, würde er in sein Auto springen und abhauen. Sie mussten in ausreichender Entfernung ausharren, bis das »Geschäft« zwischen Gerstäcker und Dana abgewickelt war, ihn dann vom Parkdeck fahren lassen, und erst dann konnten sie ihn festnehmen. Der Plan hatte aber einen entscheidenden Haken. Was, wenn es zwischen Gerstäcker und Dana auf dem Dach zu einer Auseinandersetzung kam? Was, wenn er Dana verletzte – oder Schlimmeres? Genau das war der Notfall!

»Ich übernehme den Treppenaufgang«, sagte Ellen entschlossen.

Sie waren am Wagen angekommen. Marco fuhr.

»Gerstäcker wird den natürlich auch im Auge haben«, bemerkte Marco.

»Ich rufe Dana an. Sie soll Gerstäcker möglichst die Sicht zur Tür versperren.« Ellen zückte ihr Handy und wählte Danas Nummer. In kurzen Worten unterrichtete sie sie von dem Plan, den Marco und sie entwickelt hatten. »Halte immer reichlich

Abstand zu Gerstäcker«, instruierte sie Dana am Schluss noch. »Und sei um Himmels Willen vorsichtig.«

Dana bejahte nur. Auch sie war spürbar nervös. Die Freisprechanlage im Wagen des Kollegen, mit dem Dana unterwegs war, übermittelte ihre Anspannung. Dass sie diesen Wagen fuhr, war nicht nur wegen der Verkabelung sicherer, sondern auch wegen des zusätzlich im Wagen eingebauten Verstärkers, der die Reichweite ihres Senders vergrößerte.

»Bist du sicher, dass du da hochgehen willst?«, fragte Marco, nachdem Ellen das Gespräch beendet hatte. »Ich meine, vielleicht ist es besser, wir machen es umgekehrt. Ich geh rauf, und du wartest im Wagen.«

Ellen drehte ihren Kopf abrupt zu Marco. »Ich gehe hoch. Ich habe eindeutig mehr Erfahrung als du. Das wirst du doch wohl nicht abstreiten.«

»Ich meine ja nur. Kannst du nachher auch ruhig Blut bewahren?«

»Keine Sorge«, entgegnete Ellen nur.

Marcos Gesicht drückte allerdings genau die aus.

Das Gebäude des Einkaufszentrums in spe lag in fast völliger Dunkelheit. Die wenigen Laternen beleuchteten hauptsächlich den Eingang des Gebäudes und die Bauwagen. Vom Dach des Gebäudes ließen sich die Konturen nur erahnen. Marco parkte so, dass ihr Wagen von einem abgestellten Baufahrzeug gedeckt wurde. Ellen sprang sofort hinaus und lief in einem großen Bogen zur hinteren Seite des Gebäudes. Außer Atem kam sie an der Tür zum Treppenhaus an. Drückte die Klinke herunter. Verschlossen – was sonst. Mit nervösen Fingern kramte Ellen ihr Werkzeug hervor und machte sich am Türschloss zu schaffen. Dieses hier war eines der sicheren Sorte und ließ sich auch im dritten Versuch nicht öffnen. Und nun, Ellen?

Durch den Haupteingang! Sie musste es riskieren. Wenn sie sich dicht an der Mauer hielt, konnte Gerstäcker sie nicht sehen. Zumal er sicher nicht damit rechnete, dass jemand diesen Weg nahm. Der Code für den Schlüsselkasten war kein Problem, den hatte Ellen sich gemerkt. 55555. Da war jemand nicht sehr einfallsreich gewesen. Ellen schloss die Eingangstür auf und betrat den dunklen Flur. Aus ihrer Jackentasche zog sie eine kleine Stabtaschenlampe, mit der sie vor sich her leuchtete. Die Tür zum Treppenaufgang war schnell gefunden und diesmal zum Glück auch unverschlossen. Eilig nahm Ellen die Stufen nach oben. Dann stand sie endlich vor dem Ausgang zum Parkdeck.

Ein kurzes Leuchten auf ihre Uhr zeigte Ellen, dass, seit sie sich von Marco mit einem kurzen Kopfnicken verabschiedet hatte, zehn Minuten vergangen waren. Da hatte Gerstäcker Dana gerade gefragt: »Haben Sie das Geld?«

Und Dana antwortete: »Fünftausend Euro. Obwohl das weit über das übliche Honorar für einen Informanten hinausgeht.«

Gerstäcker hatte gefeixt. »Dafür bekommen Sie auch alles aus erster Hand.«

Nun drückte Ellen vorsichtig gegen die schwere Tür. Neue Türen quietschten gern. Diese hier Gott sei Dank nicht. Ellen hielt inne, als der geöffnete Spalt etwa fünf Zentimeter breit war. Sie lauschte, konnte aber nur undeutlich etwas vernehmen, das wie Stimmen klang. Also befand sie sich offenbar in einiger Entfernung von der Stelle, wo Gerstäcker und Dana standen. Im Moment war das ein Vorteil, weil Ellen so ungesehen aufs Dach schlüpfen konnte. Dunkelheit umfing sie. Was sie ebenfalls begrüßte – auch wenn es ihr die Orientierung erschwerte, zumal sie sich vorsichtshalber dicht an die Tür presste. Die Stimmen kamen von rechts und waren jetzt, da Ellen nicht mehr hinter einer dicken Tür stand, bereits sehr viel deutlicher zu hören. Es trennten sie etwa zwanzig Meter von Dana und Gerstäcker, die im Licht der Autoscheinwerfer immer noch miteinander redeten. Und nun wurde aus dem Vorteil ein Nachteil. Denn es gab auf dem Dach nichts, hinter dem Ellen Deckung suchen konnte, um sich der Position von Gerstäcker und Dana zu nähern. Einzig und allein die Tatsache, dass Gerstäcker mit dem Rücken zu ihr stand, beruhigte Ellen ein wenig.

Das hatte Dana wirklich gut hinbekommen. Hatte sie ihn derartig ins Gespräch gezogen, dass er die Vorsicht vergaß? Oder war es Zufall? Egal.

»Ich war immer die zweite Geige«, sagte Gerstäcker gerade: »Tu dies, tu das. Ich war Kesslers Laufbursche. Und glauben

Sie, er hat jemals danke gesagt? Als ich seine Hilfe brauchte, lachte er mich aus, dieser Mistkerl.«

»Haben Sie geplant, ihn umzubringen?«

»Nein, aber als sich die Gelegenheit so plötzlich bot, habe ich einfach gehandelt. Ich war mir sicher, man würde Gruber alles anhängen. Diesem Loser.«

»Aber warum Frau Bergrath?«

»Die geläuterte Simone.« Gerstäcker lachte bitter auf. »Sie wusste von allem. Dem Unfall vor zehn Jahren. Damals haben wir sie das erste Mal gerufen, aber es war schon zu spät. Der arme Kerl starb unter ihren Fingern. Schon da wollte sie gleich zur Polizei rennen, aber Kessler konnte sie davon abhalten. Na ja, damals war sie noch verknallt in ihn. Ein Glück für uns. So konnten wir sie bei der Stange halten. Kessler bequatschte sie, und sie kam immer an, wenn einer der Schwarzarbeiter ärztliche Hilfe brauchte. Damit saß sie mit drin im Boot. Auch als es vorbei war mit der Liebe.« Gerstäcker lachte hämisch.

»Aber als Kessler tot war, wollte sie sich nicht länger erpressen lassen. Damit hatten Sie nicht gerechnet«, sagte Dana kühl.

»Diese dumme Kuh. Selbst im besten Fall, wenn ich den Richter hätte überzeugen können, dass alles auf Kesslers Mist gewachsen war, hätte ich ein Jahr für unterlassene Hilfeleistung kassiert. Aber ich zweifle, dass man mir das abgenommen hätte.«

»Bei dem einen Jahr wäre es in keinem Fall geblieben. Gewerbsmäßige Schwarzarbeit, noch dazu aus grobem Eigennutz, wird mit bis zu fünf Jahren bestraft.«

»Oho, da kennt sich aber jemand aus«, ätzte Gerstäcker.

»Ich habe recherchiert«, entgegnete Dana lapidar.

»Na, herzlichen Glückwunsch. Dann wissen Sie ja ganz genau, was für mich auf dem Spiel stand. Der Bergrath war der Verlust ihrer Zulassung plötzlich egal. Sie meinte, das wäre nur für ein paar Jahre.«

»Das wollte sie in Kauf nehmen?«

»Ja, sie wollte unbedingt reinen Tisch machen. Mit allen Konsequenzen. Na, die hat sie ja nun.«

Ellen hatte aufmerksam zugehört. Während Gerstäcker seine Missetaten bis gerade eben eher im Plauderton vorgetragen hatte, schwang bei seiner letzten Bemerkung eine deutliche Gereiztheit in seiner Stimme.

Okay, das reicht, Dana. Gib ihm das Geld, schwing dich ins Auto und fahr los. Den Rest übernehmen wir.

Doch Danas Neugier schien noch nicht befriedigt.

»Haben Sie Frau Bergrath mit der Absicht zur Baustelle gelockt, sie zu töten?«, wollte sie von Gerstäcker wissen.

»Ich rief sie an, es gäbe einen Verletzten. Sie solle kommen. Sie wollte erst nicht. Aber ich sagte, wir regeln dann alles in Ruhe, es sei das letzte Mal. Ich wollte wirklich mit ihr reden, aber als wir in dem Keller waren und dort niemand war außer uns, wurde sie hysterisch. Sie wollte abhauen, ich hielt sie zurück, sie fiel gegen den Kessel und dann auf den Boden. Mit dem Kopf genau auf die Abdeckung der Steuereinheit. Aus der Wunde sickerte unaufhörlich Blut, sie lag leblos da.«

»Auf die Idee, einen Krankenwagen zu rufen, kamen Sie da nicht?«

»Nein, es war wie schon bei Kessler. Ich dachte, Schicksal, nimm deinen Lauf.«

»Und wie bei ihm halfen Sie noch ein wenig nach.«

Ellen hatte kein gutes Gefühl bei dem, was Dana da tat. Jetzt provozierte sie Gerstäcker auch noch. Sie mussten unbedingt mal ernsthaft darüber sprechen, was unter dem Wort »Vorsicht« zu verstehen war.

»Ich dachte, damit sind alle Probleme aus der Welt. Und tatsächlich, die Polizei hat keine Beweise gegen mich. Dann schießt dieser Russe quer, und Sie kommen dazu. Jetzt habe ich schon wieder Ärger.«

Dana, verschwinde jetzt!

Ellen tastete vorsichtig nach dem Halfter. Knöpfte die Tasche daran auf.

Auch Dana schien endlich zu begreifen, dass es Zeit für ihren Abgang war. »Nun, es wäre übertrieben zu sagen, das tut mir leid. Aber was mich angeht, ich habe meine Story und damit keinen Grund, dieses Zusammentreffen weiter in die Länge zu ziehen.« Dana machte Anstalten, zum Wagen zu gehen. Schon griff sie nach der Tür, als Gerstäcker meinte: »So war das aber nicht gedacht.«

Geh nicht darauf ein, Dana! Steig ein!

Doch Dana hielt inne und drehte sich zu Gerstäcker um. Der hatte, Gott weiß woher, plötzlich eine Pistole in der Hand.

Danas Gesicht erstarrte. »Was soll das?«, presste sie hervor.

»Sie glauben doch nicht, dass ich Sie mit dem, was ich Ihnen gerade erzählt habe, einfach so gehen lasse?« Gerstäcker wedelte mit der Waffe und bedeutete Dana, in seinen Wagen zu steigen.

»Das war der Deal.«

Ellen zog langsam ihre eigene Waffe.

»Ihr Deal vielleicht. Nicht meiner.« Gerstäcker griff Danas Arm. »Los, machen Sie schon. Einsteigen.«

Verdammt. Danas Gestalt verdeckte Gerstäcker zur Hälfte. Ellen stand angespannt da. Aber Gerstäcker hatte sie immer noch nicht bemerkt – das war ihr Vorteil. Sie trat aus dem Schutz der Mauer hervor und näherte sich den beiden in schnellen, aber leisen Laufschritten.

»Wozu?«, fragte Dana, die Ellen jetzt bemerkt hatte. Was ihr offensichtlich zu Kopf stieg, denn sie begann tatsächlich Gerstäcker zuzutexten. »Damit Sie mich auch irgendwo ins Wasser werfen oder anzünden? Erschießen Sie mich doch lieber, das geht schneller. Ist auch einfacher.«

Halt die Klappe, Dana, mach, was er sagt.

»Führen Sie mich nicht in Versuchung«, knurrte Gerstäcker auch schon.

Plötzlich drehte er sich um. Sowohl Dana als auch Ellen erschraken. »Hände hoch. Keine Bewegung. Lassen Sie die Waffe fallen, Gerstäcker«, spulte Ellen dennoch instinktiv ab. Und indem sie das tat, kehrte wie von selbst die für die Situation notwendige kühle Überlegung in sie zurück. »Sie haben keine Chance, Gerstäcker. Das Gelände ist von unseren Leuten gesichert. Geben Sie auf. Legen Sie die Waffe hin, oder ich schieße.«

Gerstäcker erfasste die neue Situation nach einer kurzen Schrecksekunde blitzartig – und leider auch die einzige Möglichkeit, die Ellen daran hindern konnte, ihre Warnung umzusetzen. Er griff erneut Danas Arm, den er losgelassen hatte, richtete die Waffe auf sie und sagte: »*Sie* legen die Waffe hin, oder die Frau stirbt.«

Ellen schluckte trocken. Sie zweifelte keine Sekunde, dass Gerstäcker es ernst meinte. Er hatte nichts zu verlieren. Dana stand neben ihm, leichenblass und starr.

»Schon gut«, sagte Ellen und ließ den Griff ihrer Waffe los, so dass diese nur noch an ihrem Zeigefinger baumelte. Sie hockte sich langsam hin, legte die Waffe auf den Boden und schob sie mit dem Fuß von sich. »Bleiben Sie ganz ruhig, Herr Gerstäcker. Es gab genug Tote.«

»Ich werde jetzt in meinen Wagen steigen, *mit ihr*«, sagte der. »Und Sie werden mich nicht verfolgen. Dann lasse ich sie später laufen.«

Wer's glaubt. Ellen beobachtete besorgt, wie Gerstäcker Dana in den Wagen bugsierte und seinerseits auf der Fahrerseite einstieg. Der Motor heulte auf, Reifen drehten kurz durch, dann rauschte Gerstäckers BMW mit Dana davon.

Ellen hastete zu ihrer Waffe, hob sie auf und war mit drei Sätzen bei Danas Wagen. Noch während sie hineinsprang, griff sie nach der Sprechanlage. »Marco?«

»Hab alles mitbekommen.«

»Dran bleiben, aber Abstand halten.«

»Was sonst.«

Ellen drückte aufs Gaspedal.

»Sie sind gerade an mir vorbeigefahren, ich häng mich ran«, meldete Marco jetzt.

»Ich bin in Kürze hinter dir. Halt mich auf dem Laufenden, was bei Dana los ist.« Ellen lenkte den Wagen die Auffahrt hinab, wobei sie der Wand des Tunnels in den engen Kurven gefährlich nahe kam. Sie musste sich zwingen, etwas langsamer zu fahren. Unten angekommen, trat Ellen sofort wieder das Pedal durch. »Wo bist du?«, fragte sie Marco per Funk.

»Auf der Grazer Straße, stadtauswärts.«

»Alles klar.« Ellen bog rechts in die Grazer ab. »Erzähl, was macht Gerstäcker? Was sagt er?«

»Nichts.«

»Und Dana?«

»Hat es tatsächlich die Sprache verschlagen. Ist wohl auch besser so. Oh.«

»Was?«

»Jetzt spielt sie die Heldin. Das sollte sie lieber lassen. Hörst du? Warte, ich dreh mal die Lautstärke auf.«

Ellen lauschte. Und tatsächlich. »Diese halsbrecherische Flucht bringt doch nichts, Gerstäcker«, hörte Ellen Danas durch die Übertragung verzerrte Stimme. »Sie können nirgendwo hin. Der Tank ist nur noch viertelvoll. Wie lange reicht das? Oder wollen Sie an der nächsten Tankstelle aussteigen und gemütlich volltanken? Es läuft längst eine Fahndung gegen Sie. Geben Sie auf.«

Ellen musste Danas Geistesgegenwart bewundern: Sie gab einen Hinweis über Gerstäckers möglichen Fluchtradius. Das war schlau, aber auch riskant. Nämlich dann, wenn Gerstäcker es mitbekam.

»Was sind das eigentlich für komische Karten, die hier rumliegen?«, fragte Dana jetzt. »Da sind gar keine Straßen drauf. Was bedeuten all diese Kreise?«

»Finger weg davon.«

»Sieht aus wie ... wie der Flugsimulator auf meinem alten PC. Ich war keine gute PC-Pilotin, das weiß ich noch.«

»Klappe!«

»Ich rede nun mal viel, wenn ich nervös bin.«

»Klappe. Ich sag's nicht noch mal.«

Für einen Moment herrschte Stille. Plötzlich hörte Ellen das Geräusch von quietschenden Reifen, gefolgt von einem heftigen Fluch Marcos.

»Was ist bei dir los?«

»Gerstäcker hat direkt vor mir 'ne Vollbremsung gemacht und ist auf die Bundesstraße abgebogen. Ich musste ausweichen und bin in der Böschung gelandet. Ich versuche rauszukommen.«

»Mist«, fluchte Ellen. Der Schrei eines aufheulenden Motors und fortgesetztes Fluchen des Kollegen kündeten durch die Sprechanlage von seinem Kampf.

»Bist du wieder an ihm dran?«, fragte Ellen. Sie fuhr gerade an dem Schild vorbei, das die Bundesstraße in fünfhundert Metern ankündigte.

»Nein, ich ... verdammt ... ich sitze fest.« Erneut hochtourige Geräusche. »Jetzt komm schon«, presste Marco hervor. Ein Krachen und Marcos brummiges »Na endlich« sagten Ellen, dass er freigekommen war. Jetzt konnte sie auch sehen, wie hundert Meter vor ihr ein Wagen mit Warnblinkanlage auf die Straße rollte und beschleunigte. Sie bogen fast gleichzeitig auf die Bundesstraße und brausten nacheinander die Straße entlang, Ellen direkt hinter Marco.

»Da vorn, ich sehe Rücklichter«, sagte Marco.

»Ich höre nichts von Dana. Stell mal wieder lauter.«

»Ich habe nicht leise gestellt. Der Empfänger muss was abbekommen haben.«

»Na prima, das auch noch!«

Sie näherten sich den Rücklichtern viel zu schnell, als dass es sich um Gerstäcker hätte handeln können. Kurz darauf überholten sie einen VW Passat, einen unbeteiligten Verkehrsteilnehmer. Nach ihm zwei weitere.

»Er hat einen größeren Vorsprung als ich dachte«, meinte Marco.

»Oder er hat uns abgehängt.«

»Wo? Da war nirgends eine Straße.«

»Er kann einen Waldweg reingefahren sein und die Lichter ausgeschaltet haben. Dann sind wir an ihm vorbeigerast.«

»Sollen wir umkehren?«

»Fahr du noch zehn Kilometer weiter, ich drehe um.«

Fünf Minuten später mussten sie sich eingestehen, dass sie Gerstäcker verloren hatten.

»Verdammt, das gibt's doch nicht.« Ellen hieb mit der Hand aufs Lenkrad. »Marco, wo könnte Gerstäcker hinwollen?«

»Woher soll ich das wissen?«

Stille. Ellen rieb sich die Schläfen. *Denk nach, Ellen! Denk nach.*

»Ich veranlasse Straßensperren«, hörte sie Marco sagen.

»Hm.« Das würde kaum was bringen. Bis die standen, konnte Gerstäcker sonstwo sein. Wo war sonstwo? Wie sah Gerstäckers nächster Schritt aus? Wollte er sich verstecken und in ein paar Tagen seine Frau oder einen Freund kontaktieren? Wohl eher einen Freund. Da war die Chance größer, dass der nicht überwacht wurde, besonders wenn es einer war, der nicht im Blickfeld der Ermittlungen stand. Irgendein alter Schulfreund, ein Sportkamerad, ein …

Moment mal. Sport – da klingelte etwas bei Ellen.

Sport. Pokal. Findeisen! Gerstäckers Squashpartner und Clubkollege im Flugverein. Gerstäcker war Pilot! Und Dana hatte vorhin Karten erwähnt, die merkwürdig aussahen. Flugkarten! Gerstäcker wollte mit dem Flugzeug fliehen, mit einem Motorflugzeug des Vereins.

Wo ist dieser verdammte Flugplatz?

»Marco!«

»Ja?«

»Hast du Findeisens Nummer?«

»Nein, was willst du jetzt mit dem?«

Ellen zückte ihr Handy, wählte die Nummer der Auskunft.

»Findeisen, Anwalt, Lenzer Straße. Ich verbinde«, tönte nur eine halbe Minute später die beflissene Stimme einer freundlichen Dame an Ellens Ohr. Ellen schickte ein Stoßgebet ab, dass Findeisen zu den Leuten gehörte, die ihr Firmentelefon aufs Handy umstellten, wenn sie nach Hause gingen. Und hatte Glück. Sie hielt sich nicht mit Erklärungen auf, kam gleich auf den Punkt und erhielt die Information, die sie brauchte.

»Marco, Flugplatz Bregau«, teilte sie dem Kollegen kurz und bündig mit.

»Wo ist das denn?«

Ellen hatte das Ziel bereits ins Navi eingegeben und konnte Marco nur dasselbe raten.

»Was ist dort?«, fragte Marco jetzt.

»Erinnerst du dich? Gerstäcker ist Motorflieger.«

»Ach ja!« Dann ein: »Verdammt.«

»Genau.«

»Ich bin schon unterwegs.«

Ellen kam vor Marco am Flugplatz an. Sie stoppte den Wagen. Das Tor der Flugzeughalle stand offen. Das Grasareal davor lag im Scheinwerferlicht und verlor sich außerhalb des Lichtkegels in der Dunkelheit. Wenn Gerstäcker hier starten wollte, dann musste er ein guter Flieger oder verrückt sein, denn es gab nur eine Graspiste in stockfinsterer Nacht.

Ellen suchte Gerstäckers Wagen, konnte ihn aber nicht ausmachen. Dem Geräusch nach lief irgendwo hinter der Halle ein kräftiger Motor. Ellen gab Gas und jagte den Wagen in diese Richtung. Auch auf der Rückseite der Halle leuchteten Scheinwerfer einen Teil des Areals aus. Ellen erkannte eine Tanksäule und daneben ein Motorflugzeug, dessen Maschinen brummten. Gerstäcker musste es noch betankt haben. Im Halbschatten, an der Grenze zwischen ausgeleuchtetem Areal und Dunkelheit, stand sein BMW. Gerstäcker drückte gerade die Klappe des Kofferraumes zu. In der Hand hielt er eine Sporttasche.

Offenbar hatte Gerstäcker beschlossen, dass ihm seine Geisel jetzt hinderlich war, denn im Näherkommen konnte Ellen Dana hinter der Frontscheibe des BMW erkennen. Sie war eingeschlossen. Dennoch atmete Ellen erleichtert auf: Dana schien auf den ersten Blick unversehrt.

Natürlich war Gerstäcker nicht entgangen, wer da um die Halle gebogen kam. Den Blick auf Ellens Wagen geheftet, schien er für einen Moment unentschlossen. Dann öffnete er die eben geschlossene Kofferraumklappe wieder. Ellen konnte nicht sofort sehen, womit er hantierte, nur, dass er es tat. Erst als sie wenige Meter neben Gerstäcker hielt, erkannte sie den kleinen Kanister in seinen Händen, aus dem das Benzin in den Kofferraum platschte.

Ellen sprang aus dem Wagen, zog die Waffe. »Fallen lassen, Gerstäcker!«, rief sie.

Gerstäcker tat es. Der Kanister plumpste mit einem dumpfen Laut in den Kofferraum. Noch bevor Ellen reagieren konnte, zog Gerstäcker blitzschnell sein Feuerzeug, zündete es an und warf es hinterher. Augenblicklich schoss eine hohe Flamme aus dem Wagenheck empor. Fassungslos starrte Ellen auf das brennende Fahrzeug. Ihr Blick wanderte zum Fahrerraum, traf Danas, in dem das blanke Entsetzen stand.

Gerstäcker rannte zum Flugzeug.

Ellen fluchte. Wo blieb Marco?! Der kam wie auf Bestellung um die Ecke gerast. Ellen hoffte, dass er die Situation erfasste und Gerstäcker den Weg abschnitt. Sie selbst eilte zum brennenden BMW.

»Geh von der Scheibe weg«, rief sie Dana zu, die in ihrer Panik an der Tür rüttelte. Dana rutschte zum Fahrersitz und kauerte sich zusammen. Mit dem Eisen des Pistolenknaufs schlug Ellen kräftig gegen die Seitenscheibe. Glas splitterte; ein Netz aus tausend Waben entstand. Ein zweiter Schlag, und die Scheibe zerbröselte von der Mitte her. Ellen zog ihre Jacke aus, wickelte sie sich schützend um die Hand und riss den Rest des Glasgespinstes heraus, der noch im Fensterrahmen saß. Dana krabbelte vom Fahrersitz zurück und quetschte sich mit Ellens Hilfe durch die entstandene Öffnung aus dem Wagen. Sobald sie Boden unter den Füßen hatte, zog Ellen sie mit sich und vom Wagen weg. Erst in einem Abstand von fünfzig Metern verlangsamte Ellen ihren Lauf und blieb schließlich stehen. Dana neben ihr. Sie keuchten, drehten sich um. Genau in diesem Moment ging der BMW vollständig in Flammen auf.

»Das war knapp«, krächzte Dana mit belegter Stimme. Ellen konnte sehen, wie ihre Knie zitterten. Sie drückte Dana nach unten, damit sie sich ins Gras setzte.

»Ja, das war knapp«, murmelte Ellen. Sie lief vor Dana auf und ab, und es war deutlich sichtbar, wie es in ihr brodelte. »Verdammt knapp«, fauchte Ellen, und ihre überstandene Angst entlud sich in Wut. »Da siehst du, was bei so was rauskommt. Den Lockvogel spielen ... ich hab dir gleich gesagt, das ist eine blöde Idee!«

Damit stiefelte sie erbost los und ließ Dana einfach sitzen.

»Okay, okay«, rief Dana hinter ihr. »Du hattest recht. Beim nächsten Mal höre ich auf dich.«

Ellen winkte ab, ohne sich umzusehen. Plötzlich fühlte sie sich am Arm gepackt. Dana war ihr gefolgt und stellte sich ihr in den Weg. »Versprochen.« Schuldbewusst grinsend verzog sie das Gesicht. »Hoch und heilig.«

Ellen schüttelte unwillig Danas Hand von ihrem Arm ab. »Ach, du. Morgen, spätestens übermorgen hast du den Schreck verdaut und bist wie immer. Gegen deinen Dickkopf ist doch kein Kraut gewachsen.«

»Wahrscheinlich hast du recht«, gestand Dana kleinlaut. »Aber ich kann eben nicht anders.« Sie strich mit der Hand über Ellens Wange. »Du siehst ziemlich mitgenommen aus«, flüsterte sie weich. »Alles meinetwegen.« Sie neigte den Kopf. »Es tut mir leid.«

Unter Danas reumütigem Blick, begleitet von deren sanfter Stimme, löste sich Ellens Wut auf. Viel zu schnell, wie sie fand. Eigentlich wollte sie noch ein paar deutliche Worte an Dana richten, um ihr klarzumachen, wie leichtsinnig sie gewesen war. Aber nachdem die Wut verraucht war, überwog in Ellen einfach die Erleichterung darüber, dass es Dana, vom Schreck mal abgesehen, gut ging. Sie lehnte sich an Dana. Die zog Ellen an sich, und ihre Hände strichen sanft über Ellens Rücken.

»He, alles klar?« Marco kam angerannt.

Ellen löste sich von Dana. Marco machte eine Kopfbewegung seitwärts. Dort erkannte Ellen die Schemen des Flugzeuges und von Marcos Wagen, die, sozusagen Auge in Auge, voreinander standen. »Gerstäcker sitzt verschnürt auf der Rückbank, Feuerwehr ist unterwegs«, berichtete Marco. »Und ihr?«

»Nur der erste Schreck«, murmelte Ellen verlegen. »Alles bestens.«

Marco deutete auf Ellens Hand. »Und was ist das da?«

Ellen hob ihren rechten Arm, betrachtete die Hand. An ihren Fingern rann Blut herab. Es sickerte aus einer etwa zwei Zentimeter langen, klaffenden Schnittwunde in der Handfläche. Der Anblick brachte Ellen schlagartig den Schmerz ins Bewusstsein. Sie verzog das Gesicht. Offensichtlich hatte der Schutz durch die Jacke an einer Stelle versagt. Wo war ihre Jacke eigentlich? Na, egal.

»Ich fahr dich ins Krankenhaus«, bot Marco an.

»Nein, ich mach das«, erhob Dana Einspruch. Sie sah mit einem Mal blass aus. »Nur womit?«, fragte sie ratlos. Ein Wagen brannte, der zweite stand unmittelbar neben dem Feuer, im dritten saß Gerstäcker.

»Da muss wohl jemand wieder aussteigen.« Marco griff in seine Hosentasche, warf Dana den Autoschlüssel vom Dienstwagen zu und stiefelte voran.

Dana nahm Ellens Hand vorsichtig hoch und zog eine zerknautschte Packung Tempos hervor, aus der sie mehrere Tücher herauszottelte und in Ellens Hand drückte. »Press das drauf.«

Während der Fahrt zum Krankenhaus sprach Dana kaum ein Wort. Einmal fragte sie kurz: »Geht es?«

Daraufhin verzog Ellen das Gesicht. »Na ja, ganz ehrlich? Es tut höllisch weh.«

Danach fragte Dana nicht noch mal. Überhaupt war sie ungewohnt still. Ellen hatte erwartet, dass Dana reden würde wie ein Wasserfall. Sie war von Gerstäcker mit der Waffe bedroht und entführt worden, hatte hilflos im Wagen eingesperrt gesessen, zuletzt sogar mit der Gefahr des Todes vor Augen. Warum schwieg Dana – statt schon mal die Schlagzeile ihres Artikels zu präsentieren, samt dessen reißerischem Inhalt? Das Ganze war garantiert schon in ihrem Kopf! Dana musste innerlich doch geradezu platzen. Sie machte aber einen eher verzagten Eindruck. Völlig untypisch.

Im Krankenhaus mussten sie zwanzig Minuten warten, bis ein Arzt kam und Ellens Wunde versorgt wurde. Ellen verließ das Behandlungszimmer mit einer dick eingewickelten Hand.

»Der Schnitt wurde genäht«, berichtete sie Dana, die auf dem Gang gewartet hatte.

»Tut es noch weh?«

»Nein. Die Betäubung der Spritze wirkt noch.« Ellen wedelte mit einem Zettel in der Luft herum. »Und zur Sicherheit habe ich ein Rezept für Schmerzmittel. Damit kann ich mich zudröhnen, falls nötig.« Sie blickte Dana an. Die machte ein ziemlich bedröppeltes Gesicht. Ellen beschloss, dass dies der geeignete Moment war, Dana einen kleinen Schrecken einzujagen; Strafe musste schließlich sein. »Allerdings, wenn sich die Wunde entzündet, wird es kritisch«, sagte Ellen deshalb. »Dann könnten die Nerven in Mitleidenschaft gezogen und ein oder zwei Finger steif werden.«

Dana schluckte. »Was? Aber warum behält man dich dann nicht hier? Das muss doch beobachtet werden.«

»Ach.« Ellen winkte lässig ab. »Ich habe gesagt, es wird schon nicht so schlimm werden. Ich will lieber nach Hause.« Sie setzte sich gen Ausgang in Bewegung.

»Bist du verrückt?«, rief Dana entsetzt. Ihre Stimme hallte durch den menschenleeren Gang. Sie hielt Ellen am Arm fest. »Der Mann weiß doch wohl besser, was für dich gut ist. Er ist vom Fach. Du gehst sofort wieder in das Behandlungszimmer und lässt dich von ihm auf Station überweisen.«

»Ich denk nicht dran.«

»Ellen! Was soll das denn? Das ist total unvernünftig.«

»Na, das sagt die Richtige«, erwiderte Ellen lapidar.

Dana zog sich den Schuh tatsächlich an. »Ja, du hast ja recht«, räumte sie ein. »Aber reicht es nicht, wenn eine von uns beiden einen Dickkopf hat?«

»Ach, und dieses Vorrecht gestehst du einfach mal dir zu?« Ellen hob die Augenbrauen.

»Nein, natürlich nicht. Ich meinte doch nur ...« Dana stutzte. »Moment mal. Ist das hier so was wie eine Lektion?«

»Lektion?«, tat Ellen unschuldig.

Dana kniff die Augen zusammen. »Ich wette, wenn ich da reingehe«, sie wies auf das Behandlungszimmer, »und den Arzt auf diese steifen Finger anspreche, schaut der mich ziemlich verständnislos an.« Sie atmete durch. »Liege ich da richtig?«

Ellen erwiderte Danas Blick schweigend.

»Wozu dieses Theater?«, wollte Dana wissen.

Doch Ellen antwortete auch diesmal nicht. Sie vertraute darauf, dass Dana selbst herausfand, was der Grund war.

»Willst du mir damit was sagen?«

Na bitte, geht doch.

»Natürlich willst du das. Auf eine etwas umständliche Art, aber so bist du manchmal.«

»Wie bitte?«

Dana legte ihren Finger auf Ellens Lippen. »Du wolltest mich fühlen lassen, wie es ist, sich Sorgen zu machen. Richtig?«

»Allerdings«, bestätigte Ellen.

»Aber ich kann nicht den ganzen Tag hinter meinem Schreibtisch sitzen, wenn ich authentisch berichten will. Ich muss raus, muss recherchieren und auch mal was riskieren.«

»Musst du? Oder liebst du den Nervenkitzel?«

Dana schmunzelte. »Zugegeben, das auch. Wäre es anders, wäre ich Buchhalterin oder so was in der Art geworden.« Sie legte den Kopf leicht schief. »Ich dachte, du verstehst das. Schließlich geht es in deinem Beruf doch ähnlich zu.«

»Aber ich bin ausgebildet, mich zu schützen. Du verlässt dich einfach auf dein Glück.«

»Ich habe es auch nicht mit Verbrechern zu tun«, argumentierte Dana. »Na ja, normalerweise.«

Ellen seufzte. Dieses Thema würden sie hier und jetzt wohl nicht ausdiskutieren – schon allein deshalb, weil Ellen zu müde war. »Lass uns ein anderes Mal weiter darüber reden. Ich bin müde. Fährst du mich nach Hause?«

»Ja, natürlich. Vorher muss ich dir aber noch was beichten.«

Ellens fragende Augen entlockten Dana ein sanftes Lächeln. »Ich finde es eigentlich ganz schön, wenn du dir Sorgen um mich machst. Es ist schon eine Weile her, dass da jemand war, der das getan hat.«

Sie sahen einander an. Danas Mund näherte sich langsam Ellens Lippen, berührte sie zärtlich, verschmolz mit ihnen. Ellen fühlte Danas Hand in ihrem Nacken, ihr Streicheln, das Kribbeln auf der Haut. Danas andere Hand umschlang Ellens Taille, zog sie fest an sich.

Eine Tür ging auf. Sie schreckten zusammen und sahen sich um. Es war der Arzt, der Ellens Wunde genäht hatte und jetzt aus dem Behandlungsraum kam. Aber er nahm sie gar nicht wahr, sondern ging mit raschen Schritten den Gang hinunter.

»Fahren wir?«, flüsterte Dana in Ellens Ohr.

Ellen öffnete die Wohnungstür, nahm Danas Jacke von den Schultern und gab sie ihr zurück. Dana nahm sie. Abwartend schaute sie Ellen an. Ellen legte ihr Schlüsselbund auf der Kommode ab. »Ein aufregender Abend«, sagte sie dabei.

»Ja.« Dana schloss die Tür und lehnte sich dagegen.

Ellen stand unschlüssig da. Verlegen kratzte sie sich hinterm Ohr. Dann lächelte sie. »Möchtest du einen Kaffee?«

»Nein.« Dana machte einen Schritt auf Ellen zu. Ihre Absicht stand deutlich in ihren Augen. Deshalb blinzelte Ellen auch verwirrt, als Dana plötzlich mitten in der Bewegung innehielt und die Stirn runzelte. Ihr Blick lag auf etwas in Ellens Rücken. Ellen drehte sich um – und sah in Brittas verschlafenes Gesicht.

Ach du liebe Güte. Richtig. Wie hatte sie Britta vergessen können? Und dass sie noch eine Nacht bleiben wollte? Ellen war für den Moment so perplex, dass sie Britta nur anstarrte.

»Ach, du bist's«, sagte die lediglich und schlurfte zurück ins Schlafzimmer.

Ellen drehte sich zurück zu Dana. In deren Gesicht standen stummer Vorwurf und grenzenlose Enttäuschung. Wortlos machte sie auf dem Absatz kehrt und verließ die Wohnung.

»Dana!«, rief Ellen.

Die drehte sich noch mal um. »Was kommt jetzt? Der berühmte Satz: Es ist nicht so, wie es aussieht?« Sie schüttelte den Kopf. »Verschon mich damit.«

11.

Tut mir leid, dass ich dir gestern deine Freundin verjagt habe«, sagte Britta beim Abschied. Sie lächelte schwach. »Wenn sie nicht wiederkommt, kannst du es dir ja noch mal überlegen.«

Ellen schüttelte den Kopf.

»Selbst dann nicht?«

»Nein.«

Britta seufzte. »Na dann. Mach's gut.«

Ellen beobachtete vom Küchenfenster aus, wie Britta ihre Tasche auf den Beifahrersitz ihres Wagens schob. Bevor sie einstieg, blickte Britta noch einmal nach oben und winkte. Dann fuhr sie davon. Ellens Augen folgten ihrem Wagen, bis er um die Ecke bog. Anschließend räumte sie das Frühstücksgeschirr in den Geschirrspüler und alles Essbare bis auf die Brötchen in den Kühlschrank.

»Und nun zu dir, Dana Wegener«, murmelte sie vor sich hin, als sie die Kühlschranktür zudrückte. »Einfach abhauen. Das ist ja wohl das Letzte.«

Sie nahm ihr Handy und wählte Danas Nummer im Verlag.

»Sommer«, meldete sich eine frische Stimme.

»Oh, Entschuldigung, ich hab mich wohl verwählt«, sagte Ellen. »Ich wollte mit Dana Wegener sprechen.«

»Frau Wegener hat ihr Telefon auf meinen Apparat umgestellt. Sie will nicht gestört werden. Von niemandem. Sie schreibt an einem wichtigen Artikel.«

»Macht sie das nicht immer?«

»Ja, aber dieser ist scheinbar noch eine Nummer wichtiger. Ich kann Dana was ausrichten, wenn Sie möchten.«

»Sagen Sie ihr nur, Ellen hat angerufen.«

»Ist gut.«

Ellen legte auf. Damit hatte sie jetzt nicht gerechnet: Dana verschanzte sich. Warum sonst hatte sie ihren Apparat umgestellt. Wahrscheinlich hatte Frau Sommer gar keine Order, *niemanden* durchzustellen, sondern nur, eine bestimmte Person abzuwimmeln, nämlich sie. Ellen blieb nichts anderes übrig, als es später noch mal zu probieren. Dana konnte sich ja nicht ewig verleugnen lassen. Vorerst fuhr Ellen ins Büro.

Marco saß schon mit Gerstäcker im Verhörraum. Ellen kam dazu, als Gerstäcker gerade sagte: »Ich habe immer die Drecksarbeit für Kessler machen müssen. Habe ihm bestimmt hunderttausend pro Jahr extra eingebracht. Und *einmal* bitte ich ihn um Hilfe, und der Kerl sagt eiskalt nein.«

»Wie hoch sollte die Hilfe denn ausfallen?«, fragte Marco.

»Er sollte mir fünfunddreißigtausend leihen. Nur leihen. Als er mich anrief, ich solle ihn aus dem Stadtpark abholen, weil Gruber ihm irgendwas eingeflößt hätte, hatte ich noch nicht vor, ihn zu töten. Ich fuhr hin, packte ihn ein – er war ziemlich benebelt. Ich dachte, das ist die Gelegenheit. Sprach ihn auf das Geld an. Er lachte nur. Von was für Idioten er doch umgeben sei.«

Ellen nahm sich einen Stuhl. »Da beschlossen Sie, Kessler zu beseitigen, damit Sie sich aus der Firma nehmen konnten, was Sie brauchten«, meinte sie dabei und setzte sich.

»Nein! Ich habe das nicht geplant. Kessler wurde plötzlich schlecht. Das war auf der Brücke. Ich hielt an, gerade rechtzeitig, sonst hätte er in mein Auto gekotzt. Nachdem Kessler sein Innerstes auf die Straße gepackt hatte, ging er zum Brückengeländer, um sich frische Luft um die Nase wehen zu lassen. Erst da habe ich gedacht: Wenn doch das Geländer nachgeben würde, dann wäre er weg, der fiese Sack. Ich ging zu ihm, immer noch in der Hoffnung, ihn umstimmen zu können. Kessler drehte sich um. Obwohl er aussah wie der Tod auf Latschen, hatte er diesen selbstgefälligen Ausdruck im Gesicht. Da wusste ich, es war aussichtslos. Das war der Moment, wo mir der Gedanke durch den Kopf ging: Du musst was tun. Und da klar war, dass das Geländer nicht nachgeben würde ...« Gerstäcker hielt inne.

»Wie ging es weiter?« wollte Marco wissen.

»Das glauben Sie nie. Kessler schien meine Gedanken zu lesen. ›Na? Mordgedanken?‹ Er feixte. ›Lass es lieber. Damit kommst du nicht durch.‹ Und ich dachte so: Wer weiß, vielleicht doch. Es gab schließlich 'ne Menge Leute, die Kessler die Pest an den Hals wünschten.«

»Deshalb haben Sie uns Gruber schmackhaft gemacht«, schlussfolgerte Ellen.

»Bot sich an.«

»Eins versteh ich nicht«, sagte sie. »Kessler hätte den Sturz überleben und ans Ufer schwimmen können. Was hätten Sie dann gemacht?«

»Ich wusste, bei der Brücke gibt es starke Strömungen. Am Ufer stehen überall Warnschilder. Selbst ein guter Schwimmer hat da Probleme. Kessler konnte aber gar nicht schwimmen.«

»Was?«

»Ich erfuhr es, als ich ihn mal fragte, warum er eine Segelyacht hat, wenn er damit nie rausfährt. Kessler meinte, die sei nur da, um darauf Kunden zu empfangen und zu beeindrucken. Als Nichtschwimmer vermeide er das offene Wasser lieber.«

Ellen und Marco sahen sich an. Warum hatte Frau Kessler ihnen diese Information vorenthalten? Sie hätten den Kreis der Verdächtigen zwar nicht einschränken können, aber dennoch wäre dieser Hinweis hilfreich gewesen. Doch so war das manchmal. Für andere Leute hingen die Dinge, obwohl die Verbindung auf der Hand lag, schlicht und ergreifend nicht zusammen.

»Außerdem stand Kessler ja auch noch unter Medikamenten«, erklärte Gerstäcker weiter. »Sorge machte mir nur, ob es einen zufälligen Beobachter geben könnte. Aber es war kurz nach fünf Uhr morgens, Karfreitag, kaum ein Auto unterwegs. Für Jogger war es noch zu früh. Da habe ich es getan. Ich packte Kessler. Es gab einen kurzen Kampf. Aber er hatte keine Chance, so mitgenommen wie er war.«

»Was haben sie anschließend gemacht?«

»Na, was schon? So schnell wie möglich weg da. Meine Frau schlief noch, als ich nach Hause kam.«

Marco schaltete das Aufnahmegerät aus. »Ich brauch einen Kaffee, bevor wir mit dem Fall Simone Bergrath weitermachen.« Er gab dem uniformierten Kollegen im Raum ein Zeichen, dass er Gerstäcker im Auge behalten solle. Dann verließen er und Ellen den Verhörraum.

»Der Typ ist eiskalt, erzählt das Ganze, als ginge es ihn nichts an.« Marco zog sich einen Kaffee am Automaten. »Nimmst du ihm seine Geschichte zu Kessler ab? Demnach begann alles mehr oder weniger durch einen Zufall. Simone Bergrath wäre vielleicht noch am Leben, hätte Gruber seinen Hass auf Kessler besser beherrscht.«

»Wie kommst du darauf?«

»Kessler würde vielleicht noch unter uns weilen. Und er war abgebrühter als Gerstäcker.« Marco pustete auf das heiße Getränk in seiner Hand. »Karl Kessler hätte sich von Simone Bergrath nicht in die Enge treiben lassen, sondern sie zu irgendeinem faulen Kompromiss überredet. Oder gezwungen. Wie bisher auch.« Er nippte am Becher. »Ich sage dir, Grubers kleine Rache hat am Ende seine Freundin das Leben gekostet.«

»So sagen wir ihm das lieber nicht«, meinte Ellen. »Es ist auch müßig, zu spekulieren, was passiert wäre wenn.«

Sie gingen zurück in den Verhörraum.

Den Tathergang zu Simone Bergraths Tod kannte Ellen bereits in groben Zügen. Gerstäckers protokollierte Aussage brachte nicht viel Neues zutage. Aus dem Obduktionsbericht wussten sie, dass Simone Bergrath nur bewusstlos gewesen war, als die Explosion stattfand. Damit stand das zweite Tötungsdelikt auf Gerstäckers Anklageliste. Indirekt hatte Gerstäcker auch Nummer drei gestanden, den Toten vor zehn Jahren, nämlich als er erzählte, wie er und Kessler Simone Bergrath zu dem Mann gerufen hatten. Zu spät – das gab Gerstäcker selbst zu. Eine unterlassene Hilfeleistung kam somit noch hinzu, mindestens. Blieb der vierte in der Reihe der bekannten Opfer, der Russe. Der war in der Zwischenzeit im Krankenhaus aufgewacht und hatte Gerstäcker in puncto organisierte Schwarzarbeit stark belastet. Dazu kam, was Dana gehört und gesehen hatte, ganz zu schweigen von ihrer Entführung.

»Gerstäcker verbringt die nächsten zwanzig Jahre im Strafvollzug«, stellte Marco zufrieden fest, als sie am späten Nachmittag den Bericht zum Fall abschlossen.

»Und das wegen fünfunddreißigtausend Euro. Damit sitzt er pro Tag für nicht einmal fünf Euro. Und drei Menschen sind tot. Ich verstehe nicht, was die Leute dazu treibt.«

»Wer versteht das schon«, meinte Marco nur. Plötzlich fiel ihm etwas ein, denn er hob den Kopf in die Höhe, blinzelte und fragte verwundert: »Was ist eigentlich mit unserer rasenden Reporterin los?«

»Wer? Dana?«

»Wer sonst? Sie war noch gar nicht hier, um uns auszuquetschen. Jetzt, wo der Fall abgeschlossen ist.«

»Sie war doch dabei, als Gerstäcker festgenommen wurde. Was braucht sie da noch von uns?«

»Na, die Fakten.«

»Die hat sie von Gerstäcker auf dem Parkdeck bekommen.«

»Hm, trotzdem komisch, dass sie so durch Abwesenheit besticht. Keinerlei Fragen, keine Anfrage zu einer Stellungnahme von offizieller Seite.« Marco warf Ellen einen auffällig unauffälligen Blick zu. »Schon Ärger im Paradies?«, forschte er, und die Neugier sprang ihm dabei aus allen Poren.

Ellen überhörte seine Frage. Wozu sollte sie Marco auf die Nase binden, dass das Paradies seine Pforten noch geschlossen hielt. Noch dazu wegen eines dummen Missverständnisses. *Aber damit werde ich mich nicht abfinden. Ich werde an dieses Tor klopfen, bis es aufgeht. Ganz einfach.*

Doch so einfach war es dann doch nicht. Als Ellen Dana wenig später vom Auto aus anrief, meldete die sich zwar, aber als Dana ihre Stimme vernahm, schlug Ellen eisiges Schweigen entgegen.

»Bist du fertig mit dem Artikel?«, fragte Ellen.

»Ja.« Mehr kam nicht.

»Dann können wir uns ja treffen. Ich will mit dir reden.«

Keine Reaktion.

»Dana? Bist du noch dran?«

»Reden? Worüber?«, erwiderte Dana kühl. »Der Fall ist abgeschlossen und unsere Zusammenarbeit damit beendet. Das dürfte dir sehr recht sein, da du mich ja sowieso nur notgedrungen ertragen hast.«

Was? Ellen fand vor Überraschung keine Worte.

»Keine Sorge«, fuhr Dana mit frostiger Stimme fort. »Ich halte mich an unsere Abmachung. Deine Kollegen erfahren von mir nichts. Und ich dränge mich dir auch nicht weiter auf.«

»Wie bitte?« Diesmal gelang es Ellen wenigstens, ihre Verblüffung zu artikulieren.

Mit Danas Einsilbigkeit war es jetzt vorbei. »Ich hätte es nur fairer gefunden, wenn du mir gesagt hättest, dass du mit Britta zusammen bleiben willst. Statt mir mit diesem *mir zuliebe* Hoffnung zu machen.« Sie klang deutlich verärgert. Jetzt lachte sie bitter. »Aber ich habe wohl kein Recht, mich zu beschweren, wo ich selbst mit unfairen Tricks arbeite.« Ihre Stimme änderte sich, wurde leise. »Jedenfalls habe ich begriffen, woran ich bin. Also ist ein Treffen überflüssig.«

Aufgelegt. Ellen schaute stirnrunzelnd auf ihr Handy. Über diese schlechte Gewohnheit musste sie bei Gelegenheit unbedingt mal mit Dana reden!

Ellen saß im Wagen und wartete auf Dana. Irgendwann musste sie ja aus dem Verlagsgebäude kommen. Wie Ellen Dana einschätzte, würde diese schnurstracks an ihr vorbeiziehen wollen. Sie davon abzuhalten, würde sicher nicht ganz einfach.

Ellen hatte einen Tag vergehen lassen. Und obwohl sie nicht wirklich daran geglaubt hatte – gehofft hatte sie jede Minute, dass ihr Handy klingeln und Dana sich melden würde. Wenn Dana sie liebte, warum gab sie so einfach auf? Das ärgerte Ellen. Andererseits, warum sollte Dana anrufen, wenn sie glaubte, sie und Britta seien wieder zusammen? Sie an Danas Stelle hätte wohl genauso reagiert. Ellen sah ein, es lag bei ihr, etwas zu unternehmen. Sie musste auf Dana zugehen und die Dinge richtigstellen.

Die Tür zum Verlag öffnete sich, und ein junger Mann kam heraus. Ellen verschränkte seufzend die Arme hinterm Kopf. Sie dehnte sich in ihrem Sitz. Diese Warterei nervte. Aber sie wollte Dana außerhalb des Büros abpassen. Ohne die Möglichkeit, dass die sich in eine Besprechung flüchtete oder ähnliche Manöver ersann.

Die Tür ging ein weiteres Mal auf. Diesmal spuckte sie eine Gruppe von drei Leuten aus. Dana war unter ihnen. Ellen rappelte sich hastig hoch, sprang aus dem Wagen und ging der Gruppe entgegen.

»Guten Abend«, rief sie.

Zwei Augenpaare sahen Ellen fragend an, das dritte an ihr vorbei.

»Frau Wegener, wie schön, zu Ihnen wollte ich gerade.« Ellen blieb vor Dana stehen und lächelte. Die Kollegen verabschiedeten sich von Dana. Die nickte mit verbissenem Gesicht.

»Was willst du hier?«, fragte sie Ellen, als sie beide allein waren. »Es ist alles gesagt.«

»Das ist es eben nicht. Bis jetzt hast nur du geredet. Wie wäre es, wenn ich auch mal was sagen dürfte? Also hör mir zu.«

»Brauch ich nicht. Ich hab alles gesehen. Du musst mir dazu keine Untertitel geben.«

»Das mit Britta und mir ist vorbei«, beschwor Ellen Dana.

»Ha, deshalb kommt sie nachts um zwei halbbekleidet aus deinem Schlafzimmer?«

»Sie wollte noch eine Nacht bleiben, brauchte etwas Zeit, bevor sie ihre Kinder abholt.«

»Ja, klar.«

»Ich bitte dich, sollte ich sie etwa rausschmeißen?«

»Es gibt Hotels.«

»Ja, das weiß ich auch. Aber ... verdammt, Dana, warum bin ich wohl hier?«

»Das frag ich mich auch. Ich vermute, dir sind wieder Bedenken gekommen. Womit hat Britta dich diesmal erschreckt?«

»Aber ich sage dir doch ...« Ellen brach ab. So kam sie nicht weiter. An Dana prallte jede Erklärung ab. Sie musste etwas anderes probieren. Und Ellen hatte auch eine Idee, was. »Dana, bitte steig in meinen Wagen. Ich werde dir etwas zeigen.«

»Nein«, lehnte Dana ab.

»Bitte«, versuchte Ellen es erneut.

Kopfschütteln war die Antwort. Ellen spürte deutlich Danas

Absicht, an ihr vorbei- und wegzugehen. Gegen so viel Sturheit war einfach kein Kraut gewachsen. Also griff Ellen zu dem einzigen Mittel, das ihr noch einfiel: Sie langte mit der rechten Hand an ihren Gürtel, mit der linken nahm sie Danas Handgelenk. Eine Sekunde später klickte es einmal. »Dana Wegener, du bist vorläufig festgenommen. Es besteht der Verdacht des mutwilligen Missverstehens.«

Bevor Dana die Situation erfasste, lag auch ihr anderes Gelenk in Handschellen. Es klickte ein zweites Mal. Dana schaute auf ihre gefesselten Hände. »Was soll das?«

Ellen deutete auf ihren Wagen. »Einsteigen!«, wiederholte sie nur.

»Das kannst du nicht machen.« Dana hob die Hände. »Mach die sofort ab.«

Diesmal war es Ellen, die den Kopf schüttelte. »Nein.«

»Tzzz«, machte Dana ärgerlich.

»Steig ein.«

»Nur unter Protest«, brummte Dana. Sie öffnete die Beifahrertür von Ellens Wagen und setzte sich hinein. Die ganze Fahrt über machte sie ein frostiges Gesicht. Ellen nahm es kommentarlos hin. Vor ihrem Wohnhaus angekommen, stellte Ellen den Motor ab. Sie bedeutete Dana auszusteigen. Die schüttelte einmal mehr mit dem Kopf, doch sie öffnete beidhändig die Wagentür, stieg aus und warf die Tür anschließend wütend mit dem Fuß wieder zu. Ellen ignorierte auch das, während sie voran ins Treppenhaus ging.

Oben in ihrer Wohnung schloss Ellen erst die Haustür von innen ab, bevor sie Dana die Handschellen abnahm.

»Übertreibst du nicht ein wenig?« Dana stand mit finsterer Miene an der Tür.

»Mag sein. Aber ich will eben sichergehen, dass du nicht einfach verschwindest.«

»Na schön. Und nun? Was gibt es hier in deiner Wohnung, das ich unbedingt sehen muss?«

Ellen ging von Tür zu Tür, öffnete sie nacheinander und sagte: »Bitte, sieh hinein.«

Dana zog die Augenbrauen zusammen. Sie konnte Ellen nicht folgen, steckte aber dennoch den Kopf in jedes Zimmer. »Ja, und? Was soll da sein? Ich sehe nichts Besonderes.«

»Eben. Nichts und vor allem *niemand*. Britta ist weg. Es ist nichts mehr von ihr da. Keine Sachen, keine Zahnbürste, nicht mal eine Hautschuppe oder ihr Duft. Ich habe den ganzen Nachmittag geputzt. Übrigens aus Frust, falls es dich interessiert.«

Dana stand jetzt an der Tür zum Bad. Sie blickte Ellen stumm an.

Ellen schnaufte. »Sie kommt auch nicht wieder, falls du das denkst. Es ist so, wie ich sage. Nachdem ich mit ihr geredet und gesagt hatte, dass ich nicht mit ihr gehe, bat sie mich, noch eine Nacht hierbleiben zu dürfen. Das ist alles.«

Dana bewegte sich keinen Zentimeter. »Und da schläft sie in deinem Bett?«, fragte sie ätzend.

Ellen, der Verzweiflung nahe, hob die Hände. »Ich lag bekanntlich ja nicht drin.«

»Hättest du aber, wenn wir nicht Gerstäcker verfolgt hätten.«

»Schon möglich, aber es wäre nichts passiert zwischen uns. Für mich ist die Beziehung mit Britta vorbei. Genau deshalb hatte ich ja vergessen, dass sie noch da war.«

»Das soll ich glauben?«

In gewisser Weise war Ellen Danas Skepsis verständlich. Immerhin hatte sie Dana mehr als einmal ihr Herz ausgeschüttet. Zuerst über ihre Wut und dann, als Britta so plötzlich auftauchte, über ihre immer noch vorhandenen Gefühle für Britta. Schließlich hatte es die Versöhnung mit Britta gegeben. Aber Dana hatte immerhin mitbekommen, dass sie, Ellen, mit dieser Versöhnung nicht so glücklich war wie erwartet.

»Du *musst* mir glauben«, flehte Ellen, wusste jedoch auch, dass das viel verlangt war. Dana hatte im Grunde kaum etwas, woran sie sich halten konnte. Dass ihre Küsse auf Ellen eine gewisse Wirkung hatten, dass da eine gewisse Anziehung war, ja. Das war es aber auch schon.

Danas Blick war entsprechend düster. »Warum?«

»Weil ich ...« Ellen hielt inne. Sie hatte es langsam angehen wollen. Ja, aber wie sollte das gehen? Sollte sie Dana in einem Satz sagen, dass sie sie liebte, und im nächsten, dass sie diese

Liebe in Portionen aufteilen wollte? Portionen, die garantieren sollten, dass niemand von ihnen beiden verletzt wurde, wenn sich herausstellte, dass sie es nicht zusammen hinbekamen – aus welchem Grund auch immer? Ellen schüttelte innerlich den Kopf. Wenn sie es genau bedachte, hatte sie auch keine Lust auf *langsam angehen. Langsam* hatte noch nie geklappt, wenn Dana sie küsste. *Ich habe Lust auf alles, ganz und gar und sofort.*

»Weil ich mich in dich verliebt habe«, sagte Ellen deshalb. Und da Dana nichts weiter zustande brachte als ein ungläubiges Blinzeln, fügte sie hinzu: »Auch wenn es, das kannst du mir glauben, ganz bestimmt nicht meine Absicht war!«

Sofort bereute sie diesen Zusatz, denn Dana sah nun noch verwirrter aus.

»Verdammt, ich liebe dich, Dana«, platzte es aus Ellen heraus.

Dana schaute sie stumm an.

Ellen wartete. Eine Ewigkeit, wie es ihr vorkam.

»Und Britta ist wirklich weg?«, fragte Dana endlich.

Ellen atmete auf. »Ja, gleich gestern früh.«

»Aber ich dachte ... als sie da so stand ...«, stotterte Dana. »Da war für mich klar ...«

Ellen trat an Dana heran. »Ich will mit *dir* zusammen sein.«

Endlich erwachte Dana aus ihrer Starre. Sie neigte den Kopf leicht zur Seite. »Bist du sicher?«

»Absolut.« Ellens Augen schimmerten dunkel. Sie legte einen Arm um Dana, zog sie zu sich heran. Warme Lippen strichen über Danas Mund. Wie immer, wenn Dana ihr so nahe war, konnte Ellen kaum an sich halten. Sie zog Dana fester an sich. Aus dem zarten Streicheln wurde schnell ein leidenschaftlicher Kuss, den Dana stürmisch erwiderte. »Oder wie fühlt sich das an?«, fragte Ellen etwas außer Atem, als sie Dana wieder freigab.

Dana musterte Ellen eindringlich. »Keine Ohrfeige, kein Anzeichen von Reue, keine Britta. Langsam kommen wir weiter.« Sie schmunzelte. »Aber es ist immer noch etwas überraschend«, gestand sie.

»Ich weiß. Für mich doch auch«, sagte Ellen. »Vielleicht noch mehr als für dich. Nicht nur wegen Britta.«

»Nicht?«

»Ich habe überhaupt nicht damit gerechnet, mich neu zu verlieben. Dass sich meine Gedanken immer wieder um dich drehten, hielt ich für eine leidige Nebenwirkung unserer Abmachung. Und als ich endlich spürte, dass ich mich zu dir hingezogen fühle, wolltest du mich nicht mal auf deinem Sofa haben.« Ellen zwinkerte Dana verschmitzt zu.

Dana schwieg verdutzt. Dann verstand sie, worauf Ellen anspielte. »Das hast du falsch verstanden. Ich wollte nur nicht, dass du dich verkriechst.«

Ellen schmunzelte. »Kann es sein, dass dich der Gedanke, ich würde im Nebenzimmer schlafen, nervös machte?«

»Nein«, erwiderte Dana leise. »Aber der Gedanke, wie du in mein Schlafzimmer kommst.«

»Aber das hatte ich nicht vor!«

»Dann wäre ich aber enttäuscht gewesen. Und wahrscheinlich hätte ich . . . mal nachgesehen, ob du auch schläfst.«

Ellen schnappte einmal kurz nach Luft. »Dana!«

»Sag nicht, das überrascht dich.« Danas Lippen streichelten Ellens Wange. »Allerdings habe ich es lieber, wenn die Frau neben mir mit vergangenen Beziehungen abgeschlossen hat.«

»Deshalb hast du mich nach Hause geschickt?«

»Schweren Herzens, das kannst du mir glauben.«

Ellen zwinkerte Dana erneut zu. »Was würdest du sagen, wenn ich dir für heute Nacht meine Couch anbiete?«

Dana grinste. »Ich würde sagen, das ist eine sehr durchsichtige Einladung.«

»Und? Nimmst du sie an?« Ellens Herz klopfte. Dana schien ihr ja nun endlich zu glauben. Oder doch nicht?

Ein Paar ernst blickender Augen musterte Ellen. Suchten sie immer noch nach Zweifeln? Ellen sandte Danas Blick ihre ganze Sehnsucht entgegen, um so der Frau in ihren Armen zu sagen: Ich liebe dich, nur dich.

»Ja, ich denke, die Einladung klingt gut.« Danas Mundwinkel zuckten nach oben. »Solange sie nicht auf die Couch beschränkt ist.« In ihren Augen loderte es kurz auf. »Aber für den Anfang . . .«, murmelte sie und schob Ellen zu besagtem Möbel.

Ellen überließ sich bereitwillig Danas Händen. Die streichelten Ellens Taille und begannen gleichzeitig, die Knöpfe ihrer Bluse zu öffnen. Kurz bevor Dana Ellen sanft auf die Couch drückte, fiel der leichte Stoff zu Boden. Mit einer einzigen Bewegung zog Dana ihren Pulli über den Kopf und ließ ihn achtlos fallen.

Ellen konnte es kaum erwarten, Danas Haut auf ihrer zu spüren. Die Berührung löste tausend kleine Feuer in ihr aus, die sich rasend schnell in ihr ausbreiteten und ihren Körper förmlich explodieren ließen. Ellen stöhnte auf, krallte sich an Dana fest, presste sie an sich. Mit den Händen wanderte sie zu Danas Po, unter deren Jeans und Slip, doch ihre Unruhe wurde dadurch keine Sekunde gelindert. Zum Glück öffnete Dana in diesem Moment den Knopf ihrer Jeans samt Reißverschluss. Ellen fuhr mit der linken Hand nach vorn zu Danas Mitte, zwischen ihre Beine, wo sie bereits feucht empfangen wurde. Mit der rechten hielt Ellen immer noch Danas Po. Danas Kopf vergrub sich in Ellens Haaren, an ihrem Hals. Sie hörte Danas Keuchen genau an ihrem Ohr, spürte, wie die Lust in ihr anwuchs, und tauchte mit dem Finger in Dana ein. Dana stöhnte lustvoll. Ihre Hände fuhren Ellens Taille hinauf und hinab, ihr Becken hob und senkte sich. Ellen erforschte Danas Inneres, ließ jetzt Danas Po los und strich stattdessen mit der Rechten über Danas äußere, feuchte Mitte. Damit umschloss sie Dana sowohl innen als auch außen. Dana war nicht mehr zu halten. Sie stützte sich auf ihre Hände, richtete den Oberkörper auf und sah Ellen an, während sich ihr Unterleib im Takt mit Ellens streichelnden Händen bewegte. Jetzt bestimmte Dana mit ihrem Körper den Rhythmus. Ellen lag unter ihr, hörte die ekstatischen, undefinierbaren Laute aus Danas Mund, bis Dana kurz darauf mit einem erlösten Stöhnen auf Ellen zum Liegen kam. Ellen streichelte sanft ihre Schenkel.

»Für den Anfang ist so eine Couch ganz nützlich«, flüsterte Dana in Ellens Ohr. Ihr Zeigefinger strich sanft Ellens Taille entlang.

»Das kitzelt«, lachte Ellen und schubste spielerisch Danas Finger weg. Der kam prompt zurück, wanderte über Ellens Bauch hoch zu ihrem BH, unter ihn, genau in die Mitte zwischen Ellens Brüsten.

»Kitzelt das auch?«, wollte Dana wissen.

»Nein.« Ellen hielt den Atem an.

»Fein.« Dana schob sich an ihr nach unten und küsste ihren Brustansatz. Ihre Hände schoben sich in Ellens Rücken, öffneten den BH. Dann setzte sie sich auf, streifte die Träger von Ellens Schultern, und der BH segelte über den Sofatisch. Konsequenterweise warf Dana ihren eigenen gleich hinterher, bevor sie sich wieder zu Ellen hinabsenkte, um ihre Brüste zu küssen. Danas Lippen liebkosten Ellens weiche, zarte Haut. Ellen seufzte wohlig; ihr Atem wurde schneller. Danas Mund wanderte Ellens Bauch hinab. Beim Nabel angekommen, hob sie den Kopf, schaute Ellen an, lächelte, kam wieder zurück. Dabei knöpfte sie wie nebenbei Ellens Hose auf und ließ die Hand langsam tiefer wandern. Ellens Körper spannte sich. Als Dana ihre Mitte berührte, hob sich Ellen ihrer Hand entgegen. Danas heißer Atem auf ihrer Haut entfachte in ihr ein neues Feuer. Sie stöhnte unter Danas Liebkosungen und überließ sich einfach Danas Händen, die sie allmählich zum Höhepunkt brachten.

Sie lagen engumschlungen nebeneinander. Ellen hatte eine Decke geholt, in die sie ihre erhitzten Körper eingewickelt hatten. Ellens rechter Arm umschloss Danas Schulter, mit der linken Hand strich sie sanft Danas Hals entlang.

»Ich wollte es eigentlich langsam angehen lassen«, murmelte Ellen versonnen.

Dana drehte sich leicht in Ellens Arm. Sie sah sie schmunzelnd an. »Aber das haben wir doch. Ich wusste schon bei unserer ersten Begegnung, da liegt was in der Luft.«

»In Gerstäckers Büro?«

»Nein, im Stadtpark.«

»Da bist du an mir vorbeigerauscht wie ein Frühlingssturm.«

Dana gluckste. »Aber nicht, ohne deinen Blick aufzufangen. Der war eindeutig. Allerdings wusste ich, es würde schwierig werden, bei der Konstellation. Ich bin nicht eben beliebt bei deinen Kollegen. Und mir war klar, dass mein schlechter Ruf dich abschrecken würde.«

»Du hast auch alles dafür getan.«

»Du meinst meine kleine Erpressung?«

»Ja.«

»Wie sonst sollte ich an dich rankommen?«

»Deshalb hast du das gemacht?«

»Auch.«

Ellen runzelte die Stirn.

»Hauptsächlich«, verbesserte Dana sich lächelnd.

»Keine besonders clevere Masche«, neckte Ellen sie dafür.

»Das habe ich gemerkt.« Danas Augen verdunkelten sich. »Du warst ganz schön sauer.«

»Was hast du gedacht? Dass ich dir im Gegenzug Blumen schicke?«

Dana kicherte. »Nein, aber auch nicht, dass du so stur wärst. Das brachte mich echt in die Bredouille. Zuerst wollte ich ja nur ... na ja, woher sollte ich ahnen, wie ernst es wird. Aber dann habe ich gemerkt, wie ich mich in dich verliebe.« Dana seufzte. »Und du hast immer von Britta geredet.«

Ellen küsste Dana zärtlich. »Du Arme.«

»Ja, ich hatte schon bessere Momente«, raunte Dana in Ellens Ohr. »Eben zum Beispiel.«

»Dann habe ich es ja wenigstens wiedergutgemacht.«

»Oh nein, das nicht«, widersprach Dana. »So leicht kommst du mir nicht davon.« Sie legte ein Bein über Ellens und schob das Knie nach oben. Ihr Finger kitzelte spielerisch um Ellens Bauchnabel. »Und ich verlange mehr als nur Entschädigung.«

»Ach ja?«

»Du musst mir was versprechen.«

»Hm, mal sehen. Was denn?«

»Ich weiß ja, dass du mir meine Fehler, von denen ich reichlich habe, nicht alle nachsehen kannst, aber ... wenn ich mal wieder so richtig danebenliege, denk daran, dass ich dich liebe.«

Ellen schluckte. Diesmal hatte sie keine Zweifel an Danas Worten. »Und wie oft, schätzt du, werde ich in nächster Zeit daran denken müssen?«, fragte sie leise.

Danas Blick bat schon mal im Voraus um Entschuldigung. »Ziemlich oft, wahrscheinlich.«

»Schöne Aussichten sind das«, seufzte Ellen.

»Hab Geduld.«

»Nein, ich meine das ernst«, sagte Ellen. »Das sind schöne

Aussichten. Wir beide, zusammen.«

»Ich hoffe sehr, dass du das in ein paar Monaten noch genauso siehst.« Dana küsste Ellens Hals.

Ellens Haut kribbelte angenehm unter Danas Berührung. »Ein paar Monate ... mehr traust du uns nicht zu?«

»Ich wünsche mir sehr, dass es mehr wird«, flüsterte Dana.

Ellen drehte leicht den Kopf. In Danas Blick konnte sie lesen, wie ernst die es meinte. Sie zog Dana auf sich und küsste sie zärtlich. Jedes weitere Wort war überflüssig.

ENDE

Weitere Titel bei édition el!es

Christine Volkmer: Entgleisungen

Liebesroman

Als Zugbegleiterin sieht Doreen täglich viele Menschen – und so trifft sie bei einer Fahrscheinkontrolle auf die Theaterschauspielerin Melina, deren graublaue Augen sie nicht mehr loslassen. Mit Doreens Partnerin Carmen liegt schon länger einiges im argen, so dass Doreen sich immer mehr zu Melina hingezogen fühlt, während sie sämtliche Aufführungen im Theater besucht …

Verena Darms: Und dann kamst du

Liebesroman

Investmentbankerin auf dem Bauernhof: Als Maren Hoffmann vor Erschöpfung zusammenbricht, wird sie zu Zwangsurlaub auf dem Land verdonnert. Eine der Betreiberinnen des kurz vorm Ruin stehenden Hofes entwickelt trotz heftiger Differenzen Gefühle für die Geschäftsfrau, aber so leicht zusammen kommen beide nicht – eifersüchtige Frauen und andere Probleme kommen ihnen ständig in die Quere.

Kay Rivers: Küsse unter Palmen

Liebesroman

Dale Richards, ehemalige Offizierin der US-Army, rettet Kelly Bennett auf einem Supermarktparkplatz vor Rowdys, die sie überfallen wollen – und verschwindet sogleich in der Dunkelheit. Es scheint, als würden sich beide nicht mehr wiedersehen. Kelly, die gerade erst nach Miami gezogen und noch immer auf Jobsuche ist, macht sich keine großen Hoffnungen. Da erhält sie plötzlich eine Einladung für ein Vorstellungsgespräch …

Ruth Gogoll: Nachts, wenn du schläfst

Liebesroman

Braungebrannt auf einem Segelschiff – Jachtunternehmerin Val scheint die Personifizierung ihres Berufes zu sein. Als Kira die große, dunkle Frau in einer Bar kennenlernt, fühlt sie sich sofort von ihr angezogen. Kiras Liebe ist jedoch für eine andere Frau reserviert.

Als Kira bei Val einzieht, stellt sie fest, dass Val nachts oft abwesend ist. Warum, bleibt ihr Geheimnis. Schließlich sind sie beide ja kein Liebespaar ... Statt dessen gehen sie getrennte Wege – Kira versucht ihre Jugendliebe Melanie zurückzuerobern, Val scheint hundert Geliebte zu haben.
Aber sind es wirklich nur andere Frauen, die Val nachts so oft von Kira fernhalten? Und ist Liebe zwischen Kira und Val tatsächlich kein Thema?

Jenny Green: Milchkaffee in New York

Liebesroman

Von Liebeskummer geplagt erhält Sophia die Chance, ein Praktikum in New York zu absolvieren. Begeistert stürzt sie sich ins Abenteuer: als Co-Trainerin einer aufstrebenden Frauenfußballmannschaft. Doch das Chaos läßt nicht lange auf sich warten. Fußballerin Nina verliebt sich in Sophia, während Sophia Gefühle für Flo entwickelt ... Wird Nina tatenlos zusehen, wie die Beziehung zwischen Sophia und Flo immer leidenschaftlicher wird?

Catherine Fox: Zu wissen, es ist für immer

Liebesroman

Das Liebesleben von Staranwältin Evelyn verläuft genauso nach Plan wie ihre Karriere. Doch eines Tages stürzt sie bei einem Ausritt vom Pferd und wird von einer jungen Frau gerettet. Andie ist das Gegenteil von Evelyn, respektlos, planlos, bar jeder Manieren. Trotzdem nimmt Evelyn Andie bei sich auf, denn sie hat sich in sie verliebt. Doch die Unfälle häufen sich – und immer ist Andie in der Nähe. War die Rettung gar kein Zufall? Hatte Andie den Unfall geplant? Evelyn will das nicht glauben, doch Zweifel beginnen an ihr zu nagen ... Sie muß das Geheimnis um Andie auf jeden Fall lüften.

Heike Fremmer: Herz verschenkt

Liebesroman

Verliebt in eine verheiratete Frau – aber Sarahs Hoffnung, Isabel würde Doris für sie verlassen, erfüllt sich nicht. Ein paar Liebesnächte, dann beendet Isabel die Affäre. Mit gebrochenem Herzen bleibt Sarah am Boden zerstört zurück. Doch eines Tages erreicht sie ein Anruf aus dem Krankenhaus, Isabel ist etwas Furchtbares zugestoßen. Sarah ist sofort zur Stelle, um Isabel zu pflegen und zu hoffen, daß ihre Gefühle diesmal erwidert werden – aber wird Isabel jemals *Ich liebe dich* zu Sarah sagen?

Verena Schall: Scherben bringen Liebesglück

Liebesroman

Nelly wird jäh aus ihrem idyllischen Leben gerissen, als ein Schuß sie nur knapp verfehlt. Ihre Retterin Sascha bietet sich als Leibwächterin an, denn Nellys treusorgender Vater hat krumme Geschäfte gemacht und damit ihr Leben in Gefahr gebracht. Die Nähe zu Sascha entfacht in Nelly ganz neue Gefühle. Immer stärker fühlt sie sich von Sascha angezogen, und als sie sich endlich ihren Gefühlen stellt, kommt Sascha in Schwierigkeiten: Das Rätsel um den Mordanschlag auf Nelly ist noch immer ungeklärt, und wie ist Sascha eigentlich in die ganze Sache verwickelt?

Juliette Bensch: Last Minute Liebe

Liebesroman

Die Trennung von Anne hat Teresa noch nicht so recht überwunden, da gelangt sie durch einen Zufall an ein Flugticket nach London. Teresa ergreift die Chance und stürzt sich in die Londoner Frauenszene. Bei der Schauspielstudentin Raphaela funkt es, leidenschaftliche Nächte folgen ... aber zurück in Deutschland macht sich Ernüchterung breit. War das nur ein Urlaubsflirt? Das erneute Auftauchen Annes und deren Versuche, Teresa zurückzugewinnen, festigen nur die Gewißheit: Teresa kann nur mit Raphaela glücklich werden.

Corina Ehnert: Eine WG zum Verlieben (Band 3: »Danie«)

Liebesroman

Daniela Breuer zieht in die Lesben-WG, um ihr Liebesleben endlich in Gang zu bringen. Mit tatkräftiger Unterstützung der alterfahrenen Mädels bahnt sich recht schnell eine Beziehung zu Mitstudentin Rebecca an. Doch damit gehen die Probleme erst richtig los: Danies Mutter kommt zu Besuch und soll eine heile Heterowelt vorgespielt bekommen, während sich die WG um den Preis »Verrückteste Wohngemeinschaft« bewirbt, Franzi und Paula Gefühle füreinander entwickeln und Sanny eifersüchtig wird ...

Ruth Gogoll: In der Hitze der Nacht

Erotischer Liebesroman

Ein heißes Abenteuer im Rhein in einer schwülen Sommernacht ... mehr sollte es gar nicht sein. Doch als Tina eine Anwältin braucht, fällt ihr niemand außer Mar ein. Dabei kommen unerwartet auch noch andere Gefühle ins Spiel als nur die für die Suche nach den richtigen Paragraphen.

Tina will davon jedoch nichts wissen, denn noch immer steht *»Es war nur Sex, keine Liebe«* wie eine Wand zwischen ihnen. Können sie diese Mauer irgendwann niederreißen?

Tala Storm: Das neue Leben

Erotischer Amazonen-Liebesroman

Alles könnte so schön sein: Kallisto und Cay-La leben gemeinsam unter einem Dach im Amazonenreich und genießen den Frieden, ihr Beisammensein in lustvollen Stunden. Doch dann geschieht etwas Schreckliches: Cay-La wird von Leandra, einer Sklavenhändlerin, entführt. Leandra ist für ihre Brutalität bekannt und dafür, dass sie sich nimmt, was sie möchte. Wieder vereint, ist Cay-La nicht mehr die Gleiche. Nicht nur äußerlich hat sie tiefe Wunden davongetragen. Kallisto ist verzweifelt. Wird es ihr gelingen, ihre junge Kriegerin wieder zum Lachen zu bringen?

Julia Schöning: Diagnose: Liebe

Erotischer Liebesroman

Recherchen führen die Journalistin Sophie in die Krankenhaus-Notaufnahme zur Internistin Dr. Hannah Rehfeld. Es funkt zwar zwischen den beiden, aber Sophie will ihrer Fernbeziehung Alina nicht untreu werden, obwohl es schon länger kriselt. Ein unerwartetes Wiedersehen endet dann doch im Bett, da steht plötzlich Alina vor der Tür – Hannah flieht, und Sophie muß sich entscheiden ...

Catherine Fox: Der Liebe auf der Spur

Erotischer Liebesroman

Während eines Praktikums im Morddezernat lernt die Studentin Karen die Kommissarin Diane kennen. Beide verstehen sich auf Anhieb. Die Aufklärung des Mordanschlages auf einen Stadtratsabgeordneten bringt sie auch privat näher. Doch Karens manchmal äußerst merkwürdiges Verhalten bringt Diane immer wieder durcheinander, bis Karen eines Tages spurlos verschwindet. Die Kommissarin beginnt fieberhaft zu ermitteln ...

Alison Barnard: Spaziergang im Regen

Erotischer Liebesroman

Es ist eine eine einmalige Chance für ihre Karriere: Schauspielerin Shara Quinn soll in einem Film die faszinierende, offen lesbisch lebende Dirigentin Jessa Hanson verkörpern. Während der Vorbereitungen auf die Rolle kommen sich Shara und Jessa unerwartet nah, aber eine Liebesbeziehung zwischen ihnen würde allem widersprechen, was die Welt von ihnen erwartet. Zudem ist Shara doch zweifellos hetero ... oder vielleicht doch nicht?

Maren Frank: Irischer Liebessommer

Erotischer Liebesroman

Als Zeugin eines Verbrechens wird Stefanie Gardner ins Zeugenschutzprogramm aufgenommen. Zusammen mit ihrer Leibwächterin Gundula, genannt Gun, wird Steffi für einige Zeit in Irland versteckt. Die Leichtigkeit des irischen Sommers läßt Gefühle entstehen, gegen die sich beide nicht lange wehren können ... die Tage vergehen voller erotischer Abenteuer. Da trifft die Nachricht ein, daß die Täter gefaßt seien und Steffi wieder gefahrlos nach Deutschland zurückkehren könne. Wird sie ihre Leibwächterin nun tatsächlich nicht mehr brauchen?

Annette Schniter: Mach mal halblang, Babe

Erotischer Liebesroman

Celines Vorgesetzte ist ungemein attraktiv, aber offensichtlich hetero. Dennoch spielen Celines Hormone bei jeder Begegnung verrückt. Gleichzeitig ist da noch eine Chatbekanntschaft, die Celine auf eine andere Art in ihren Bann zieht. Als die Zeit gekommen ist, endlich die virtuelle Welt zu verlassen, wissen beide, daß nun ganz neue Schwierigkeiten auf sie zukommen werden. Mit den tatsächlich eintretenden Problemen hat jedoch keine gerechnet ...

Julia Arden: Mein Geheimnis bist du

Liebesroman

Mareike Holländer schnappt Andrea einen wichtigen Posten vor der Nase weg – ausreichend Grund, auf die neue Kollegin wütend zu sein. Dennoch schleichen sich zärtliche Gefühle in das kühle Verhältnis. Aber Mareike ist liiert. Während Andrea noch versucht herauszufinden, wie ernst diese Liaison ist, taucht Laura auf, Mareikes große Liebe. In der Vergangenheit hatte Laura zwar Mareike mehr als einmal sitzengelassen, dennoch ist Mareike ihr immer wieder aufs neue verfallen ... also bleibt Andrea nichts weiter übrig, als ihre Gefühle vor Mareike zu verbergen ...

Sal Mathews: Stan und Lea

Erotischer Liebesroman

Die Malerin Stan verliebt sich Hals über Kopf in die attraktive Goldschmiedin Lea und bittet sie, ihr für ein Bild Modell zu sitzen. Dabei kommen die beiden sich näher, aber Lea ist immer noch hetero. Oder wird sich das auf ihrer gemeinsamen Reise nach Schottland ändern? Denn Lea spürt zwar die Anziehungskraft, die Stans Liebe auf sie ausübt, aber sie war noch nie mit einer Frau zusammen und will Stan keine Versprechungen machen, die sie vielleicht nicht halten kann ...

Julia Arden: Die Frau im Rückspiegel

Erotischer Liebesroman

Mit dem unerwarteten Angebot, als Chauffeurin für die Reedereibesitzerin Rebecca zu arbeiten, kommen völlig neue Herausforderungen auf Christiane zu. Die distanzierte und wortkarge Chefin mit höflich-zurückhaltendem Respekt durch die Stadt zu chauffieren, will Christiane nie so recht gelingen. Rebecca erträgt Christianes forsche Art nur widerwillig. Das Eis bricht, als sich Christiane als Pflegerin anbietet, um Rebeccas Hausangestellte nach einem Unfall zu betreuen. Rebecca und Christiane kommen sich näher, doch wirklich öffnen kann sich die Chefin nicht, so daß für Christiane die Frage bleibt: Wer verbirgt sich hinter der Frau, die sie täglich im Rückspiegel sieht?

Ruth Gogoll: Ein paar Tage Zärtlichkeit

Erotischer Liebesroman

Gina und Teri sind kein Liebespaar. Sagt Gina zumindest. Nur der Zufall hat sie zusammengeführt, über den Wolken, als sie nebeneinander im Flugzeug saßen. Obwohl Teri nicht auf kurzzeitige Affären aus ist, gibt es einen besonderen Grund, warum sie an Weihnachten nicht allein sein will. Deshalb läßt sie sich auf die Affäre mit Gina ein.
Sie verleben eine berauschende Weihnachtszeit miteinander, danach gehen sie wieder getrennte Wege. Doch Teri hat sich verliebt, während Gina mühelos in die üblichen Affären zurückzugleiten scheint.
Waren »ein paar Tage Zärtlichkeit« wirklich alles, was Teri erwarten konnte?

Julia Schöning: Lass es Liebe sein

Erotischer Liebesroman

Um ihrem Leben nach einer Trennung eine neue Richtung zu geben, beschließt die Versicherungskauffrau Sarah sich von ihren langen Haaren zu trennen, nicht ahnend, dass der Friseurbesuch ihr Leben gehörig durcheinanderbringen wird. Denn die rationale und konservative Sarah verliebt sich in ihre völlig gegensätzliche Friseurin, die unkonventionelle, impulsive und freiheitsliebende Katja. Einige Zufälle führen dazu, dass die beiden eine leidenschaftliche Nacht miteinander verbringen, doch danach wird deutlich, dass Katja nicht an einer Beziehung interessiert ist. Sarah ist verzweifelt, denn sie wünscht sich, dass es auch bei Katja Liebe sein möge ...

Toni Lucas: Zeit der Versuchung

Erotischer Liebesroman

Der Australienexpertin Sarah Jansen werden zwar die Fördergelder für ihr neuestes Projekt nicht bewilligt, doch sie erhält unerwartet die Chance, sich gemeinsam mit der attraktiven, aber seltsam distanzierten Fotografin Florentine auf eine Reise quer durch den australischen Kontinent zu begeben. Beide kommen sich näher und scheinen durchaus füreinander geschaffen, wenn da nicht noch Carmen, Sarahs langjährige Partnerin, und Marisol, Florentines tote Geliebte, wären. Es beginnt eine Zeit der Versuchung, in der sich jede der Frauen darüber klarwerden muss, was wirklich für sie wichtig ist.

Victoria Pearl: Aller Anfang geht daneben

Erotischer Liebesroman

Als Simone sich in die umwerfend attraktive Autorin Bettina verliebt, ahnt sie nicht, was noch auf sie zukommen wird. Sie und Bettina verleben eine wundervolle, berauschende Zeit, die jedoch durch das plötzliche Auftauchen von Bettinas Exfreundin Linda jäh gestört wird. Linda lässt sich bei Bettina häuslich nieder. Braucht sie nach einer schweren Zeit wirklich nur etwas freundschaftliche Unterstützung von ihrer Exfreundin, oder verfolgt sie andere Ziele?

Corina Ehnert: Eine WG zum Verlieben (Band 2: »Katrin«)

Liebesroman

Die Polizistin Katrin Brant ist nach einer gescheiterten Beziehung mit Paula wieder Single und fest integriert in den Freundeskreis rund um die WG aus der Pfeiffstraße. Sie ist glücklich mit ihrem Leben und hält sich für eine gestandene Frau. Als Alex (mit der sie im ersten Band eine Affäre hatte) mit ihrer Freundin Nico in eine gemeinsame Wohnung zieht, sucht die WG eine neue Mitbewohnerin. Eine der Bewerberinnen ist die Journalistin Hanna Reuters, von der Katrin sofort fasziniert ist. Aber schnell stellt sich heraus, daß es nicht so einfach ist, diese Faszination zu leben ...

Toni Lucas: Paar für ein Jahr

Die Pierrots tanzen weiter

Leas Glück scheint perfekt. Lilia hat sich tatsächlich für sie entschieden und ist bei ihr eingezogen. Doch wie kann sie mit einer Frau zusammenleben, die gerade erst dabei ist, sich selbst zu finden und die so ganz eigene Vorstellungen von einer Beziehung hat?
Ihr bleibt nur ein Jahr, um das herauszufinden ...

Maren Frank: Liebe in Schottland

Liebesroman

Wie ein Blitz trifft es die junge Archäologiestudentin Nathalie, als sie auf einer Party die schöne Eileen kennenlernt. Zwar ist die Begegnung kurz, doch geht die attraktive Frau mit den smaragdgrünen Augen Nathalie nicht mehr aus dem Kopf. Und nicht nur die Liebe bereitet Nathalie Sorgen. Nachdem sie ihren Job verloren hat, braucht sie schleunigst einen neuen. Tatsächlich ergibt sich schon bald etwas, doch Nathalie ahnt nicht, was dabei alles auf sie zukommt ...

Erotische Adventsgeschichten

Mit Geschichten von Catherine Fox, Maren Frank, Heike Fremmer, Ruth Gogoll, Julia Schöning u.a.

Erzählungen um alte Freundinnen, die sich wiedersehen, und neue Freundinnen, die sich finden, um die Suche nach der Liebe unterm Weihnachtsbaum, die trotz aller Schwierigkeiten immer gut endet, und um die Hoffnung, daß eines der Geschenke die Frau sein möge, nach der man sich schon so lange sehnt ...

Julia Schöning: Verirrte Herzen

Erotischer Liebesroman

Anne, ihre vierjährige Tochter Lilly und Caro sind eine glückliche Familie. Doch als Lilly in den Kindergarten kommt und Anne beschließt, wieder halbtags zu arbeiten, bekommt die Beziehung Risse. Die erfolgreiche Anwältin Caro schafft es nicht, Anne im Haushalt zu unterstützen. Als Anne dann auch noch die geheimnisvolle Nora kennenlernt, die mit ihrer faszinierenden Ausstrahlung Verwirrung stiftet, scheint das Glück der kleinen Familie ernsthaft bedroht.
Können Caro und Anne ihre Gefühle füreinander bewahren und wieder zueinanderfinden?

Tina Grasses: Das Geheimnis der Nebelinsel

Lesbischer Fantasy-Roman

Die Sensei Iliska begegnet der Schwertkämpferin Shiree. Die beiden kommen sich näher, doch dann verschwindet Iliskas Freundin Beth unter dramatischen Umständen. Zur gleichen Zeit folgt Karimah einer geheimnisvollen Vision und findet in Beth ihre große Liebe. Doch ihr Glück wird überschattet von einer uralten Gefahr. Die vier Kriegerinnen nehmen den Kampf auf, doch wird es für Karimah und Beth eine gemeinsame Zukunft geben?

Shari J. Berman: Herz ist Trumpf

Erotischer Liebesroman

Die junge Journalistin Rachel lernt auf einem Lesbenpokerabend die verführerische, etwas ältere Eden kennen – ein erotisches Abenteuer beginnt, das schnell zu Liebe wird. Obwohl zunächst alles perfekt scheint, bleibt die Vertreibung aus dem Paradies nicht aus und stellt die Beziehung auf eine harte Zerreißprobe.
Sind die Bande zwischen Rachel und Eden stark genug, die dramatischen Ereignisse zu überstehen?

Brenda L. Miller: Mein Herz bewacht dich

Liebesroman

Grace, pubertierender Teenager, wird für sechs Monate in ein Boot Camp geschickt. Dort lernt sie zu gehorchen, wird aber auch von der strengen Ausbilderin Carey ermuntert, ihre Nase in Bücher zu stecken und zu lernen. Denn Grace ist nicht unbegabt. Nach einiger Zeit jedoch wird das Verhältnis zwischen Grace und Carey immer freundschaftlicher – und liebevoller . . .

Julia Arden: Liebe unerwünscht

Liebesroman

Jennifer Feiler ist knallharte Geschäftsfrau und bekannt für ihre Affären. Auch der Flirt mit der attraktiven Ärztin Caroline stellt keine Ausnahme dar, doch Caroline weist Jennifer ab. Caroline fühlt sich zwar mehr zu Jennifer hingezogen, als ihr lieb ist, aber Jennifer ist nicht die Frau, der man sein Herz schenken sollte – für tiefere Gefühle hat sie keine Verwendung: Liebe ist ihr unerwünscht.

Victoria Pearl: Das zwischen uns

Erotischer Liebesroman

Jasmin hat es sich recht gemütlich im Junggesellinnendasein eingerichtet, als eine atemberaubende Schönheit ihre Buchhandlung betritt. Sie verlieren sich aus den Augen, sie sehen sich wieder – und es beginnt etwas, das Jasmin »Beziehung« nennt. Ihre Geliebte hält sich jedoch einiges offen. Ständig lernen sie neue Frauen kennen, von denen Jasmin nie weiß, wie nahe sie und ihre Geliebte sich kommen. Geduldig erträgt sie die Spielchen, doch kann eine solche Beziehung wirklich ewig dauern?

Corina Ehnert: Eine WG zum Verlieben (Band 1: »Alex«)

Liebesroman

Eine Lesben-WG, in der es drunter und drüber geht: Alex kann sich nicht zwischen Katrin und Nico entscheiden, obwohl Nico eigentlich Paulas Blind Date ist; Casanova Franzi wandelt plötzlich auf monogamen Pfaden, und Thea kriegt irgendwie nie eine Frau ab. Verwicklungen und Verzwicklungen bleiben spannend bis zum Schluß – an dem sich die Fäden entwirren. ... oder?

Catherine Fox: Achterbahn der Gefühle

Liebesroman

Jessica will heiraten und hält sich für glücklich, als sie von ihren Freundinnen eine Junggesellinnenreise geschenkt bekommt. Auf einem Reiterhof soll sie ihrem Hobby frönen und die letzten Tage Freiheit genießen. Doch mit der Entspannung ist es bald vorbei, denn sie trifft Kim, die ihren Gefühlshaushalt gehörig durcheinanderbringt. Sie gerät in einen Strudel leidenschaftlicher Gefühle, erfährt eine Zärtlichkeit, die sie nicht kannte. Sie verliebt sich in Kim, aber was wird bleiben, wenn sie wieder zu Hause im alten Trott versinkt?

Ruth Gogoll: Zwei Welten

Erotischer Liebesroman

Wer sich etwas wünscht, sollte vorsichtig sein bei der Formulierung. Nico jedenfalls war es nicht und landet inmitten einer schrecklich netten Familie im Herzen der Heterosexualität: Häuschen in der Vorstadt, Ehegatte geht morgens brav zur Arbeit, die Kinder quengeln, die Nachbarinnen tratschen ... Da taucht in dieser Heterohölle ein ganz normales (lesbisches) Paar auf, und Nico verliebt sich. Wie kann sie aber in ihre eigene Welt zurückkehren und gleichzeitig diese Liebe aus der anderen Welt bewahren?

Anthologie »Lesbisches Jugendbuch«

Kurzgeschichten

In dieser Anthologie werden die Geschichten der Gewinnerinnen aus unserem Schreibwettbewerb »Lesbisches Jugendbuch« veröffentlicht. Geschichten von Jugendlichen für Jugendliche – ausgewählt vom Literaturteam des Jugendzentrums *anyway* in Köln.

Hanna Berghoff: Du bist die Welt für mich

Liebesroman

Ein Bauernhof inmitten Deutschlands: Die Fehde zwischen den Schwestern Veronika und Franziska Perner vertieft sich, als die neue Tierärztin Dr. Jutta Adler mit frischen Ideen und Behandlungsmethoden gehörig Staub aufwirbelt. Aus Liebe (zu den Tieren und zur Tierärztin) beginnt Veronika in München Veterinärmedizin zu studieren, doch Franziska läßt nichts unversucht, um dem Liebesglück ein jähes Ende zu bereiten. Als dann noch die Zukunft des Hofes auf dem Spiel steht, muß Veronika eine schwere Entscheidung fällen ...

Toni Lucas: Vom Tanz der Pierrots

Liebesroman

Nach einem nicht ganz freiwilligen One-night-stand wird Lea aus ihrer bequemen, langjährigen Beziehung herauskatapultiert. Sie zieht in eine Kleinstadt, die trostloser nicht sein kann. Nur ihre verheiratete Kollegin Lilia bringt Farbe in den Alltag, und nach einiger Zeit mangelt es auch an Erotik nicht. Allerdings scheinen die beiden zunächst doch nicht füreinander geschaffen – oder müssen sie erst einmal auseinandergehen, um schließlich zueinander zu finden?

Heike Fremmer: Hotel Prinzess

Liebesroman

Sofie managt ein Hotel in Hamburg, das an einen Amerikaner verkauft werden soll. Die von ihm entsendete Frau fürs Grobe ist Erica, die sich inkognito im Hotel aufhält. Sofie und Erica kommen sich näher, doch Erica verschweigt den wahren Grund ihres Aufenthaltes. Kein gutes Fundament für eine Beziehung, doch Erica hat Angst, Sofie zu verlieren, wenn die Wahrheit ans Licht kommt . . .

Julia Arden: . . . und wenn du auch die Wahrheit sprichst

Liebesroman

Michaela Dietz läßt sich engagieren, um die Tochter eines Hotelbesitzers zu überreden, das Familienunternehmen weiterzuführen. Sehr zur Freude des schlechten Gewissens blüht Tanja Kanter in Michaelas Nähe auf und – natürlich, verliebt sich in sie. Doch was passiert, wenn Tanja Michaelas wahre Gründe für die unerwartete Zuneigung erfährt? Und was sagt Michaelas langjährige Freundin Vanessa eigentlich dazu?

Ruth Gogoll: L wie Liebe

Liebesroman

Bunt und unterhaltsam: Großstadtlesben und ihre (Liebes-)Abenteuer. Da ist das ungleiche Paar Marlene und Anita, das gehörig Nachhilfe in Sachen Romantik benötigt; Carolin und Ina schweben (noch) im siebten Himmel; Chris und Sabrina stecken in einer verstaubten Beziehung fest, und schließlich können sich Rick, Thea und Melly noch nicht so recht entscheiden. Verwicklungen folgen, und schon sehr bald ist nichts mehr so, wie es anfänglich war ...

Victoria Pearl: Endlich gefunden

Liebesroman

Krankenschwester Hanna hat sich gerade aus der unheilvollen Beziehung zu Birte gelöst, als ihr eine Fremde für einen kurzen Moment den Kopf verdreht. Zurück im Arbeitsalltag nimmt Hanna erst nach langer Zeit wieder via Internet Kontakt zu anderen Frauen auf. Die Überraschung folgt auf dem Fuß, doch ist die Traumfrau tatsächlich endlich gefunden?

Julia Arden: Vertrau mir

Roman

Anna Ravensburg lebt ruhig und zurückgezogen auf ihrem Tierhof. Mit der Idylle ist es vorbei, als Kommissarin Maike Roloff auftaucht: Zwei Pharma-Manager sind entführt worden, und Annas Vergangenheit als radikale Tierschützerin könnte bei der Aufklärung helfen. Zunächst widerstrebt es Anna, die Polizei zu unterstützen, doch bald muß Anna sich eingestehen, daß sie sich zu Maike hingezogen fühlt. Maike hingegen scheint sich nur für eines zu interessieren: Die Lösung ihres Falles.

Alexandra Liebert: Träume aus der Ferne

Liebesgeschichten

Geschichten rund um das Verlieben: »Viele Wege führen nach Rom, aber keiner führt an den Geschichten von Alexandra Liebert vorbei – wenn frau romantische Liebesgeschichten schätzt. In ihrer ganz eigenen, feinfühligen Art beschreibt die Autorin das Suchen und schließlich auch das Finden der Liebe, die verschiedene Gesichter haben kann und darum auch auf unterschiedlichen Wegen erkämpft, erwartet oder erkannt werden will.« (Victoria Pearl)

Anna Peters: Herzköniginnen

Liebesroman

Susanne gibt eine Zeitungsanzeige auf und lernt die um einiges ältere Anna kennen. Sie beginnen eine rege Brieffreundschaft, verlieben sich, treffen sich schließlich – und werden in einer leidenschaftlichen, intensiven Beziehung glücklich.
Die Geschichte wird allein in den Briefen erzählt, die sich beide schreiben.

Ruth Gogoll: Verbotene Leidenschaft

Erotischer Liebesroman

Sich in die eigene Chefin zu verlieben, wenn diese augenscheinlich hetero ist, gehört in jedem Fall zu den Dingen, die eine Lesbe nicht tun sollte. Doch eine erwachte Leidenschaft läßt sich nicht einfach abschalten, und so gilt es, die Chefin zu bekehren – auch, wenn das mit reichlich Widrigkeiten einhergeht.

Ruth Gogoll: Wie ein Stern, der vom Himmel fällt

Erotischer Liebesroman

Weihnachtliches Plätzchenbacken gehört eigentlich in glückliche Familien. Wenn jedoch die unfreundliche Nachbarin nur für sich allein backt, dann ist das verdächtig. Und wenn diese Nachbarin zwar spröde, aber ungemein attraktiv ist und mit ihren schönen Augen lockt, dann erwacht der lesbische Jagdtrieb: Wenn schon Plätzchenbacken, dann bitte nur zu zweit . . .

Ruth Gogoll: Eine Insel für zwei

Erotischer Liebesroman

Neunzehn Jahre alt und auf der Suche nach der großen Liebe: Das ist Andy, als sie Danielle kennenlernt, Besitzerin einer Werbeagentur. Danielle hält Liebe für eine Illusion. Sie lädt Andy zu einer Reise durch die Ägäis ein, doch fordert dafür einen hohen Preis.
Andy läßt sich darauf ein, weil sie Danielle liebt und hofft, daß Danielle auch lernen wird zu lieben. Fast scheint es, als hätte Andys Liebe eine Chance, doch da geschieht etwas Unvorhergesehenes . . .

Tala Storm: Der lange Weg

Liebesfantasy in drei Teilen

Cay-La erwacht eines Morgens ohne Erinnerung. Sie schließt sich zunächst der schönen Kallisto an, doch als die eine Kriegerin töten will, wechselt Cay-La die Seiten. Zusammen mit der Kriegerin und ihrer Gefährtin versucht sie ihre Vergangenheit zu erfahren, die Erinnerung an sich selbst wiederzufinden. Eine nicht ungefährliche Reise ins Reich der Amazonen beginnt, denn der Zorn Kallistos begleitet sie ...

Ruth Gogoll: Ostereier

Erotischer Liebesroman

Eine Geschichte um Ostereier? Nein, eine Liebesgeschichte. Die Begegnung in einem Supermarkt kurz vor Ostern – ist sie Zufall oder Schicksal? Befördert der Einkauf von Obst und Gemüse die Liebe – oder hindert er sie an ihrer Erfüllung? Und was ist mit der geheimnisvollen Bemerkung, mit der alles begann?

Das alles sind Fragen, denen sich die beiden Protagonistinnen stellen müssen.

Werden sie eine Lösung finden?

Victoria Pearl: Sag's mit Rosen

Erotischer Liebesroman

Blümchen heißt das alte Wohnmobil, mit dem Jessie herumfährt und geradeheraus Frauen anbaggert. Leonie ist von dieser Masche nicht begeistert, doch sie kann sich Jessies Charme nicht entziehen. Eine gemeinsame Reise in dem engen Gefährt bleibt nicht ohne Folgen, aber Leonie befürchtet die baldige Trennung; wie wird Jessie sich entscheiden?

Julia Arden: Unter Verdacht

Liebesroman

Als Professorin eher distanziert, geraten Sylvias Gefühle immer mehr außer Kontrolle, während die Zusammenarbeit mit der Architektin Karen enger wird. Das Tüpfelchen auf dem i: Karen ist lesbisch. Sollte Sylvia tatsächlich etwas für Karen empfinden? Doch die Idylle wird jäh zerstört, als Karen wegen Kreditbetrugs verhaftet wird. Mit Sylvias Hilfe aus dem Gefängnis entlassen, machen sich beide auf die Suche nach dem wahren Täter und kommen sich dabei immer näher.